青年社長（上）

高杉 良

角川文庫 12428

目次

青年社長（下巻）目次

第一章　大卒のセールスドライバー

1

ダークブルーのスーツがきまっている。スリムな体型で、身長は一八二、三センチはありそうだ。

ウエーブのかかった、やや長めの頭髪。切れ長の涼やかな眼、隆《たか》い鼻、歯並みのきれいな大きな口。

申し分のない美丈夫である。

掃《は》き溜《だ》めに鶴が舞い降りてきたとしか言いようがない、と軽い反感を覚えながら水沢は思った。

「こんにちは、初めまして。渡邉美樹《わたなべみき》と申します。よろしくお願いします」

折り目正しい挨拶《あいさつ》をした渡邉に、さわやかな笑顔を向けられて、水沢はもう一度、息を呑《の》んだ。

水沢は、佐川急便横浜支社横浜南営業所の採用担当である。年齢は五十歳前後と見受けられた。

「坐《すわ》って」

水沢はまぶしそうに瞬《まばた》きしながら渡邉を見上げて、椅子をすすめた。

「失礼します」

事務所の簡易応接室で、二人は向かい合った。

「履歴書を見せてよ」

「はい」

渡邉は、背広の内ポケットから白い封書を取り出した。

履歴書を見ながら、水沢はしきりに首をかしげた。金釘《かなくぎ》流の幼稚な字は見慣れているが、〝昭和五十七年三月明治大学商学部卒業〟は、意外というか、信じられなかった。

「昭和三十四年十月五日生まれねぇ。二十三になったばかりか。〝ミロク経理〟を半年で辞めちゃったのは、どうしてなの」

「半年でバランスシートが読めるようになりましたし、十月から本採用になってしまいますので、九月末で辞めたのです。サラリーマンになろうとは思ってません」

「明治の商科を出て、佐川急便で宅配便のSD《セールスドライバー》をやるのはどうしてなの。SDもサラリーマンだけど」

「おカネが欲しいからです。月収四十三万円は魅力があります」

「高額な月収に見合って、SDの仕事はきついよ」

「覚悟してます。体力には自信がありますから一年は頑張れると思います」

渡邉は、白い歯を見せて微笑んだ。

どうにも腑《ふ》に落ちないと言いたげに、水沢がふたたび首をひねった。

「大卒のプライドが許さないんじゃないのかね。SDの仕事は、きみが思ってるほど甘くない。特にウチの厳しさは相当なものだよ」

「よく存じてます」

「それと四十三万円は額面で、税金や社会保険の控除が六、七万円あるから、手取りは三十六、七万円ってとこかねぇ。それも一か月間、フルに働いた場合だ。老婆心ながら、言わせてもらうが、きみに勤まるとは思えないねぇ。悪いことは言わない。考え直したらどうかね」

こんどは渡邉のほうが首をかしげる番だった。

「大学を出てるとSDになれないんでしょうか」

「そんなことはないよ。しかし、一週間とはもたないんじゃないかなぁ。最低ひと月働かないと給料は払えないからね」

水沢は、端《はな》から無理だと決めつけていた。こんなひょろっとした優男に二トンのロング車を運転して荷物運びができるとは思えない――。水沢がそう思ったとしても無理からぬことだった。

SDの応募者はひと月続けばめっけもので、一日か二日で辞めてしまう者のほうが圧倒的に多かった。

昭和五十七年（一九八二年）十月当時、佐川急便ＳＤの労働環境の劣悪さは宅配便業界に轟《とどろ》いていた。一日当たりの実働時間は二十時間に近い。体力の限界に挑戦するに等しかったのである。

「ためしに使ってみてください。わたしは絶対に音《ね》をあげません」

笑顔で自信ありげに言われて、水沢は吐息を洩《も》らし、思案顔で腕を組んだ。

つと退出した水沢がほどなく渡邉の前に戻ったとき、別の男を伴っていた。

「所長の川村です」

「初めまして。渡邉と申します」

渡邉は起立して、低頭した。

川村はＳＤ上がりだが、所長に抜擢《ばってき》されたほどだから、管理能力を認められたのだろう。

白髪のせいで十ほど老けて見えるが、まだ三十七歳である。

後日、渡邉は佐川急便ＳＤの白髪の多さに驚かされるが、それは過酷な労働とストレスのしからしめるところとしか思えなかった。

「ふうーん。なるほどハンサムだねぇ。水沢さんがびっくりするのも無理ないよ。しかし、ハンサムは驚かないけど、大卒はちょっとひっかかるかねぇ。横浜支社に四つの営業所があるが、百二十人のＳＤに大卒は一人もいない。わたしも高卒だが、全社的にも大卒のＳＤは初めてかもしれないねぇ。ウチのＳＤは中卒か高校中退組がほとんどだから、いろんな意味できみは話題になると思うが、おカネが欲しいそうだけど、理由《わけ》を聞かせてもらおうか」

よくぞ訊《き》いてくれた、と言わんばかりに、渡邉は顔をほころばせた。

「事業をやりたいんです。そのためには元手が必要です。わたしは子供のころから会社の社長になると公言してきました。大きな会社に入っても社長になれる確率は非常に低いと思いますし、中小企業は創業社長が頑張ってますから、これまた社長になるのは難しいと思うんです。ですから、社長になるためには自分で会社をつくるしかありません」

「どういう会社をつくるつもりなの」

川村の質問に、渡邉はうれしそうに答えた。

「外食産業を目指してます。佐川急便で働かせていただくのは、そのための準備の一つと考えてます」

「ふうーん。その夢が実現するといいが、大卒の誇りが邪魔になるんじゃないかねぇ。水沢さんもきみにSDが勤まるとは思えないと心配してるよ」

「大丈夫です。夢を実現させるための一歩と考えれば大抵のことには耐えられます」

川村が水沢のほうへ首をねじった。

「いいじゃないの。大卒のSDが無理かどうかは、この人が決めることで、われわれが悩む必要はないよ」

「わかりました」

水沢が渡邉のほうへ顔を向けて、事務的な口調で言った。

「それでは区切りのいいところで十一月一日から出社してください」

「何時に出社すればよろしいんでしょうか」

水沢が答えた。

「SDの出勤時間は午前六時だよ。通勤は電車かね」

「いいえ。車で来ます」

川村が唸《うな》り声を発した。

「ほーう。自家用車を持ってるの」

「友達から三万円で買ったボロ車です。47年型のカローラですけど、まだ走ります」

「そう。きょうはご苦労さん。じゃあ、一日の朝、待ってるよ。スーツはやめたほうがいいね」

「ありがとうございます」

川村から優しいまなざしを向けられて、渡邉は深々と頭を下げた。

渡邉が引き取ったあとの立ち話で、川村が水沢に訊いた。

「一日の入社式に、何名集まるの」

「六名です。渡邉は一日で辞めますよ。いや来ないかもしれません」

「どうかねぇ。俺はなんとなくもちこたえるような気がするけど」

「ウチのタコ部屋に大卒が勤まるわけありませんよ。あの若造、社長になりたいなんてほざいてたけど、なに考えてんのって言ってやりたかったですよ。夢を見るのは勝手ですけどね」

渡邉に対する水沢の反感は、面接のやりとりで増幅していた。

「外食産業志向とか話してたが、ガッツはありそうだし、水沢さんが考えてるほど軟弱《やわ》じゃないかもしれないよ。大卒が佐川急便のSDを続けられるかどうか、たのしみじゃないの」

「続けられるはずがないですよ。所長、なんなら賭《か》けましょうか」

「賭けはやめとこう。なんせ大卒のSDなんて聞いたことないから、たしかに確率は低いよねぇ。しかし、どういうことになるか見ものだな」

「一年はSDをやるとか言ってましたが、一年続いたら奇蹟《きせき》ですよ」

「奇蹟ねぇ。ま、言えてるかな」

川村は小首をかしげてから、うなずいた。

昭和五十七年十月二十八日午後三時を過ぎたころ、川村と水沢がこんな会話をしたことなどむろん渡邉は知る由もなかった。

2

十一月一日早朝五時に、渡邉は前夜仕掛けた目覚ましで起こされた。

当時、渡邉は国鉄根岸線山手駅に近い横浜市中区の竹之丸住宅に父方の祖母糸と二人で住んでいた。2DKの県営の団地である。

糸は八十八歳の高齢だが、日本舞踊で鍛えているせいか、家事一切を取り仕切るほどしゃきっとしていた。

その日、糸は四時に起床して、朝食と、海苔《のり》でくるんだおにぎりを用意してくれた。ジャーには熱い緑茶も入れてある。

食事を摂《と》りながら、糸が言った。

「トラックの運転手をやらないと、社長にはなれないのかねぇ。おばあちゃんは美樹が不《ふ》憫《びん》でならないよ」

「一年だけだから心配しなくていいよ。何度も言ってるけど、三百万円おカネを貯《た》めて、会社をつくるんだ」

「一年間で、そんなに貯金ができるのかい」

「佐川急便のSDならできるんだよ。手取りで三十六、七万円も出してくれる会社はほかにはないからしょうがないよ。月二十五万円貯金しようと思ってる」

「こき使われるんだろうねぇ。躰《からだ》をこわしたら、元も子もないよ」

「僕は病気をしたことは一度もない。おばあちゃん譲りか親父《おやじ》譲りか知らないけど、躰は頑丈にできてるから、簡単にはこわれないさ」

糸はふんふんと、まんざらでもなさそうにうなずいた。

「今夜は遅くなるから、食事も要らないし、先に寝てね。何時に帰れるかわからないから」

五時半に渡邉はジャンパー姿で赤いカローラのエンジンをかけた。早朝なので道路の渋滞はない。十分ほどで新川町にある横浜南営業所に着いた。

一階の営業場で六時から入社式が始まった。社員は約三十名で、SDは二十名。六名入社するので、二十六名になる勘定だが、そうはならなかった。

翌日一名減り、三日目に三名顔を出さなくなった。残ったのは渡邉を含めて二名だけだ。もう一人は、四十二、三の男で、藤原一郎と名乗った。いつもおどおどしていた。サラ金の多重債務者だろうか、と渡邉は気を回したくらいだ。

SDの出入りが激しいため、入社式が毎月一度か二度は確実にあることを渡邉は間もなく知ることになる。

渡邉たちのときも、六名一列に並んで、三十人の社員を前に、川村が一人一人紹介した。

「渡邉君です」

「渡邉美樹でーす。よろしくお願いします」

「よう！　大卒」

「あしたもお出《い》で！」

掛け合いのような野次が飛んだのは、渡邉だけだった。

大卒SDの入社が、横浜南営業所にとどまらず横浜支社傘下の四営業所全社員の知るところとなっていたのだ。

入社式は三分足らずで終わった。新人SDを紹介する朝礼と言ったほうがわかりやすい。

六時五分過ぎに一〇トンの大型車が二両続けてターミナルに到着した。

SDたちは大型車に殺到し、積み荷降ろしの作業に励む。全員が制服の上着を脱いで肌着姿だ。

「〝大卒〟！　ぼさっとしてないで手伝えよ！」

誰かに怒鳴られて、渡邉はわれに返り、SDたちの間に割り込んだ。五人が渡邉に続く。

荷物を降ろし切るまでに約二十分要した。

降ろした荷物は幅三メートル、長さ五メートルほどのローラーを通って、ベルトコンベアに流される。ベルトコンベアが動き出すと、SDたちの眼の色が変わる。

ベルトコンベアは幅一メートル、長さ三〇メートルほどあろうか。

守備範囲の荷物を一瞬の間に見分けて、引き寄せなければならないからだ。小ぶりのローラーがベルトコンベアと、ターミナルの二トンの集配車に接続されている。ターミナルに後方を向けて並んでいる二トン車は十八台。

ベルトコンベアが動き出す前に、渡邉を手招きした男がいた。

「〝大卒〟！　ちょっと来い！」

これで三度目だ。さっきと同じドスの利いたサビ声だった。

「はーい」

渡邉はそれに負けまいと大声で返事をした。声の大きさなら負けない。

「営業課長の岡本だ。俺はおまえの教育係だからな。三日間、おまえについてやる」

「よろしくお願いします」

岡本から手渡されたB４判の紙は、宅配便の配達先を示す拡大地図のコピーだった。

岡本は凄《すご》みのある眼つきで、渡邉を睨《にら》んだ。ゴマ塩の頭髪を短くかり込んでいる。

「これがおまえの守備範囲だ。ポケットに入れておけ。見るのはあとだ」

渡邉はコピーを三つに折って、ジャンパーのポケットに仕舞った。

「ありがとうございます」

「おまえの車は七号車だからな。長者町は二丁目までがおまえの守備範囲だ。二と三を間違えないように注意しろ。きょうは、俺のやり方をじっくり見ておけ」

岡本は上背こそ一メートル六〇センチほどしかなかったが、骨太でふしくれだった躰は、百戦錬磨《れんま》の強者《つわもの》SDを想起させた。

「よし、かかれ！」

ベルトコンベアの作動と同時に、岡本は自らを鼓舞するように、気合いを入れて叫んだ。

ベルトコンベアのスピードは、エアポートの荷受け並みだが、量の多さは比較にならない。

岡本は血走った眼を皿のようにして、手際よく荷物を引き抜いた。

その荷物によって、長者町、富士見町、山田町、千歳町、三吉町、羽衣町、蓬莱《ほうらい》町、真砂町、尾上町、港町などが自分の守備範囲だと、渡邉は理解した。

市営地下鉄線伊勢佐木長者町駅と国鉄根岸線の関内《かんない》駅一帯である。

二トン・ロング車に荷物を順路に沿って仕分けしながら積み込む作業がまたひと仕事だった。

慣れればなんてことはない、と渡邉はわが胸に言い聞かせながら、岡本の指示に従って山のような荷物を荷台に運んだ。

「〝大卒〟！　ぼやぼやすんじゃねぇ！」

ちょっともたつくと、容赦なく岡本の罵声《ばせい》が飛んでくる。

3

宅配便の荷物を満載した飛脚マーク入りの七号車が横浜南営業所を発進したのは朝八時過ぎだ。

運転席は岡本で、渡邉は助手席だ。営業所から、目的地に着くまでの十分ほどの間に、二人はこんなやりとりをした。

「〝大卒〟！　まず順路を覚えるんだ。おまえは頭がいいらしいから、一日で覚えろ」

「とんでもない」

「じゃあ大卒だから二日で覚えろ。三日目に制服を支給してやる。三日目から一人でやってもらうぞ」

「はい」

岡本には逆らえない。「〝大卒〟はやめてください」と言いたかったが、怖ろしくて口に出せなかった。

「おまえの名前、ミキだったなあ。どんな字だ」

「美しいに、樹木の樹です」

「女みたいな名前じゃねえか」

「でも、わたしは気に入ってます。母の名前が美智子で、父が秀樹なので、両親の名前を合わせたわけです」

「誰かも言ってたが、〝大卒〟は掃き溜《だ》め《は》に鶴だよなあ。ウチは素性《すじよう》のわかんねえやつばっかりだから、おまえは超エリートだよ。会社の社長になるためにSDになってカネを貯めるつもりらしいが、どんな会社をつくるんだ」

「外食産業です」

「外食産業ってなんだ」

「レストランとか食堂とか、居酒屋などの飲食業です」

「食い物屋だな。ラーメン屋でも、でかければ社長で通るよなあ」

「もう少し大がかりにやりたいと思ってます。高校時代の友達二人と三人で、大学二年のとき、二か月かけて日本一周旅行をやりました。四年のときは一人で欧米とソビエトを旅行しました。家族や仲間と会食してるときほど人間幸せなことはないということを実感させられたんです。だから外食産業に決めました」

「〝大卒〟は英語話せるのか」

「一人歩きができる程度の会話はできます」

「ふうーん、そうかよう」

岡本が厭《いや》な顔をしたのも、投げやりな言い方になったのも、渡邉は気づかなかった。

まだ二十三歳の若者である。渡邉が世故《せこ》に長《た》けていたら、SDたちに夢や志を語ったりはしなかったろう。この時代の佐川急便SDたちは、度合いはともかく、皆んな屈折したなにかを持っていた。好きこのんで佐川急便のタコ部屋に足を踏み入れたわけではなかった。吹き溜まりに迷い込むには相応の理由がなければならない。

若い渡邉にしてみれば〝俺はおまえたち落魄者《らくはくもの》とはわけが違うぞ。夢を実現するために、佐川急便のSDになったんだ〟という思いをひけらかしたくなって当然だ。それが若気の至りだ、とわかったのは、だいぶ経ってからのことである。

渡邉がSDたちから憂さ晴らしの恰好《かっこう》な標的にされるようになるのは、夢を語ってしまったからだ。夢は胸に秘めて、「借金返済のため」とでも話していたら、多少なりとも仲間意識、連帯感を共有できたに相違ない。

岡本は急に不機嫌になり、口をきかなくなった。口をきいている暇もないほどの忙しさも相当なものだが、渡邉は径路を覚えることに気持ちを集中させていたので、対話がなくてもさして気にならなかった。

荷物運びも楽ではなかった。特にエレベーターのない団地やマンションの階上に、一〇キロ以上の大型荷物を運ぶときはつらかった。

親切な荷受け人のおばさんに「ご苦労さま。お茶でもどうですか」と声をかけられても、時間が勿体《もったい》ないので、お気持ちだけいただくことにならざるを得ない。

ただ、渡邉はどんなときも笑顔を消さなかった。宅配便業者もサービス業である。それにしても、三階まで大きな荷物を運んで、荷受け人が留守のときの口惜しさといったらない。なんとか預かり代行者を探そうと努力するが、徒労に終わることもしばしばだ。

十一時四十分に、岡本は蓬莱町のラーメン屋のそばで集配車を止めた。

「〝大卒〟、昼めしはどうするんだ」

「おむすびを持ってきました。よろしかったら食べてください」

「阿呆《あほう》！　おまえの施しなんて受けられるか。俺はラーメン食ってくる」

岡本は言いざま運転席から降りて、けたたましくドアを閉めた。

渡邉は助手席でラジオを聴きながらおむすびを頬張った。朝食が早かったのと、重労働で空腹感がひどく、大きなおむすびをむさぼるように三個たいらげた。

熱い緑茶が内腑《ないふ》に沁《し》みる。

十五分ほどで咥《くわ》え楊枝《ようじ》の岡本が戻ってきた。店がすいていたのだろうか。それにしても早すぎる。そしてハンドルを握るなり、集配車を急発進させた。

岡本の運転技術は、乱暴だが間然《かんぜん》するところがなかった。

所長の川村を含めて営業部門に管理職は四人いたが、川村以外は遊軍的存在で、いずれも筋金入りのベテランSDである。

SDの出入りが激しいため、ねんがら年中、新入りSDの順路指導をやらされているので、営業所全体の宅配便の守備範囲を知悉《ちしつ》していた。

渡邉は一日のノルマが七十軒百三十個の配達と、二十軒八十個の集荷であることを初日で理解した。

初日は午後二時ごろ配達が終わり、いったんターミナルに戻ったが、トイレで用をたすだけで、息つく間もなく集荷に向かわなければならなかった。

4

集荷の最中に渡邉は肝を冷やした。

羽衣町のヤマギワ電機店の構内で、岡本が同業他社の先行車をすれすれに追い越して、搬出口に集配車をバックで着けたのだ。

同業者のSDは急ブレーキをかけて集配車を止め、運転席から飛び降りるなり、血相を変えて飛脚のマークに突進してきた。

「なにをするんだ！　危ないじゃねぇか！」

「もたもたすんじゃねぇよ」

岡本はドアをあけて、うすら笑いを浮かべて言い返した。

「なんだと！　降りてこい！」

相手のSDは頭に血をのぼらせている。渡邉の眼には岡本より遥《はる》かに若いし、屈強そうに見えた。

「課長、わたしが謝ってきます」

「〝大卒〟、余計な真似すんじゃねぇ」

岡本はジロッとした眼をくれて、運転席から降りた。渡邉も続いた。つかみあいになる前に止めなければならない。胸がドキドキした。

「おまえ、文句あるのか。ここを……」

岡本は右腕の上膊部《じょうはくぶ》を左手で叩《たた》きながら、低い声でつづけた。

「もうちと研《みが》いてから文句を言えぇ。一丁前の口をきくのは十年早いぞ」

「なんだと！」

先に胸ぐらをつかまれたのは岡本だが、次の瞬間、うめき声を発して、鳩尾《みぞおち》を押さえながらしゃがみ込んだのは屈強そうに見えたほうだった。

二秒か三秒のできごとだったから、目撃した者がいたとしてもなにが起きたのかわからなかったろう。

渡邉はそのSDに駆け寄った。

「大丈夫ですか。申し訳ありません」

「うーん。ふうーん。ひ、ひどいやつだ。これだから佐川急便は……」

しぼり出すのがやっとで、息も絶え絶えだ。

「〝大卒〟！」

頭上から胴間声《どうまごえ》を浴びせかけられて、渡邉はぞくっとした。

「手加減してるから心配ない。早く仕事を片付けて仕舞わないと、こいつが困るだろう」

ヤマギワ電機店の集荷作業を終えて、集配車を走らせながら、岡本が言った。

「俺は空手をやるんだ。手の甲を見てみろ。タコになってるだろう」

言われてみると、そのとおりだった。

渡邉がうわずった声を押し出した。

「手加減してるにしても、あのSDかなりこたえてましたよ。暴力をふるうのはよくないと思います」

「〝大卒〟にいいところ見せたかったんだ。飛脚の佐川の心意気ってものよ。だいたい、向かってきたのはあいつのほうだからな」

「でも、追い越し運転をしたのは課長です」

「〝大卒〟、誰にも話すんじゃねえぞ。しゃべったら許さんからな」

「ええ。あんな目にあいたくありませんもの」

「ひと言多いぞ」

「はい」

渡邉は小声で返事をした。


七号車が二度目にターミナルに戻ったのは午後八時過ぎだ。

渡邉は、持ち帰り荷物の点検を手伝わされた。岡本に命じられて、伝票の整理やら電話当番をやらされて、ふと時計を見ると、十一時を過ぎている。岡本に「〝大卒〟、おまえは遅番に回れ」とも命じられていた。

「渡邉、少し休めや」

川村が声をかけてくれた。

二階に仮眠室兼ロッカールームがある。二段ベッドが三台とロッカー。

いや、ロッカーなどと呼ぶのはおこがましき限りだ。〝タコ部屋〟に相応《ふさわ》しく、〝下駄箱〟といったほうが当たっている。

SDの持ち物は〝下駄箱〟に入れる仕組みだ。三〇センチ四方でスペース、容積とも小さいから、必要最小限の荷物しか入らない。

いびきが聞こえた。岡本だった。

なるほど、と渡邉は合点がいった。伝票整理などを命じて、岡本はすぐにベッドに横たわったのだろう。

ベッドに四人寝ていた。いずれも古手のSDたちだ。

渡邉は空いている上段ベッドに横たわったが、疲労困憊《こんぱい》しているはずなのに、眠気は襲ってこなかった。緊張感のほうが勝っているのだろうか。ベッドが窮屈なのも気になった。長身なので、身を縮めなければベッドからはみ出してしまう。うとうとしかけたとき、岡本に頭を小突かれた。

弾《はじ》かれたように、渡邉はベッドから飛び出して、直立不動の姿勢を取った。

「一時に大型車が二本来る。それまでに腹をこしらえておけ」

「はい」

時計は午前零時を回ったところだ。

営業所の近くに深夜まで開けているラーメン店があった。

渡邉は先輩のSDに教えられて、その店に駆け込んだ。

渡邉が大盛《おおもり》のもやしラーメンを食べ終えて営業所に戻ったのは午前零時四十分過ぎだ。深夜でも、営業所のターミナルはライトが煌々《こうこう》と点《つ》いていた。周囲が暗いので、いっそう輝度が増して見える。

午前一時前に、一三トンの大型ロング車がターミナルに到着した。

やり方は朝六時の荷降ろしと変わらない。朝のときもそうだったが、渡邉はTシャツ姿で作業にかかった。

朝は全員集合だが、深夜はSDが三分の二ほどに減っていた。新入りは渡邉一人だけだった。

川村の姿はなかった。次長の山田もいない。課長は岡本と水野の二人。

岡本が指揮を執っていた。上席課長なのだろう。

二本目は一〇トンのロング車で、五分後に着いた。

二本分の荷降ろし作業に要した時間は約一時間半。

岡本が渡邉に声をかけてきた。

「〝大卒〟、あしたも来るか」

「はい」

「一日で懲りただろうや」

「いいえ」

「〝大卒〟が来るんなら、あしたも俺がついてやる。六時だぞ」

「はい」

すでに十一月二日の午前二時半だ。「あした」はおかしいが、岡本の口調が心なしか優しくなっているのは、暴力をふるった負い目かもしれない、と渡邉は思った。

しかし、岡本は渡邉が考えるほど甘くはなかった。

「〝大卒〟はきょうでおしまいだ。あしたの朝来るはずがねえよ」

「初日に遅番は、やり過ぎなんじゃないの」

「生意気な青二才にはいいクスリになったろう。世の中そう甘くねえよ」

「ま、〝大卒〟にはウチのSDは無理かもねえ」

岡本と水野のやりとりはこんなふうだった。

5

渡邉がシャワーを浴びてパジャマ姿で自室に戻ると、糸が奥の部屋から顔を出した。浴衣《ゆかた》の寝巻の上にカーディガンを羽織っている。

「おばあちゃん、ごめんなさい。起こしちゃったねえ」

「心配で心配で寝られなかったよ。こんなに働かされて……。トラックの運転手はすぐ辞めなさい」

「そうはいかないよ」

「もう三時だよ」

「二時間半寝られるじゃない」

「えっ！　やっぱり六時なのかい」

「うん。会社でも寝てるから心配ないよ。おむすび美味《おい》しかったよ。きょうは二食分用意してね。朝も車の中で食べるから」

「そんなことしたら躰《からだ》に毒だよ。ごはんはゆっくり食べなくちゃあ」

「初日はいろいろ教えてもらったから、特別だよ。二日目は今夜中に帰れると思う」

「美樹、やっぱりトラックの運転手は辞めなさい。年寄りの言うことは聞くもんだよ」

「五時半に目覚まし仕掛けるけど、起きられなかったら、叩《たた》き起こしてね。おばあちゃん、頼んだからね」

睡魔に襲われ、渡邉は大きなあくびをして、寝床にもぐり込んだ。


目覚ましが鳴っても、渡邉は自力で起きられなかった。

糸はこのまま寝かしておこうかと迷いながらも、渡邉を揺り起こした。

「おばあちゃん、ありがとう」

渡邉が洗顔し、歯を研《みが》き、パジャマをジャンパーとジーンズに着替え、おむすび二食分と緑茶入りのジャーを抱えて、カローラに乗り込んだのは五時四十八分。

六時一分前に、路上駐車場にカローラを置いて、渡邉はターミナルに全速力で走った。

運よく、宅配荷物を積んで全国各地から横浜南営業所に到着する大型車の姿はなかった。

「〝大卒〟、来たのか」

「よく来たねえ」

岡本は怪訝《けげん》そうに、川村はにこやかに渡邉を迎えた。

渡邉は笑顔でいい返事をした。

「はい。頑張ります」

「きょうは早番で上がったらいいな」

川村は、岡本に聞こえるように大きな声で言った。

岡本がふんとせせら嗤《わら》ったが、渡邉は気にしなかった。鍛えてもらってる、と思えば気は楽だ。それ以上に、負けてたまるか、という思いのほうが強い。

六時十分過ぎに大型車が到着したとき、渡邉は率先して荷降ろし作業の中に入った。

ベルトコンベアが動き出した。渡邉は、岡本を押しのけるようにして、荷物の手引き作業に参加した。

6

二日目も、帰宅時刻は午前零時を過ぎていた。就眠は午前一時。渡邉は泥のように眠った。

そして、早朝五時半に糸の手助けなしで、自力で起床し、二食分のおむすび、緑茶入りのジャー、着替えの下着を入れた紙袋をぶら下げて、五時四十五分にはカローラに乗り込んだ。

「気をつけてね」

「行ってきまーす」

心配顔でカローラの前まで見送ってくれた糸に、渡邉は笑顔で手を振った。

運転をしながら、十分足らずで朝食を摂《と》った。

営業所のターミナルで、渡邉は岡本からユニホームを支給された。

「〝大卒〟、よく来たな。きょうから一人前に扱ってやるからな」

「ありがとうございます」

「荷物の手引きには注意しろよ」

「はい」

SDにとってベルトコンベアから守備範囲の荷物を引き寄せる作業が最も神経を使う。一瞬のうちに住所を見分けなければならないからだ。

「おい、こら！　〝大卒〟、ぼやぼやすんじゃねぇ！」

怒鳴られるぐらいはなんてことはないが、やり過ごした荷物が飛んできたのには、仰天した。渡邉はよけきれず、三キロほどの荷物が左肩に命中し、よろけた。

長者町二丁目を見落とした自分の落ち度は認めざるを得ないが、宅配便の荷物をぶん投げるなんて、渡邉は信じられなかった。誰が投げつけたかもわからない。

このときは、辛抱強い渡邉も一瞬顔がひきつるのを覚えた。しかし、腰を折って足下にころがっている荷物を拾いながら、誰ともなしに謝っていた。

「すみません。わたしの不注意です」

渡邉は返事をしながら、ベルトコンベアの荷物に気持ちを戻して、手引きに専念したが、荷物をぶつけられたときと同じ声の主が山崎という、古手のSDであることを頭の隅にとどめた。

山崎は二十歳で、SDとしては一年半ほど先輩に過ぎないが、佐川急便では一年もてば古手で通る。それほどSDの出入りが激しかった。

山崎に荷物をぶつけられて、SDたちの反感の強さが骨身にこたえたが、渡邉はめげなかった。

わずか十日ほどの間に、渡邉が荷物をぶつけられたのは三度あったが、ほかにも手引きをしくじるSDはいくらでもいたのに、ぶつけられるのは渡邉だけだった。

一度で懲りた渡邉は「〝大卒〟！」と左側から怒声が飛んできた瞬間、身構えて、躰をかわしてよけるか、両手で受け取るようになったため、SDたちは声をかけずに荷物をぶつけてきた。

一年の勤務期間中、渡邉は二十回ほど荷物を放り投げられ、十回は左耳、左肩、左腰に命中させられた。

「〝大卒〟！　ぼさっとすんな！」

「〝大卒〟！　しっかりしろ！」

命中したあとで、罵声《ばせい》を浴びせて嘲笑《ちょうしょう》する手合いばかりだった。ヘタに渡邉を庇《かば》い立てしようものなら、一緒にいじめの対象にされかねないので、よってたかって渡邉をいじめるしかなかったとも言える。

ＳＤたちに与えられる休日は、ひと月に、たった二日である。早番と遅番のローテーションらしきものはあったが、遅番のほうが遥《はる》かに多く、朝六時の出勤時間は同じなので、平均実働時間は二十時間に及ぶ。

二週間に一度の休日、渡邉は食事の時間を一度に削って、ひたすら眠り続けた。それで二週間分の睡眠不足が取り戻せたのだから、われながら頑健な躰だと思ったものだ。

十一月三十日、初めての給料日に、渡邉は川村所長から声をかけられた。

「渡邉、おまえひと月よく頑張ったなあ。まだ頑張れるか」

「もちろんです」

「当てにしていいんだな」

「はい」

「そう。頼りにしてるからな」

川村は半信半疑だった。というより、きょうが最後だと諦《あきら》めていた。渡邉がほかのＳＤたちのいじめにあっていることを知っていたからだ。

岡本にはそれとなく注意もした。

「〝大卒〟をなんとか一人前のＳＤとして育ててやってよ。特別優しくする必要もないが、渡邉は見所がある。あいつが一年続くようだったら、きみの功績だ」

「一か月分の給料をもらったら、それでおさらばしますよ。〝大卒〟は、やっぱり目障りな存在でしかないんじゃないですか」

「そう言わないで。どうやらヤル気らしいじゃないの」

「いや、〝大卒〟はひと月だけで終わりですよ」

十二月一日の朝六時に渡邉があらわれたとき、岡本は、ぽかんとした顔で渡邉を見上げた。

「おはようございます」

「〝大卒〟、おまえ、本気でＳＤ続けるつもりなのか」

「はい。よろしくご指導ください」

笑顔を向けられて、岡本は照れくさそうにしかめっ面で言った。

「ああ。しごいてやるよ。所長から、〝大卒〟を筋金入りのＳＤに育てろって言われてるんだ」

7

岡本の態度が変化したと渡邉が実感したのは、その夜のことだ。

渡邉は午後十一時過ぎに同期生で残っている藤原と連れだって、いつものラーメン店へ行った。

「渡邉さん、ビール一杯どうですか」

「いいですね。荷降ろしまで、まだ時間がありますから」

店内はけっこう混んでいたが、佐川急便のSDはほかにいなかった。

大盛の野菜ラーメンができるまでに二人はビールを飲みながら話した。

「渡邉さんは羨《うらや》ましいくらい若いから、SDを続けられるでしょうが、わたしは無理です。十二月は荷物が多いから言い出しにくいので、一月から事務に回してもらおうと思ってます」

「たしかに、きつい仕事ですよねぇ。しかし、事務だと給料が半分以下になっちゃいませんか」

「しようがないですよ。四十二歳で佐川のSDは躰《からだ》がもちません。わたしは練馬のほうでアパレル関係の会社を経営してましたが、会社が潰《つぶ》れて、借金で首が回らない口です。ここだけの話ですよ。渡邉さんはインテリで信用できそうなので、話すんですが……」

藤原は周囲を見回しながら声をひそめて、つづけた。

「佐川急便は身元保証人を履歴書に書くだけで、事実上は必要ないし、住民票も要らないと聞いていたので、安心してもぐり込みましたけど、SDの仕事がここまできついとは思いませんでした。中三の娘が一人いますが、家族とは別居してます。女房もスーパーで働いてますから、五万も仕送りすれば、なんとかなると言ってくれました。渡邉さんは所長の受けがいいようですから、口添えしていただけるとありがたいんですが」

藤原のグラスにビールの大瓶を傾けてから、渡邉がにこやかに言った。

「お役に立てるかどうかわかりませんけど、なんでしたら所長と一緒に話しませんか。わたしは一年間SDを続けるつもりですから、それが取引の材料になるかもしれませんよ」

「一年も」

「はい。三百万円貯めて会社をつくるための元手にしようと思ってます。佐川急便のSDは、多かれ少なかれ、皆さんなにか事情があるような気がします。ですから藤原さんもあんまりまわりを気にしないほうがよろしいんじゃないでしょうか」

藤原はおどおどし過ぎる、と渡邉は遠回しに言ったつもりだった。

「はい。気をつけます」

藤原の口調には若造がなにを言うか、という不快感はなかった。

「渡邉さんは、いじけたところがまったくないし、大卒だし、背も高いし、マスクもいいので、どうしても目立ちますから、ほかのSDたちにやっかまれて、いじめられてるでしょう。一年もSDを続けられますかねえ」

渡邉は背筋を伸ばして、決然と言い放った。

「絶対に続けます。そうしなければ目標を達成できないんですから、頑張るしかありません」

「凄《すご》いなぁ。わたしも商業高校しか出てませんが、大卒のSDなんて佐川急便に限らず、宅配便業界に一人もいないんじゃないでしょうか。奇蹟《きせき》的な存在ですよ」

ラーメンを食べながら、渡邉は〝夢〟を語った。これで三人目だ。

〝夢〟を語ることによって、自分自身を鼓舞しているつもりもある。

二人がラーメン店を出たのは日付が変わる十五分前だった。

地方から宅配便の荷物を満載した一〇トン以上の大型車がターミナルに到着して、荷降ろしの作業が始まっていた。通常より早めに着いたのだ。

渡邉と藤原はあわてて作業に参加したが、作業終了後、渡邉はSDたちに取り囲まれて、鉄拳《てっけん》制裁を受ける羽目になる。

「〝大卒〟！　てめぇ酒くさいじゃねぇか。仕事中に酒飲むとは、とんでもねぇ野郎だ！」

渡邉が山崎に胸ぐらをつかまれて強烈な一発を左頬にくらったとき、二人の間に割って入ったのが岡本だった。

「ちょっと待て！　暴力はいかん」

空手有段者の岡本には、誰も抗《さか》らえない。

二人を引き離したあとで、岡本が渡邉に訊《き》いた。

「〝大卒〟、酒を飲んだのは事実なのか」

「はい。ビールを少し飲みました」

「藤原と二人で飲んだらしいが、〝大卒〟が誘ったのか」

「そうです」

事務部門への移籍を望んでいる藤原を庇《かば》うのは当然だ、と渡邉は思った。

「〝大卒〟、皆んなに謝れ。仕事中の飲酒はご法度だぞ。大学出てて、そんなこともわからんのか」

「ご迷惑をおかけして、申し訳ありませんでした」

渡邉は四方に四回最敬礼した。

「よし。おまえら、〝大卒〟が頭を下げて謝ったんだから、許してやれ。いいな」

殺気だっていたSDたちも収まり、次の作業に取りかかり始めた。

藤原が渡邉に向かって低頭したとき、渡邉は笑顔で目礼を返した。

8

渡邉の腰が激痛に襲われたのは、翌十二月二日午後一時過ぎのことだ。一五キロの蜜柑《みかん》の入った段ボール箱を集配車から取り出した瞬間の〝魔女の一撃〟である。

その瞬間、〝ギシッ〟となにか砕ける音が聞こえた。錯覚かもしれない。しかし腰の激痛は現実だった。

「ウッ！」

うめき声を発したきり息がつけなくなって、渡邉は荷物を抱えたまま身動きが取れなくなった。

呼吸するのもつらいほどの激しい痛みで、蒼白《そうはく》な顔に脂汗が滲《にじ》んだ。

渡邉は死ぬ思いで荷物を集配車に置き、両手で腰を押さえながら、一〇センチ程度の歩幅で運転席へそろっそろっと戻った。そして無線電話で営業所を呼び出した。

「七号車の渡邉です。ぎっくり腰にやられたらしくて……。助けてください」

声をしぼり出すのもつらかった。発声すると、腰の疼《うず》きが倍加する。

女性事務員から岡本の声に変わった。

「〝大卒〟、いまどこにいるんだ」

「山田町団地の、公衆電話の、近くにいます」

「わかった。すぐ行ってやる」

岡本が水野を伴って、川村の自家用車で駆けつけてくれたのは十二、三分後だが、渡邉にはそれが一時間以上に思えた。

「〝大卒〟、中腰で重たい荷物を持ったんだろう。重い荷物は腰をしっかり入れなきゃだめなんだ」

「は、はい」

返事をするのもやっとだ。

「水野、〝大卒〟を病院へ連れてってくれ。俺は残りの荷物を運ぶ」

「ＯＫ。いいよ」

上席課長の岡本が水野に命じた。

乗用車に渡邉を運び込むまで、岡本と水野が肩を貸してくれた。

「〝大卒〟、勤務中にビールなんか飲んでバチが当たったんだな」

「…………」

「おまえ、これでSD懲りたろう」

「…………」

岡本がなにを言おうが、渡邉はうなずくか、首を左右に振るのがやっとだった。

近くの掖済会《えきさいかい》病院の外来で、痛み止めの注射を打ってもらい、一週間分の湿布薬と三日分の鎮痛剤を与えられて、渡邉が水野と営業所に戻ったのは、午後三時過ぎだ。

「二週間の自宅療養を要する」というのが整形外科医の診断だった。

川村が自家用車で渡邉を竹之丸住宅まで送り届けてくれた。赤いカローラは水野が運んでくれた。助手席にいる渡邉を気遣いながら、川村が訊《き》いた。

「大丈夫か」

「はい。注射が効いてるみたいです」

「きみに二週間休まれるのはつらいが、医者の言うことは聞いたほうがいいな」

「十二月の忙しいときに、申し訳ありません」

「岡本課長がきみの代わりに頑張ってくれるよ。だから二週間経ったら必ず出てきてくれよ」

「もちろんです。一週間休めば、動けると思います」

「渡邉、無理しなくていい。そのかわり、辞めないでもらいたいな」

「辞めるなんてとんでもない」

「きみにはSDを一年で卒業して、東京本部で幹部になってもらいたいんだ」

「………」

「中小企業の社長で苦労するより、佐川急便で偉くなったほうが楽なんじゃないのか。きみなら確実に上にいけるよ」

「はあ」

渡邉はどっちつかずにうなずいたが、そんなつもりは毛頭なかった。佐川急便に骨を埋めるくらいなら、ミロク経理のほうがましである。

車から降りるときに肩を貸しながら、川村が念を押した。

「ぎっくり腰が治ったら、必ず出社してくれよな」

「はい」

川村と水野に左右から支えられて、渡邉は、やっと家にたどり着いた。

第二章　盟友たちとの回想

1

昭和五十七年（一九八二年）十二月三日金曜日の午後二時を過ぎたころ、黒澤真一と金子宏志が連れ立って竹之丸住宅の渡邉美樹《わたなべみき》宅に駆けつけてきた。

この日の朝、渡邉が横浜市旭区鶴ヶ峰の黒澤宅に電話をかけたのだ。

「きのうぎっくり腰になっちゃって、会社を休んでるんだ。一週間は家の中でじっとしてるから、都合のいいときに遊びに来てくれよ。黒《くろ》にはずいぶん会ってないから、久しぶりに顔が見たいんだ」

「きょう、さっそくお見舞いに行くよ。俺も美樹に会いたかったんだ。宏志も誘ってみる」

「ありがとう。じゃあ、あとでな」

黒澤は立教大学経済学部四年生、金子は明治大学商学部四年生で、二人とも神奈川県立希望ヶ丘高校時代のクラスメートだ。

渡邉は現役で進学できたが、黒澤と金子は一浪したことになる。

「ぎっくり腰って、痛いんだってねぇ」

「まだ痛むのか」

寝床に仰臥《ぎょうが》している渡邉の顔を黒澤と金子が心配そうに覗《のぞ》き込んだ。

黒澤は高校生で通りそうな童顔だが、利《き》かん気な感じも与える。

金子は一メートル八八センチの長身で、渡邉より五センチ、一メートル七三センチの黒澤とは一五センチも身長差がある。眼が優しく、メタルフレームの眼鏡をかけていた。

「薬が効いてるから動かなければ痛くないけど、宅配便の配達中に激痛に襲われたときは口もきけないほどつらかった。先輩のＳ Ｄ《セールスドライバー》に中腰で重い荷物を持ったからだって叱られたが、だったら最初に教えてもらいたかったよ。大卒のＳＤは俺が初めてらしいんだ。それで皆んなにやっかまれて意地悪されてるってわけ。荷物はぶつけられるし、佐川急便っていう会社は想像以上にすさまじいところだよ」

「美樹、ほんとに一年続けるつもりなのか」

「もちろん続けるさ」

渡邉は黒澤に笑顔で返事を返して、話をつづけた。

「佐川急便のＳＤを一年間続けられないようじゃ、見通し暗いよねぇ。計画の挫折《ざせつ》を意味することになるもの。必ず続けてみせるよ。俺は社長になるためにこの世に生まれてきたんだって信じてるんだ」

茶菓を運んできた糸が口を挟んだ。

「美樹がぎっくり腰になったのは、トラックの運転手を辞めなさいっていう神様のおぼしめしでしょうが……。社長になるのもいいけど、トラックの運転手やらなきゃ社長になれないなんて話、わたしはおかしいと思うよ。皆さんもよう言うてください。素直な子だったのに聞き分けがなくて……」

「きのうから、ずっとこの調子で、辞めろ辞めろって、うるさく言われて参ってるんだ。おばあちゃん、向こうへ行っててよ」

渡邉は冗談めかして言ったが、孫を思い遣《や》る祖母の気持ちは痛いほどわかっていた。

「でも、俺もけさ美樹から電話もらったときは、やっぱりSDは辞めたほうがいいと思ったけどねぇ」

「うん」

黒澤の意見に金子もうなずいた。

「ま、今度ぎっくり腰が再発したら、辞めざるを得ないかもねぇ。俺の意思とは関係なしに会社がSDとして雇用してくれないだろう。だからそれまでは続ける。おばあちゃん、そんなところで勘弁してよ」

「しょうがない子だねぇ……。黒澤さん、金子さん、ゆっくりしてってください。わたしは踊りの稽古《けいこ》があるので、失礼します」

玄関のドアがしまる音を聞きながら金子が言った。

「おばあちゃん元気だねぇ。いくつになったの」

「明治二十八年四月八日生まれだから、数えで八十八。お釈迦《しゃか》様と同じ日に生まれたからよく覚えてるんだ」

　黒澤が湯呑《ゆの》みに手を伸ばした。

「踊りって日本舞踊」

「そう。近くの公民館で教えてるんだ。あきれるほど元気だよ。毎朝五時前に起きて、朝飯と昼飯を二食分つくってくれる。夜食は会社の近くで摂《と》るが、三食合わせた食事の時間は、三十分ってとこかねぇ。朝は出勤途中の車の中だし、昼も集配車の中なんだ」

「そんな無理をして、躰《からだ》を壊さなければいいけどねぇ。いや、ぎっくり腰で、もう壊れてるわけだ」

「黒、ぎっくり腰なんて病気のうちに入らないよ。ぎっくり腰も痛かったけど、十二月分の給料を減らされるのも痛いよ。ところで黒はお父さんに、俺たちと飲食業をやるって話をしたのか」

　渡邉は腰を庇《かば》いながらゆっくりと上体を起こし、緑茶をひと口すすってから、すぐに横たわった。

「黒のお父さん、まだ怒ってるのか」

「うん。なんのために苦労して大学に行かせたのかわからないって嘆いてるよ。就職活動しないで、ぶらぶらしてれば頭にくるかもねぇ。でも、地方公務員の父親に苦労かけたくなかったから、もともと大学に行くつもりはなかったんだ。大学二年のとき辞めようと思ったもの」

「俺が二年で、黒と宏志が一年の夏に、キャンピングカーで日本一周旅行をしたとき、黒はそんなこと言ってたよなぁ」

「うん。美樹も宏志も、せっかく進学できたんだから、卒業するまで頑張ったらどうかっていう意見だったよねぇ。両親もそうだった。それで、なんとなく四年経ってしまったっていう感じだよ。親父にはまだなんにも話していないんだ。いずれ話さなければならないけど、そのときは美樹も一緒に、親父を説得してくれよな。横浜会《はまかい》での活躍で、美樹のことは親父も信頼してるみたいなんだ」

「美樹は横浜会を変えたから凄《すご》いよ。おととしの〝森林公園の集い〟と去年の〝一万人コンサート〟は美樹じゃなければできなかったと思う」

金子の話を黒澤が引き取った。

「俺は明治じゃないけど、両方とも参加させてもらった。〝森林公園の集い〟は、美樹の呼びかけに応じて立教や早稲田も参加したが、美樹のパワー、リーダーシップぶりをいやというほど見せつけられた思いがした。美樹が中学のころから福祉とかチャリティ活動に関心を持ってたとは聞いてたけど、あのときは本気でそれを実践する人だってことを実感させられたよ。〝恵まれない施設の子供たちに、生涯忘れられない思い出をプレゼントしたい〟っていう美樹の話は説得力があったよねぇ」

「童心にかえって、ほんとうに楽しい一日だったなぁ」

渡邉も遠くを見る眼になった。

2

横浜会《はまかい》とは、明治大学横浜会《よこはまかい》のことで、横浜に住んでいる明治大学の在校生の親睦会《しんぼくかい》である。メンバーは約百二十人。

渡邉は三年の夏から四年の夏にかけて、幹事長を務めた。大学の四年間、キャンパスに行くよりも、横浜会の事務所に顔を出すほうがずっと多かった。

事務所といえば聞こえはいいが、伊勢佐木町の喫茶店と雀荘《ジャンそう》である。

一階が純喫茶〝オーロラ〟。二階が麻雀センター〝イセフク〟で同じ経営者だった。〝イセフク〟は夕方五時までの開店中に横浜会の連絡場所として無料で使用させてもらえた。〝オーロラ〟も明大生たちの溜《た》まり場になっていた。

〝イセフク〟〝オーロラ〟経営者の好意に、渡邉たちは甘えていたことになる。

もっとも横浜会幹事会のメンバーは学割とはいえ、麻雀に興じることもしばしばあったし、〝オーロラ〟の上得意でもあったので、持ちつ持たれつの関係だったとも言える。

渡邉が二人の副幹事長を〝オーロラ〟に呼び出して、相談を持ちかけたのは、昭和五十五年六月下旬の梅雨《つゆ》どきである。この日は梅雨寒《つゆざむ》で、三人とも詰め襟の学生服を着ていた。

副幹事長は、同級生の工学部三年の呉雅俊《ごまさとし》と経営学部三年の沼田一英だ。

二人とも明るい性格で、渡邉をもり立ててくれた。

「年に一度マンドリンコンサートを開催して、収益金を養護施設に寄付してきたが、それだけで満足していいんだろうか。いわば俺たちは施設の子供たちと間接的なふれあいでしかなかったわけだ。横浜会の学生たちと施設の子供たちが直接ふれあうことがあってもいいんじゃないか、と俺は考えてるんだ」

「渡邉、具体案はあるの」

呉の質問に渡邉はにこっと微笑んだ。

「秋に横浜スタジアムを一日借り切って、施設の子供たちと運動会をやるっていうのはどうだろうか。人工芝の上で子供たちと一緒に、お弁当を食べるのも悪くないと思うよ。運動会のプログラムについては、企画部で詰めてもらうとして、生涯忘れられない楽しい思い出を、恵まれない子供たちにプレゼントできたら、どんなに幸せな気持ちになれるだろうか、なんて思っちゃうわけよ」

沼田がひとうなずきして言った。

「なるほど。親睦と福祉が伝統的にも横浜会の二つの柱と言われている。その二つの柱の質を高めたいっていうわけだな」

「グッドアイデアだが、相当な大事業になるぞ。横浜スタジアムは確保できると思うが、招待する子供たちの数にもよるけど、横浜会だけで対応できるだろうか」

呉が思案顔で腕を組んだ。

呉と沼田が並んで坐《すわ》り、渡邉は二人と向かい合っていた。三人ともアメリカンを飲んでいる。

渡邉が上体を乗り出した。

「早稲田や中央にも呼びかけたらどうだろうか。五十九年も続いている明治ほど充実してる横浜会はないと思うけど、ほかの大学にも横浜会は存在する。明治が主催して、早稲田や中央にも後援してもらう。そして、これを機会に横浜会の連盟会をつくってもいいんじゃないか」

「渡邉はそこまで考えてたの」

「うん。四百人か五百人の児童を招待するとしたら、ホストの学生は百五十人は必要だろう。横浜会を総動員しても百二十人。その中には参加が不可能な学生もいるに違いないから、最低五、六十人は他大学に応援してもらわなければならないと思うんだ。次の幹事会に諮《はか》って、マスタープランを決めたいが、賛成してもらえるかな」

「いいよ。大賛成だ」

「俺も右に同じ」

呉と沼田の同意を得て、渡邉はうれしそうに白い歯を見せた。

明治大学横浜会の幹事会は毎週金曜日の午後七時から、弘明寺《ぐみょうじ》に近い南区大橋町の鈴木正之邸で行われていた。

明大の横浜会が発足したのは大正十二年五月だ。鈴木正之の実父、長之が初代会長で、現会長の正之は二代目である。会員は現役学生だが、OBは賛助会員であり、便宜的に会長もOBに委ねていた。

鈴木は渡邉たちより二十年ほど先輩で、横浜市議会議員である。鈴木が幹事会に顔を出すことはほとんどなかったが、会長の立場で古い邸宅の応接室を幹事会の例会用に提供していた。

渡邉のリーダーシップによって、早稲田大学、中央大学、専修大学、明治学院大学、立教大学の各横浜会の協力を取りつけることにも成功した。

しかし、横浜スタジアムの確保は、プロ野球セントラルリーグの消化試合の関係で困難なことがわかった。

当初、十月末の日程でプランを進めたことがネックになったが、派閥関係が複雑に絡んだOB会の反対も少なからず影響していたことが後日、判明した。鈴木会長の手柄にしたくない、という極端な感情論の存在を聞くに及んで、渡邉は情けなくなった。

渡邉たちは経済面でもOBのバックアップが不可欠だと考えて、ねばり強くOBたちを説得したが、結局賛成してもらえなかった。

「鈴木市会議員の点数稼ぎには与《くみ》したくない」

「マンドリンコンサートのチケットで協力させてもらうよ」

「福祉もけっこうだが、運動会とかお祭はやり過ぎなんじゃないのか」

ＯＢの反対論を集約すると、こんなところだろう。要するに賛助金の協力は断る、というわけだ。

渡邉の判断は早かった。

「ＯＢを当てにするのはやめよう。横浜会の活動費から捻出《ねんしゅつ》する。資金面で、他大学に協力を求めることもしない」

反対論を見返したい、という思いは渡邉を含めた幹事会の総意になった。

3

〝集い〟の計画が煮詰まってきた十月中旬の某夜、有力ＯＢの浜田通隼《みちとし》から渡邉に呼び出しがかかった。

浜田は渡邉より十五年ほど先輩である。横浜市鶴見区で建設業を経営していた。

浜田は〝オーロラ〟に電話をかけてきたのである。

「浜田だが、横浜会幹事長の渡邉はおるのか」

渡邉は、〝集い〟の打ち合わせで連日、連夜、〝オーロラ〟に詰めていた。

「渡邉さん、浜田さんという方からお電話です。ドスの利いた声で、なんだか怖そうなおじさんよ」

ウェイトレスが両手で握った受話器を渡邉に渡した。

「はい、渡邉です」

「おまえ、あしたの夜はあいてるのか」

「はあっ」

「ウチへめしを食いに来んか。副幹事長も連れてきたらええな。七時に待っとる」

「ありがとうございます。七時に呉と沼田の三人で参上します」

渡邉は大学二年の春休みに浜田建設で作業員のアルバイトをした関係で、浜田とはすでに面識があった。

浜田は三十六、七歳のはずだが、上背《うわぜい》もあり、恰幅《かっぷく》がよく、堂々たる押し出しだった。サングラスをかけて横浜の繁華街をのし歩くさまは、威風あたりを払う感があったと思える。

その夜、浜田は、夫人が手をかけた家庭料理で、渡邉たちをもてなしてくれた。三人は十六畳もある広い客間に通された。

ビールで乾杯したあとで、浜田が渡邉に訊《き》いた。

「横浜スタジアムは、ダメだったらしいな」

「はい」

「場所はどうなった」

「根岸の森林公園が確保できました。市役所にお百度を踏んで、やっと使用許可が得られました。十一月九日の日曜日です」

呉と沼田は緊張し切って、ほとんど口をきかなかったので、もっぱら浜田と渡邉のやりとりになった。

「OBは皆んなおまえらに冷たいそうじゃないか。鈴木市会議員に焼餅《やきもち》やいとる奴がおるらしいが、筋違いだろう。選挙の事前運動ぐらいに思っとる手合いもおるそうだが、ケツの穴が小さいいうか、ゲスの勘繰りだろう」

「先輩のおっしゃるとおりです。本件で鈴木会長に相談したことは一度もありません。僕たち学生だけで決めたことなんです」

「渡邉、おまえは福祉が好きらしいなぁ」

「福祉なんてだいそれたことではありません。恵まれない施設の子供たちに、生涯の思い出になる楽しい一日をプレゼントしたい、と考えたまでで、僕たち自身も子供たちと一緒に楽しく遊べればいいなぁ、と思ってます。子供たちに夢と希望を与え、勇気づけるような〝集い〟になると信じてます」

「趣旨は大いにけっこうだ。しかし、先立つものが集まらんのに、運動会が開けるのか」

「活動費から捻出します。ほかの活動を犠牲にしても、子供たちとの約束を果たさないわけにはまいりません」

渡邉たちは、すでに各施設に足を運んで、責任者たちに計画を話していた。

「そうなれば、子供たちがどんなに喜ぶことでしょう」

「明大の横浜会から例年ご寄付をいただいてますが、こんなありがたいお申し出はありません」

どの施設の理事長や園長も、渡邉たちのプランを歓迎してくれた。

「経費はなんぼかかるのかね」

浜田の質問に、渡邉は大きな眼を見開き、生唾《なまつば》を呑《の》み込んだ。

賛助が得られるかもしれない、と咄嗟《とっさ》に頭の中で計算したのだ。

浜田邸に来る道すがら、渡邉はそんな皮算用を、呉と沼田に話さぬでもなかった。

4

渡邉はビールをひと口飲んで、グラスをテーブルに戻し、居ずまいを正した。そして、まっすぐ浜田をとらえた。

「〝森林公園の集い〟関係の経費は約三十万円です」

浜田はぎろりとした眼を和ませた。

「なんだ、たった三十万円か」

「昼食は百四十人の学生が一人三食分以上を持参することにしてますし、フォークソング、童話・民話、竹とんぼ・竹馬、ヨーヨー釣り、それから野球、テニス、卓球など全部で十六コーナー設けますが、設営にそれほどおカネはかかりません。野球コーナーでは大洋ホエールズの斎藤投手、田代選手、浅利選手の三人が無償で友情参加してくれることになりました。ヘリウム入りの風船を六百個用意しますが、これもたいした額ではありません。いちばんかかるのは子供たちの交通費とお土産代です。学生には自腹を切ってもらいます。それと実行委員会の会議費や市役所や施設を訪問したときの交通費なども、けっこうかさんでます」

「おい！　おまえ飲まんか」

浜田がビール瓶を持ちあげたので、呉があわて気味に空のグラスに手を伸ばした。ついでに渡邉と沼田にも酌をしながら、浜田がこともなげに言った。

「俺が全部出してやろう。だが、このことはほかのOBには絶対話すんじゃないぞ。俺がええかっこしてるみたいに取られるのは、かなわんからな」

渡邉が右手と左手の呉と沼田にこもごも眼を遣《や》った。

「それは過分すぎます。十万円、いや五万円でけっこうです。予算をはみ出した分についてのみ、援助いただければ充分です」

呉が口を添えた。

「渡邉幹事長の言うとおりです。活動費を充当することにつきましてはすでに機関決定してます」

「病人や怪我《けが》人が出たり、なにが起きるかわからんぞ。カネはあるに越したことはない。余ったら返せ。それでいいだろう」

浜田はぶっきらぼうに言って、右に首をひねった。

「おい、用意しろ」

「はい」

夫人はいい返事をして、客間から退出した。

夫人はほどなく席に戻り、白い封書を浜田に手渡した。

「返さんでもいいぞ。幹事会の経費にしたらええ」

「いいえ。不足分だけ使わせていただきますが、必ずお返しします」

渡邉がくぐもった声で言った。熱いものがこみあげてきそうになったのだ。

「あなた方は立派ですよ。早稲田や立教と大学横浜会連盟までつくったそうじゃないですか」

夫人に優しく言われて、渡邉は目頭が熱くなった。

ＯＢ会にそっぽを向かれ、いくぶん意地になって突っ走ってきたが、ここまでもってきた苦労なりエネルギーは、筆舌には尽くし難い。

むろん、肩肘《かたひじ》張った使命感だけではない。楽しんでいた面もないではないが、横浜会の幹事長に選ばれた以上は、横浜会の存在意義をもっともっと高めたい、と渡邉は思っていた。

〝集い〟の実行委員会関係の会議だけでも、他大学との連絡を含めて百回以上に及んだ。市役所や養護施設にも、何度足を運んだかわからない。

浜田夫人にまで褒めてもらえて、渡邉は涙がこぼれるほどうれしかった。

「おまえら、ほんとによくやった。いくら褒めても褒めすぎにはならんよ。俺たちのころは早稲田や立教と張り合ってばかりいたが、今度の運動会をきっかけに、横浜会同士で連盟をつくるなんて俺たちの学生時代には夢にも考えられんかった。学校はほかにどことどこだ」

沼田が答えた。

「中央、明学、専修です。明治がリーダーシップを取りました。渡邉の行動力、決断力には脱帽です。十一月九日の〝集い〟は素晴らしいイベントになると思います」

「僕なんかより、呉と沼田が頑張ってくれたお陰です。二人に限らず、横浜会の幹事一同、ほんとうに全員火の玉になって、〝集い〟を成功させるために、頑張ってます」

ちなみに幹事長、副幹事長以外の明治大学横浜会幹事会メンバーは次の二十名であった。

▽会計部＝部長　渡邉英明（農学部三年）、副部長　中野昌義（経営学部三年）

▽企画部＝部長　宮野尾《みやのお》誠（法学部三年）、同　長沼滋海《しげみ》（経営学部三年）、副部長　二宮ひろみ（法学部三年）、同　平戸八千代《ひらとやちよ》（法学部三年）、同　鈴木興治（経営学部二年）

▽渉外部＝部長　市丸悟《いちまるさとる》（政治経済学部三年）、副部長　金子正則（経営学部二年）

▽文化調査部＝部長　菅原義隆（商学部三年）、副部長　飯沢博行（工学部二年）

▽文化広報部＝部長　大石健児（商学部三年）、副部長　田中邦彦（工学部二年）

▽総務部＝部長　犬飼豊（政治経済学部三年）、副部長　深沢光哉（経営学部二年）
▽体育部＝部長　小沢正也（法学部二年）
▽連盟委員＝今井浩（経営学部二年）、今村越郎（工学部二年）
▽和泉支部＝支部長　金子宏志（商学部二年）
▽生田支部＝支部長　川端康雄（工学部二年）

そして〝集い〟の招待児童は横浜市愛児会、横浜訓盲院、日本水上学園、子供の園、聖母愛児園、春風子供園、愛の小箱、神奈川少年友の会、中里学園、誠心学園など、県内十養護施設の約四百人。

浜田邸を辞去し、国鉄鶴見駅に向かって歩きながら、渡邉、呉、沼田の三人は肩を叩《たた》きあって、男泣きに泣いた。

「地獄に仏っていうけど、俺はいかつい浜田先輩の顔が仏様に見えたよ」

「ほんと。美形の奥さんは観音様だな」

呉と沼田は真顔だった。

暗がりの中で、渡邉はふたたびこみあげるものを制しかねていた。

後日、三人は三十万円を返済するため浜田邸を再訪したが、浜田はちょっと厭《いや》な顔を見せてから、のたまった。

「おまえたち律儀だなぁ。二十万円は返してもらうが、十万円はコンパで使ってくれ」

渡邉はそれを固辞すると角《かど》が立つと思ってありがたく受け取った。

十一月八日の夜、〝オーロラ〟で最後の打ち合わせ終了後、渡邉が呉に話しかけた。

「準備おさおさ怠りなしだな。あとは神様が子供たちに青空を与えてくれるかどうかだ」

「きっと晴れるよ。あしたは素晴らしい一日になるだろう。こんなに苦労して、報いられないはずがないよ」

「でも、ときに神は無慈悲なことをするからなぁ」

渡邉が愁い顔で言った意味深長な言葉が呉の耳に残った。

5

渡邉は午前四時過ぎに眼が覚めた。窓をあけると、降るような星空だ。

「やった！」

思わず快哉《かいさい》を叫んでしまい、渡邉は顔を赧《あか》らめて、あたりに眼を遣ったが、誰もいるはずがなかった。

五時に糸が起床し、おむすびと、いなりずしをたくさんこしらえてくれた。

ウインナーソーセージと茹卵《ゆでたまご》は渡邉がつくった。頰がゆるみ、つい口笛が出てしまう。

「美樹、うれしそうだねぇ」

「うん。期待してたとおりの秋晴れだからねぇ。子供たちの笑顔がいまから見えるようだよ。横須賀の春風子供園に行ったとき、子供たちに取り囲まれちゃって、ちょっと話したんだけど、十一月九日のこの日を皆んな指折り数えて、心待ちにしてたと思うんだ」

「おまえは、ガキ大将のころから面倒みのいい子だったたねぇ」

糸との対話も弾《はず》んだ。

学生たちは七時集合だが、実行委員会のメンバーは六時半だった。

縄とび、バドミントン、紙芝居、草そりなど十六コーナーの設営は二時間ほどで終わった。十六コーナーはもとより全員参加の綱引き、宝さがしや、昼食、風船などの担当がこと細かく決められた。実行委員長の渡邉は全コーナーを隈《くま》なく目配りしなければならない。

大洋ホエールズの斎藤、田代、浅利の三選手もユニホーム姿で、九時前にあらわれ、テントの中で待機していた。

テントの上で〝緑と青空と夢のある日を！〟と大書された横断幕がはためいている。

子供たちが園長や先生に引率されて、九時ごろから続々と集まってきた。広大な森林公園が事実上、借り切りも同然だった。

九時半に司会の宮野尾が緊張した面持ちでマイクの前に立った。声がうわずるのは仕方がない。

「お待たせしました。ただいまから、学生と養護施設児童との〝親睦《しんぼく》の集い〟を開催します。渡邉美樹実行委員会委員長に開幕を宣してもらいます」

渡邉は高ぶる気持ちを懸命に制御しながら、宮野尾と位置を変えた。それでも、胸の高鳴りはなかなか鎮まらない。

養護施設ごとに整列している子供たちに笑いかけた瞬間、すーっと肩の力が抜けて、気持ちが楽になった。

「皆さん、おはようございます。根岸の森林公園にようこそお出《い》でくださいました。澄み切った青空の下で、おいしい空気をたくさん吸いながら、きょう一日楽しく遊びましょう。僕たち学生も、皆さんと一緒に楽しい一日をすごしたいと思っています。きみたちが生涯忘れられないような楽しい思い出になるように、僕たちはいろいろな工夫をこらしました。きっと楽しんでいただけると思います。さあ、さっそく綱引きから始めましょう。その前に大洋ホエールズの斎藤投手、田代選手、浅利選手の三人が、皆さんのために友情参加してくださいましたので、紹介させていただきます」

三人がテントから颯爽《さっそう》と勇姿をあらわした。子供たちから大歓声が湧き起こる。

三選手が子供たちにまじって綱引きに加わったので、〝集い〟は一気に盛りあがった。

十六コーナーの中で、圧倒的に人気を呼んだのは野球コーナーだ。あこがれのプロ野球選手とキャッチボールができるのだから、それも当然だ。

一人十球の予定を五球にしなければ、さばき切れないほど子供たちの列は長く続いた。

渡邉は数人の春風子供園の子供たちにまとわりつかれて往生したが、子供たちを引きつれて、十六コーナーすべてを見て回った。

渡邉は子供たちと共に草そりを楽しんだり、バドミントンや竹とんぼ・竹馬遊びにも興じたが、最も印象に残ったのは、童話・民話コーナーで女子学生の朗読に聴き入る眼の不自由な子供たちの姿だった。

両手を胸に当てて、眼を閉じてうつむき加減に童話を聴いている少女の姿に胸を打たれ、渡邉は胸を熱くしながらしばし佇《たたず》んでいた。

フォークソングコーナーでは、ギターをつまびきながら、永浜さなみが歌っていた。さなみは明治大学経営学部三年生である。フォークソングのシンガーになることを夢見ていた。詩心もある感性豊かな女子学生だ。

6

サンケイ新聞は昭和五十五年十一月十一日付朝刊地方版で〝秋空のもとに歓声〟〝明大の学生ら、養護施設の子供たちを招待〟の見出しで、写真入りの囲み記事を掲載した。

横浜市中区の根岸森林公園で九日、明治大学横浜会（渡邉美樹幹事長）の学生たちが県内の十養護施設のこどもたち約四百人を招いて〝親睦のつどい〟を開いた。

同会では毎年春、明大マンドリンクラブのチャリティコンサートを開き、児童福祉施設に寄付を行っているが、今回のつどいはめぐまれない施設のこどもたちに楽しい思い出を――と企画したもの。

このつどいには、明大のほか中大、立大、専大、明学大の学生や大洋ホエールズの田代、斎藤、浅利各選手なども友情参加。

「緑と青空と夢のある日を」のテーマぴったりに青く澄み切った秋晴れのもと、こどもたちは広い公園いっぱいに百三十人のお兄さんやお姉さんたちと一緒に、オニギリをほおばり、綱引きや宝さがし、紙芝居、草そりを楽しみ、あこがれの田代、斎藤選手らとのキャッチボールに胸をわかせた。そして最後に「今日の日はさようなら」を合唱しながら夕日に向かって一人一人の願いごとを書いた風船を一斉に放ち、楽しい一日を終わった。

渡邉は、昭和五十六年一月一日号の「明治大学横浜会会報」に次のような文を寄稿した。

「さあみんな手を離して!!」というかけ声と共に、六百個の風船が澄みきった夕暮れの空にどんどん舞い上がってゆく。バンザイする子供、願いがかなうようにじっとしている子供、手を振りながら風船を追いかけてゆく子供、自分の風船がみんなのと一緒に、ちゃんと飛んでいるか聞いている子供、みんなそれぞれいろんな顔をしていた。このとき、子供たちが何を考えていたのかわからない。けれども、きっと何か感じるものを小さな胸に抱いていたことだろう。

ここでわたしは、横浜会において福祉とは何であるか考えてみたい。我々は、今回の行事を開くにあたって、いままで間接的なつながりしかなかった子供たちと何らかの形で肌のふれあいを持ちたいと考えた。このとき、福祉という言葉は抽象的なものとしてだけとらえられ、最初から子供たちが楽しんでくれて満足して帰ってくれれば成功であると思っていた。実際、福祉ということを頭に入れながら子供と接していたなら、その時点ですでに福祉でなくなってしまう。今回の行事に関して福祉に関して何度となく学生の間で論議されたが、結局行きつくところは、子供たちと体でぶつかって、結果として、何か自分に得るものがあればそれでいいのではないか、ということになった。そのとおり、当日学生は、子供たちと全力で体当たりして、一緒になって遊び、みんなが子供たちとのふれあいの中で満足感を味わったことと思う。

子供の楽しそうな顔を見て、誰もがそういう気持ちになったことだろう。それこそが本当の福祉というもので、体を使って初めて得ることができ、それは理屈ではないのではないか。わたしは、子供たちと接してみて、こういうことはこちらの一方的なものでなく子供たちと一体になって、お互いに何かを得るものであると思った。

いま、行事を終えて、わたしは、今回の行事を開き、子供たちにあれほどまでに喜んでもらい、大成功のうちに終了したことを心からうれしく思う。たびたびくる子供たちが一生懸命書いてくれた手紙を見るたびに、感慨深いものがある。

これからも、学生一人一人が今回得たものを大切にして、よりいっそう子供たちの喜んでくれるものを作り上げていってほしい。

永浜さなみは、〝終わらない一日〟と題して、その夜詩を書いた。

おなかいっぱいの息を吹きこんで
風船が空へ飛んでいった
今日という日の数知れない優しさで
たくさんの風船
風にのって飛んでいった
風船は夕日に向かって飛んでいったよ
追いかけるのかい
いっしょうけんめい
僕はだめだよ
追いかけたら涙が流れてしまいそうさ
風船が飛んでいった
今日という日の幸福《しあわせ》を
僕はじっと見つめよう
君等の時代と僕等の時代が

今日という日につながるように

渡邉は皆んなと一緒に、〝今日の日はさようなら〟を口ずさみながら、赤い風船に、〝会社の社長になって、自分のため、そして世のため人のために尽くすことができますように〟と、マジックインキで書いた。手を離すと待ちこがれていたように、風船は舞い上がり、夕陽に融け込んだ。

7

「〝二万人コンサート〟をやろう」

渡邉が眼を輝かせて、こう切り出したのは〝森林公園の集い〟の興奮さめやらぬ十一月十四日のことだ。

この夜七時から明治大学横浜会幹事会の例会が弘明寺に近い鈴木邸で行われたが、メンバー全員が満ちたりた面持ちで〝集い〟の成功をたたえ、喜び合った。

「子供たちから〝なぜ空に風船を飛ばすの〟って訊《き》かれたので、〝空の神様に願いごとをするんだよ〟って答えたら、皆んなうれしそうな顔をしたんだ。あのときの子供たちの笑顔は忘れられないなぁ」

〝集い〟の司会役だった宮野尾誠（企画部長）が言うと、菅原義隆（文化調査部長）も

「子供たちの笑顔を見て、俺も満足感に浸った。美樹が〝楽しい思い出を子供たちにプレゼントしたい〟と言ったけど、そのとおりになったね」と応じた。

渡邊英明（会計部長）がしみじみとした口調で言った。

「たしかにあの風船は素晴らしかった。ほんとうに感動した。涙がこぼれたからなぁ。手から風船を放すまで、俺たちも子供たちも胸がドキドキしたと思うんだ。生涯の思い出になるねぇ」

「風船もよかったけど、大凧《おおだこ》が青空に舞い上がったときの子供たちの笑顔がすごく印象的だったよ。バンザイをした子供が何人もいたからねぇ」

凧揚げコーナーを担当した犬飼豊（総務部長）が上気した顔で言った。

例会はひとしきり〝森林公園の集い〟の話で持ち切りだったが、そんな中での渡邉の発言は唐突に思えた。

会場は一瞬、静まり返った。

渡邊は笑顔で一同を見回した。

「〝森林公園の集い〟の延長線上の話なんだ。童話・民話のコーナーで、眼の不自由な子供たちが朗読に聴き入っていた姿に、僕は胸が熱くなった。あの子供たちに点字の本をたくさん贈ってあげたら、どんなに喜んでもらえるだろうか、と考えたわけよ。一万人集めれば、収益金も増えるじゃない」

「〝一万人コンサート〟って、会場を変えるのか」

呉の質問に渡邉が首を左右に振った。

「横浜文化体育館は変えられないよ。昼夜二回の公演にすれば一万人収容できるだろう」

「マンドリンコンサートで一万人も人が集まるだろうか。例年、五千人集めるのに苦労してるからねぇ」

「沼田、いい質問だ……」

渡邉は余裕綽々《しやくしやく》だった。ひと晩もふた晩も考えたすえの提案だから、それも当然である。

横浜会は例年五月か六月に、明治大学マンドリンクラブのコンサートを開催し、収益金を神奈川県内の児童福祉施設に寄付してきた。今年（昭和五十五年）の寄付金は百十万円だった。

マンドリンコンサートは、横浜会にとって最大のイベントである。養護施設の児童も招待される。来年は二十七回目だ。

渡邉は、このイベントを二倍にスケールアップするためには、どうしたらよいか、知恵をしぼった。

「〝明大創立百周年記念イベント〟と〝目の不自由な子供たちに読書を〟が、キャッチフレーズになると思うんだ。それに来年は〝国際障害者年〟でもあるから、受けるんじゃないかな。沼田の言うとおり、マンドリンコンサートだけだと一万人の集客は難しいが、美空ひばりクラスの大物歌手なり〝アリス〟などとのジョイントコンサートにすれば、どうなるのかねぇ。九段の武道館をいっぱいにできる美空ひばりか、ニューミュージックのグループを引っ張り出せれば、成功間違いなし、とは思わないか」

「なるほど。アリスねぇ」

沼田は腕組みして、二、三度うなずいた。

「チケットを千円として、一千万円。ギャラと見合うかねぇ」

「趣旨が趣旨なのだから、通常のギャラの半分くらいで出演してもらえると思うけど……」

渡邉は、沼田から宮野尾と長沼滋海（企画部長）に眼を転じた。

「どうやら反対論はないらしいので、企画部で具体案を詰めてくれないか。決まったら、市丸に交渉してもらおう」

「オーケー。すげえ大役だが、俺の出番だな」

市丸悟がオクターブの高い声を発した。市丸は渉外部長だ。

昭和五十六年度の明治大学マンドリンコンサートは五月三十一日（日）午後二時、六時半開演に決まり、渉外部はまず、アリス事務所と接触した。

アリスは昭和四十六年に谷村新司と堀内孝雄で結成されたが、その後、矢沢透が参加、人気抜群のグループだ。

しかし、日程の調整がつかなかった。

ついで市丸は美空ひばり事務所に電話をかけたが、本人に伝わる以前に、けんもほろろの返事だった。

「学生コンサート、冗談じゃねぇや」

マネージャーとおぼしき男のひと言で、おしまいだ。

アリスか美空ひばり。それ以外は渡邉の念頭になかったので、早くも行き詰まってしまった。

美空ひばりは横浜が生んだ日本一の歌手だ。

本人に手紙で直訴する手はないか、と渡邉は考えたが、「森進一はどうか」と提案した者がいた。

森進一は昭和四十一年〝女のためいき〟でデビューし、ハスキーな声で、独自の境地をひらいた。演歌ルネッサンスのトップバッターと称され、昭和四十三年にはLP〝影を慕いて〟がヒット、日本レコード大賞企画賞を受賞、さらに四十九年には〝襟裳岬《えりもみさき》〟が大ヒットし、日本レコード大賞に輝いた。

「明大マンドリンクラブの創始者の古賀政男は森進一にとって恩師でもあるんだから、ぴったりなんじゃないか」

「古賀メロディを歌ってもらえるのは悪くないねぇ」

「森進一は、芸能プロダクションから独立して、干されてるから、快諾してくれると思うよ」

〝オーロラ〟での幹事たちのこんなやりとりを聞いて、渡邉が結論を下した。

「よし、森進一に決めよう。市丸、さっそく当たってくれ」

市丸たち渉外部が森進一サイドと折衝した結果、二つ返事でOKしてくれた。森進一サイドは昼夜二回公演で五百万円のギャラを要求してきたが、ボランティア活動の趣旨を説明したところ、最終的には二百五十万円で了解してもらえた。

しかも、森はパンフレット作成にも協力してくれる気の入れようで、市丸たちを感激させた。

森進一の写真やサインを随所にあしらった豪華なパンフレットを二千部作成したのだ。そのなかに森進一とマンドリンクラブの創始者、古賀政男にまつわるエピソードも挿入されてあった。

「僕が『人生の並木路』を歌っているときでした。僕は妹と自分の間のことをすごく思い出してしまって、ボロボロ泣いてしまったんですよ。そうしたら、泣きながら歌っている僕の前で、古賀先生まで一緒になって泣いてくれましてね」。森進一さんにとって古賀政男先生は、プライベートな面の相談相手でもあったのです。

パンフレットの制作費は掲載広告で相殺された。〝イセフク〟〝オーロラ〟まで広告につきあってもらえた。

8

昭和五十六年二月上旬の某日、コンサートのチケットと週刊誌大一枚の青インキ一色刷りのチラシが、印刷会社から〝オーロラ〟に、どさっと運び込まれた。

チケットはタテ九センチ、ヨコ二六センチ大。表は〝MEIJI UNIVERSITY MANDOLINE CONCERT〟と、白抜きの文字が横書きで印刷されてある。裏は〝第27回明治大学 マンドリンコンサート〟〝児童福祉施設援護資金募集 目の不自由な子供たちに読書を！〟〝出演 明治大学マンドリンクラブ〟〝特別出演 森進一〟〝日時 5月31日 PM1：00開場、PM2：00開演〟〝場所 横浜文化体育館〟〝主催 明治大学横浜会 明治大学校友会神奈川県支部〟〝後援 横浜市 神奈川新聞社 TVKテレビ 明治大学駿台クラブ 明治大学神奈川県父兄会 横浜青年会議所 横浜ボランティア協会 コーブン化粧品〟などとある。

マンドリンのカット写真の下に、赤インキで〝このコンサートの純益の一部は、横浜市民生局・神奈川新聞社を通じて、児童福祉施設ならびに肢体不自由児施設に寄付されます。このコンサートには神奈川県管轄養護施設児童が招待されます〟と印刷されてあった。

チラシのほうは、森進一の顔写真とマンドリン、そしてプログラムも。

プログラムは、

第一部　古典音楽
　校歌　スラヴ行進曲　其の他
第二部　ゲスト　森進一
　襟裳岬　おふくろさん　新宿港町　人生の並木路　影を慕いて　其の他
第三部　マンドリンは世界をめぐる
　愛のテーマ　エデンの東　シバの女王　テキーラ　マイウェイ　其の他

当然のことながらチケットは二種類で、夜の部は、日時の開場・開演時間が〝PM5：30　PM6：30〟と異なる。

「一万枚のチケットを売り切るために、皆んなしゃかりきになろう。連盟委員の今井と今村には、特に力を入れてもらおうか」

渡邉は率先して、チケットの前売りで駆けずり回った。夜、学らん姿で関内《かんない》や桜木町の繁華街のバーや飲み屋に、二、三人ずつグループで飛び込んだことも一度や二度ではなかった。

「明治大学横浜会の者です。明大マンドリンクラブと森進一のジョイントコンサートのチケットを、お買いいただけませんでしょうか。わずか千円で、二つのコンサートを楽しんでいただけます」

「コンサートはいつだ」

「五月三十一日の日曜日です。午後二時と六時半の昼夜二回公演で、場所は横浜文化体育館です」

手帳を取り出して、〝五月三十一日〟が空白なことを確認し、「昼の部を三枚もらおうか。森進一の生の歌が千円で聴けるんなら安ぃよ」。

買い手はけっこう多かった。

「学生さん、ご苦労さま。一杯どうですか」

ビールをすすめてくれる客もいる。このことは先刻予想されたことなので、渡邉は「受けてはならない」と学生たちに厳命していた。

「おまえら、いくら儲《もう》かるんだ」と、絡んでくる酔客にも遭遇した。

「僕たちはボランティアです。コンサートの純益は、児童福祉施設に寄付します」

黒澤が一人で五十枚も引き受けてくれたことも明記しておかなければならない。黒澤は友達や親類に、さぞやチケットを押し売りしたことだろう。

もっとも、チケットは渡邉たちの努力で一万枚どころか、一万二千七百七十七枚も売れてしまった。

会場は昼夜二回の公演で一万一千人の収容能力だったから、相当な立ち見客が出たことになる。当日、昼の部ではステージに近い座席を確保しようと、朝九時ごろから人の列ができ、十一時には横浜文化体育館の周囲を二重三重に取り巻く人々で埋まった。

開場を一時間繰り上げざるを得なくなったほどだから、幹事たちはうれしい悲鳴をあげたことになる。曇空だったが、降雨にならないことも幸いした。

招待された児童約二百人には、崎陽軒のシュウマイ弁当がふるまわれた。

午後二時と午後六時半の二回、渡邉は学生服姿でステージのマイクの前に立った。

「明治大学横浜会《よこはまかい》幹事長の渡邉です。よろしくお願いします。本日ここ横浜文化体育館におきまして、第二十七回明治大学マンドリンコンサートがゲストに森進一さんをお迎えして昼夜二回にわたり、かくもたくさんの方々にお集まりいただき盛況裡《せいきょうり》に開催されますことは、わたくしたち明治大学横浜会にとりまして、これほど大きな慶《よろこ》びはありません。今回のコンサートは今年が〝明治大学創立百周年〟そして〝国際障害者年〟に当たることを記念しまして、横浜文化体育館二回公演を行うことになりました。このコンサートの収益金を児童福祉施設援護資金として、特にサブテーマ〝目の不自由な子供たちに読書を〟をふまえましてお役に立てたいと考えております。このような形でわたくしたち横浜会が微力ながら児童福祉のお役に立てるのも、ひとえにわたくしたちの趣旨に賛同し、ご協力くださった横浜市民の皆様や先輩諸兄、関係者の方々のお陰と、心から感謝致しております。これからもわたくしたち横浜会は、少しでも横浜市そして児童福祉のお役に立ちたいと念じておりますが、そのためにも〝マンドリンコンサート〟と〝学生と児童の親睦《しんぼく》の集い〟の二つの事業を人の和を広げるべく育ててまいりたい所存でございます。横浜会の活動に皆様方のいっそうのご指導、ご支援をお願い申し上げます。本日は誠にありがとうございました」

声がうわずらないように低音を心がけたので、マイクに乗ってよく通り、堂々たるスピーチだった。

嵐のような喝采《かっさい》の中を、胸の高鳴りを覚えながら渡邉は降壇した。

こんな大きな舞台で、挨拶《あいさつ》させてもらえるなんて幹事長冥利《みょうり》に尽きる、と渡邉は思った。

翌六月一日付の朝刊で、サンケイ新聞横浜版は〝盛況　チャリティ演奏会〟〝横浜で明大マンドリンクラブ〟の見出しに続いて、次のように報じた。


目の不自由なこどもたちに読書を――チャリティ演奏会としてハマッ子にも定着した明治大学マンドリンクラブの定期コンサート（横浜市など後援）が三十一日、横浜市中区の横浜文化体育館で開かれた。

二十七回目の今年は、国際障害者年に加え、同大創立百周年ということもあって、初めて昼と夜の二回に分けて開かれ、一万二千人の音楽ファンが会場を埋めた。

公演は、三部構成で行われ、森進一さんがゲストとして出演した。収益金のうち毎年百十万円が、同市民生局を通じ市内の児童福祉施設などに贈られているが、ことしはこのほか、目の不自由なこどもたちに点字の本を贈って下さいと、同市の国際障害者年事務局に四百万円が寄託された。

第三章　少年の日の決意

1

十二月四日、土曜日の夕刻、父の秀樹と義母のとみ子が見舞いに来た。

糸が電話をかけて呼びつけたのだ。

「心配するから、親父には知らせないでね」

渡邉《わたなべ》は糸に念を押したが、父親に知らせないという法はない。

料理好きのとみ子は三段重ねの重箱に、煮物や焼き魚などをたくさん用意してきた。

「美樹《みき》さん、おばあちゃんがとっても心配して、お父さんに佐川急便を辞めさせるよう説得してほしい、と言ってましたよ」

「お義母《かあ》さん、ぎっくり腰なんて、病気のうちに入りませんよ。荷物の持ち方が悪かっただけのことで、すぐに治ります」

パジャマの上にカーディガンを羽織った渡邉は上体を起こし、壁に背を凭《もた》せ、脚を投げ出した姿勢で、両親と緑茶を飲みながら話した。

「大の男が一度こうと決めたんだ。ぎっくり腰くらいでSD《セールスドライバー》を辞めたら、男がすたるよ。美樹、頑張ったらいいな」

秀樹の突き放したようなもの言いに、糸はカリカリした。

「おまえ、それでも美樹の親なのかい。毎日二十時間も働かされて、息子が死ぬ思いをしてるっていうのに。それじゃあ、なにしに来たのか、わかんないじゃないの」

「しばらくご無沙汰《ぶさた》してましたから、おふくろと美樹の顔を見に来たんですよ。二人とも元気そうで、安心しました」

「美樹がこんなつらい思いをしてるっていうのに、薄情な親だねぇ」

秀樹は六十三歳、とみ子は一回り下の五十一歳。二人が結婚したのは、渡邉が高一のときだから、七年前だ。むろん秀樹は再婚だが、とみ子は初婚だった。

秀樹夫婦は扇町のマンション住まいだ。

渡邉は二歳年長の姉めぐみと二人姉弟だが、糸を含めて一家五人暮らしをしていた。大学に進学してからは、糸とめぐみの三人で竹之丸住宅に引っ越した。めぐみは三年前に、日本火災海上保険の代理店を経営している野口容一と結婚し、子供もいる。

渡邉は緑茶をすすって、うれしそうに話した。

「お父さんは会社を潰《つぶ》してしまったけど、僕は東京証券取引所へ上場できる会社に必ず育ててみせますよ」

「会社をつくってもいないうちから、大きく出たなあ。だが、美樹ならやるかもしれない。おまえが小学校の卒業記念アルバムに〝おとなになったら会社の社長になります〟って書いたのをはっきりと覚えてるが、あれにはびっくりしたよ」

「お父さんの会社が潰れたことが悔しくって悔しくって、ほんとうにあのとき、そう決心したんです」

渡邉はさも口惜しそうに、下唇を噛《か》んだ。

秀樹が煙草を卓袱台《ちゃぶだい》の灰皿に捨てて、右手の人差し指で鼻先をこすった。渡邉よりも隆《たか》くて大きな鼻だ。身長は一メートル七五センチ。この時代の男性では目立つ上背だ。

渡邉のスリムな体型は、父親譲りである。

「映画〝アラビアのロレンス〟で、ピーター・オトゥール扮《ふん》するロレンスが、らくだから落ちた仲間を救出するため熱砂の砂漠を引き返すシーンがあるのを覚えてる。アラブの族長は『もう死んでいる。それが彼の運命だ。心中する気か。おまえも死ぬぞ』ってロレンスを引き留めようとするが、ロレンスは振り切って一人で引き返し、救出に成功してオアシスで休息している仲間たちに追いつくんだ。そのときのロレンスのセリフが凄《すご》かった。『運命などない』だったかな。それに対して族長は『偉大な人間は自分で運命を切り拓《ひら》くんだな』ってロレンスを称賛した」

「〝アラビアのロレンス〟が封切られたのは僕が生まれたころだから映画館では見てませんけど、テレビで見てるから、あのシーンはよく覚えてますよ。涙が出るほど感動しました。それでお父さんはなにが言いたいんですか」

渡邉は秀樹の長広舌《ちょうこうぜつ》には子供のころから懲りていた。いたずらが見つかり、正座させられて一時間もお説教されるのだから、たまったものではなかった。足はしびれてくるし、うつむきっ放しの首が痛くなってくる。

こんなことなら一発ぶんなぐられたほうがよっぽどましだ、と思ったものだ。だが、秀樹は決して手を上げることはしなかった。

「美樹が〝ミロク経理〟を辞めて佐川急便のSDになったのは、人生なり運命を自分で切り拓こうとしてるからだろう。そのことを言いたかったんだ。ついでに言っておくが、わたしは会社を一つ潰したが、誰にも迷惑をかけなかった。美樹やめぐみを路頭に迷わせたわけでもないぞ。しかし、運命を切り拓こうとする努力が足りなかったかもしれないなあ」

「お父さんがお説教を始めると長くなるからこのへんで……。せっかくお義母さんがおかずをたくさんこしらえてきてくれたんですから、そろそろビールでも飲みましょうよ」

渡邉に話の腰を折られて秀樹は一瞬むすっとしたが、久しぶりに息子の笑顔に接して、すぐに機嫌がよくなった。

糸も、とみ子も一杯だけビールをつきあった。

2

両親が引き取ったのは九時過ぎだが、渡邉は、三十六歳の若さで急逝した実母、美智子の顔が思い出されてならなかった。母を思うと、いまでも涙があふれてくる。優しい母だった。美しい母だった。美樹は五月十六日の母の命日に墓参を欠かしたことがなかった。

小学校四年生でリトルリーグのレギュラーになったほど、美樹は野球少年だった。四年生ではセカンドで八番バッター、五年生のときはサードで三番バッター。長嶋選手や王選手に憧《あこが》れ、プロ野球選手になることを夢見る腕白坊主が、昭和四十五年（一九七〇年）五月十六日を境に無口な少年に変わってしまった。

美智子は慢性腎炎《じんえん》が悪化したため一年ほど入院生活を余儀なくされ、病院を二度変わった。初めの転院先は東京・蒲田《かまた》の東邦大学医学部付属病院だった。

横浜市立南吉田小学校四年生の美樹は、野球練習日以外は放課後、必ず病院へ母を見舞いに行った。

美智子のベッドは六人の大部屋の奥の南側だが、美樹の笑顔を見ると元気が出た。

「美樹さんがお見舞いに来てくれるのはお母さんとってもうれしいけれど、お勉強はちゃんとしてますか」

「お母さん、これ見てよ。国語は百点、算数は九十五点です」

ランドセルを背負った美樹が病室に駆け込んでくると、室内が明るくなるほど美樹の声は大きかった。

「まあ、よくできたこと」

美智子のうれしそうな顔といったらない。美智子は子供たちをサンづけで呼び、誰に対しても丁寧語で話した。

「お母さん、いつ退院できるの」

「もうすぐですよ」

「でも、国際親善病院からこの病院に移ってもう五か月になるのに、まだ治らないの。お母さん、肥って元気そうに見えるけどなあ」

たしかに細面の美智子の顔は丸みを帯びていた。浮腫《ふしゅ》によるものではなく、ステロイド系投与薬の副作用と考えられた。美智子自身、このことは承知していた。

昭和四十五年当時、人工腎臓の透析機器（監視装置と透析液の供給装置）を備えている病院は少なかった。

美智子が国鉄関内《かんない》駅に近い国際親善病院から東邦大学医学部付属病院へ転院したのは、後者が人工腎臓を設置していたからだ。

問題は高額な費用である。この時代人工腎臓は健康保険の対象外だった。人工腎臓の透析に要する費用は月百万円に近いといわれた時代である。

慢性腎炎が悪化した重症患者は尿毒症を併発して死に至るが、秀樹はなんとしても美智子に透析治療を受けさせたいと考えていた。

しかし、秀樹は、東邦大学医学部付属病院では人工腎臓の操作技術がまだ未熟で、透析液を漏らしてしまうなどの医療ミスが発生していることを主治医から耳打ちされていた。

秀樹が美智子を、南区浦舟町にある横浜市立大学付属病院へ転院させたのは五月七日だった。

横浜市役所のケースワーカーと相談して、とりあえず月額十万円の治療費で病院側と折り合いがつき、五月十八日を透析開始日とすることが決まった。

「お母さんは人工腎臓のお陰で退院できるようになるよ。月に二度、病院へ通えばいいらしい」

秀樹はどれほど安堵《あんど》したことか。そして、十五日金曜日の夕刻、私立成美学園中等部一年生のめぐみと一緒に見舞ったときの美智子の笑顔が美樹の眼底に焼きついた。

「お母さんも、やっとめぐみさんや美樹さんのお食事がつくってあげられるわ。おばあちゃまに楽をさせてあげないと……」

美智子の入院中、糸が母親代わりに、子供たちの面倒をみていた。

「お母さん、退院したら野球の試合見られるの。僕、サードで三番バッターなんだ」

「もちろん見に行ってあげますよ。お父さんとめぐみさんも一緒にね」

「わたしは、野球なんて興味ないわ。お父さんも会社が忙しいから、まだ美樹さんの試合見たことないのよ」

「お父さんのお仕事は日曜日でも出張することが多いからねぇ。でも、一度ぐらいは行けるでしょう。必ずお父さんと一緒に行くようにします」

「よし。僕きっとホームランをかっ飛ばすからね」

それが、めぐみ、美樹姉弟と母親の最後の対話になろうとは。

3

五月十六日土曜日の正午を過ぎたころ、出勤先の秀樹に市大付属病院から電話がかかった。

「奥さんの容態が急変し、危険な状態です。すぐ病院へお越しください」

看護婦らしい女性の声が急《せ》き込んでいる。ただならぬ事態が汲《く》み取れた。

秀樹は取るものも取りあえず、東銀座からタクシーで病院へ駆けつけた。

二時前に病院に着いた。集中治療室で止まりかかった美智子の心臓を蘇生《そせい》させるべく、医師たちが懸命に取り組んでいる最中だった。

三十分ほどの間、祈るような思いで見守っていたが、秀樹はあまりの痛ましさに耐えきれず、口を挟んだ。

「もうけっこうです。やめてください。女房が可哀相《かわいそう》です。これ以上女房の躰《からだ》を傷めないでください。お願いします」

美智子の死が確認された。五月十六日午後二時四十二分。

野球帽を被《かぶ》り、ユニホーム姿の美樹が病院へやってきたのは三時過ぎだった。野球の練習を終えて、見舞いに来たのだ。ほどなく、めぐみも、糸も来院した。

めぐみは、担任の教師から母の危篤を聞かされていた。糸は病院から電話連絡を受けて、めぐみの学校にも、美樹の学校にも電話をかけたが、練習場が学校から離れた広場だった関係で、美樹には伝わっていなかったのだ。

「お母さんがいま亡くなった。急に容態が悪くなったようだ。お父さんも、お母さんの最期の言葉を聞くことができなかったよ」

ふりしぼるような秀樹の声を聞いたとたん、美樹の大きな眼から見る見る涙があふれ、手放しで泣いた。それも、病院中に聞こえるほど大きな泣き声だった。

「お母さんが死んじゃったよう。お母さーん！　お母さーん！　お母さーん！」

秀樹も糸も、美樹に誘われるように涙にくれたが、めぐみは気丈にも必死に涙を堪《こら》え、美樹の背中を撫《な》でながら宥《なだ》めた。

「美樹さん、男の子でしょ。そんなに泣かないで」

集中治療室のベッドに横たわるきれいな母の死に顔を見て、美樹はいっそう声を張り上げて泣いた。

「お母さーん！　お母さーん！　死んじゃいやだよう。お母さーん、お願いだから眼をあけてよう！」

集中治療室から霊安室へ遺体が運ばれるときも、美樹は美智子から離れなかった。遺体が自宅の和室に横たえられてからも、枕元にずっとつきっきりで、肩をふるわせていた。

通夜でも美樹は一睡もせずに、遺体の前で泣き明かした。

十八日の午後、石川町の蓮光寺《れんこうじ》で執り行われた葬儀、告別式でも、美樹は泣き通しだった。声は掠《かす》れていたが、涙が涸《か》れることはなかった。

いつまでもいつまでもせぐりあげている美樹の姿は、弔問客の涙を誘った。

出棺のとき、美樹は最も激しく泣きじゃくった。

火葬場で糸が言った。

「美樹がいつまでも泣いてると、お母さんが安心して成仏できなくなるじゃないか」

美樹は懸命に涙を堪えようと試みたが、それでも止まらなかった。

あんな優しい母の命を奪うなんて、神は無慈悲であり過ぎる――。子供心にも美樹は神を呪わずにはいられなかった。

初七日の法要後、美樹は、秀樹が会社の社員と話しているのをなにげなく聞いてしまった。

「社長、病院の医療ミスってことはないんですか」

「どうして」

「だって、人工腎臓が十五日に行われていたら、奥さんは亡くならなかったと思うんです」

「あるいはそうかもしれない。病院側の判断ミスはあったかもしれねぇ」

「このまま泣き寝入りするんですか」

「人工腎臓を待ってる患者はほかにもいたんだろうねぇ。順番が決まってたようなんだ」

「でも、重態の患者を優先するのが筋だと思いますけど」

「死んだ者は帰らない。病院は少ない費用を呑《の》んでくれたしねぇ。病院と争うことは美智子も望んでいないと思う」

「わたしは釈然としません。あんなに悲嘆にくれているお坊ちゃんが可哀相で可哀相で……」

人の好さそうな中年男は声を詰まらせている。

美樹は涙腺《るいせん》が切れてしまったと思えるほど、その夜もベッドの中で涙にくれていた。

4

美樹はあんなに好きだった野球をやめてしまったし、学校へは行くが、勉強にも身が入らなくなった。

死にたい、と美樹は思っていた。死んだら、天国で母に会えるのではないか、とぼんやり考えていたのである。

家でも学校でも、ぼんやりしていることが多かった。

マンションの自宅には、当時ではまだ珍しかった大型のカラーテレビ受像機がリビングにあったが、テレビも見ずに、子供部屋に閉じこもっているし、食欲もなく、美樹は痩《や》せ細った。

母の死は、美樹にとってそれほどショックだったのだ。

夜、遅く帰宅した秀樹が糸から一学期の成績表を見せられて顔をしかめた。

「美樹のやつ、5は体育だけか。ずいぶん落ちたもんだねぇ。めぐみは頑張ってるのになあ」

「めぐみが言ってたけど、テストでもぜんぜん勉強してなかったっていうからねぇ」

「母親の死がどんなにつらかったか、わからないではないが、美樹がそんなに気持ちの弱い子だったとはショックだよ」

「おまえ、いちど美樹とゆっくり話してやりなさいよ。傷つきやすい齢頃《としごろ》だから、それもよしあしだけど、あのまま放っておくわけにもいかないでしょ」

「わかった。こんどの日曜日に、散歩に連れ出してみようか」

「あんまりくどくど、話すんじゃないよ。美樹が立ち直ってくれればいいんだからね」


日曜日の昼前、気のすすまない美樹は、糸とめぐみに背中を押し出されるようにして、家を出た。

近くの公園のベンチに、父と子は並んで坐《すわ》った。木漏れ日が眼にまぶしく、美樹は野球帽を目深《まぶか》に被《かぶ》り直した。

「きょうは、お説教じゃないから安心しろ。お母さんが美樹を産んだときの話をしようと美樹は躰《からだ》を斜交《はすか》いにして、怪訝《けげん》そうに秀樹を見上げた。

「ほんとうなら美樹はこの世に生まれてこなかったんだよ。お母さんがおまえを身籠《みご》もって四か月目に入ったとき、お父さんは産婦人科の先生に呼び出された。お母さんは、腎臓が悪いから体力的に出産はきびしいので、諦《あきら》めたほうがいい、そう先生に言われたんだ。お母さんを説得して、一日も早く処置するようにって。お父さんは、男の子が欲しかったから、出産は不可能なのかと先生に訊《き》いたところ、不可能ではないけど、お母さんが寿命を縮めることは間違いないという返事だった」

秀樹は煙草を咥《くわ》えて、マッチで火をつけた。

しばらく、紫煙をくゆらせていた秀樹が煙草を足下《あしもと》に捨てた。

「お母さんに、先生の話をしたら、お母さんはさめざめとひとしきり泣いてたなぁ」


昭和三十四年五月の某夜、秀樹と美智子は寝室でこんなやりとりをした。

「わたくしも先生からお腹の子は堕《お》ろしたほうがいいって言われてますけれど、せっかく授かった命ですから、産みますって、はっきり申し上げました」

「だが、美智子、よく考えてくれないか。亭主のわたしを呼んで、説得しろっていうことは、よくよくのことだぞ。おまえは自分の命を縮めることになるんだからねぇ」

「こんどはきっと男の子ですよ。めぐみのときとかなり違いますもの。すごく元気な感じなんです」

下腹を優しくさすりながら、美智子がつづけた。

「あなた、めぐみが生まれたとき、がっかりした顔したでしょう。よーく覚えてます。そのとき、次は男の子を産もうと決心しました」

「男の子なんて保証はないよ。それに、わたしはめぐみが生まれたときにがっかりした覚えはないぞ」

「嘘おっしゃい。なんだ女の子かって、顔に書いてありましたよ」

「わたしは美智子に長生きしてもらいたいんだ。医者の言うことは聞くべきだよ」

「わたくしはあなたより十四も齢下なんですから、少しぐらい腎臓が悪くっても、あなたより先に死ぬなんて考えられないわ」

「どうしても産むつもりなのか」

「はい。少しぐらい寿命を縮めても、立派な男の子を産んだほうがずっといいと思うの」

「女の子だったら、どうするんだ」

「それは仕方がないわねぇ。三人目で頑張るしかないわ。あなた語るに落ちたわね。めぐみのとき、やっぱり落胆したんですよ」

「お母さんの気魄《きはく》に負けてしまった。めぐみが男の子だったら、お父さんもお母さんを説き伏せたと思うが……」

「僕はこの世に生まれてなかったのかもしれないわけか」

「そのとおりだよ。お母さんはわが身を削って、自分を犠牲にして、美樹をこの世に送り出したんだよ。おまえがお母さんの死を悲しむ気持ちはよくわかるし、それはおまえの優しい心のあらわれでもあるんだろうが、おまえはお母さんの分も生きなければいけないんだよ。それなのにいつまでもめそめそしてたら、亡くなったお母さんの立つ瀬がないっていうもんだろう」

「僕、頑張るよ。お母さんが天国で見守ってくれてるような気がしてきた」

声に張りが出ていた。

美樹が立ち直るのは早かった。生来の明るさを取り戻し、勉強にも、野球にも打ち込み始めたのだ。

5

美智子の死後、美樹の知らないところで異変が起きていた。

秀樹の経営するテレビシネマコーポレーション（ＴＣＣ）の経営が悪化していたのである。東銀座三丁目の岩間ビルの三階と四階にＴＣＣの事務所があった。

昭和三十六年二月設立だが、従業員は約四十人、年間売上高は約六千万円である。

ＴＣＣは中堅のテレビコマーシャル制作会社として知られていた。

モノクロテレビ全盛の時代に、タレントの植木等を起用した五秒のスポットコマーシャル〝何である、アイデアル、これ、常識〟を制作したのは、TCCだ。傘を差した植木等の、たったひと言で、こうもり傘が飛ぶように売れ、その結果、アイデアルなる傘の骨を製造しているメーカーの収益を押し上げたというのだから、テレビのCM効果は絶大である。

昭和四十四年の夏ごろ、小学四年生の美樹自身、テレビコマーシャルに出ている。スポンサーは太陽堂という食品メーカーで、ヘルメットにユニホーム姿で、バットを振り抜くというスポットCMである。

明治乳業は、TCCにとって大手のクライアントで、巨人軍の王選手を起用したシリーズは好評だった。明治乳業のCMにはめぐみも登場した。

昭和三十九年の東京オリンピックは、カラーテレビの受像機の普及に大きく寄与したといわれているが、昭和四十年代の初めまで、モノクロテレビが主流を占めていた。

TCCの業績が好調だったのは昭和四十三年ごろまでで、四十四年に入って翳《かげ》りが見え始めていた。

最大の経営課題は、CMのカラー化で後《おく》れを取ったことだ。たとえば明治乳業のチーズのCMを制作したとき、チーズの色が実物とかけ離れて、オレンジ色になってしまった。

CMフィルム制作の失敗の繰り返しでコストが嵩《かさ》み、収支を圧迫する。

不満足な状態で映像化してしまい、案《あん》の定《じょう》というべきか、明治乳業からクレームがきた。

「CM料は出せない。それどころか損害賠償を要求したいくらいだ」

担当者は顔色を変えている。

「当方の責任です」

秀樹は平謝りに謝るしかなかった。


秀樹は昭和四十五年十一月に入ってすぐ、専務の宝田正和を呼んだ。誰のネーミングかわからないが、宝田はジャックで通っていた。

「ジャック、TCCの時代は終わったな。カラー化に乗り遅れたことが致命傷だ。CMの制作会社としては規模が小さいし、広告代理店としても中途半端だった。大手に太刀打ちできない」

「わたしも、このままではジリ貧だと思います」

「十年間続いたのはきみたちが頑張ってくれたからだ。もはや会社を清算するしかないと思う。立つ鳥跡を濁さずというが、十二月分の社員の給料は多少上積みして支給したい。ボーナスの支給は無理だ。レンタルの録音・ラボスタジオなど協力業者に迷惑はかけられないからねぇ」

「会社更生法を申請して、出直すことは考えられませんか」

「悪あがきするのはよそう。TCCの使命は終わったと考えるべきだろう。わたしは協力業者との交渉に入る。それと、年内に社員の再就職先の確保に全力で取り組もうと思ってるんだ。TCCは脱落したが、広告代理店もCM制作会社も、テレビのコマーシャル分野のパイが大きくなっているんだから、社員の嵌《は》め込み先はなんとかなるんじゃないかな。ジャックは全社員に、事態を包み隠さず話してくれないか。経理に資料を出すように、わたしから伝えておく」

「社長自身の身の振り方はどうなさるんですか」

「わたしのことは自分で考えるから心配しないでくれ」

ジャックが長い揉《も》み上げのあたりを右手指先でこすりながら、くぐもった声で言った。

「社長はついてませんねぇ。奥さんを亡くしたうえに、会社が倒産するなんて。長い人生でこんな経験は初めてでしょう」

「わたしは沖縄戦の生き残りで、奇蹟《きせき》的に生還できた。あのとき死んでたと思えば気が楽だよ。沖縄戦でもそうだったが、ビジネスも撤収の判断を間違えて、損失を膨らませることほど愚かなことはないからねぇ」

TCCの清算で示した秀樹の誠実な態度は業界でも語り草になった。

二十数年後、ジャック宝田が当時のTCCの仲間に呼びかけて、渡邉秀樹を囲む会を開催してくれたことに、秀樹の人柄が偲《しの》ばれる。

6

美樹がTCCの倒産を秀樹から聞いたのはクリスマスイブの十二月二十四日の夜である。

夕食後、糸と子供たち二人に、秀樹は笑顔で切り出した。

「美樹はクリスマスプレゼントにブレザーが欲しいと言ってたが、お父さん忘れてたわけじゃないんだ。買う余裕がなかった。つまりおカネがなかったんだよ」

「会社がうまくいってないのかい」

「お母さん、そのとおりなんだ。TCCは今年中に倒産します。しかし、お母さんや子供たちが路頭に迷うことなどあり得ない。これからの生活も、いままでどおりとはいかないが、お父さん、別の会社で働くから心配しなくていいよ」

めぐみとは対照的に、美樹は悔しそうに唇を噛《か》んだ。

「お父さんの会社、テレビのコマーシャルつくってた大きな会社なんでしょう」

「そんなに大きくはないよ。小さいわりには健闘してきたが、時代の変化、つまりカラー化の波に乗れなかったことが失敗の原因だ。債権者といって、お父さんの会社がおカネを支払わなければならない人たちに、八割方はきちんとしたが、中には不満を持ってる人がいるかもしれない。そういうおじさんたちが、このマンションに押しかけてきて、ピアノやテレビを取りにくることも考えられるが、めぐみ、それでもいいか」

「ピアノなんていらないわ」

めぐみはつんとした顔で言った。

「美樹はどう。おまえはテレビのドラマが好きだからなぁ」

「あげるよ」

美樹も頬をふくらませた。嫌だと言いたかったが、そんな状況でないと察しがついていたので、仕方がないと思ったまでだ。

「ピアノもテレビも見ず知らずの人に取られちゃうなんて、情けないねぇ」

糸は世も末だと言わんばかりに大仰《おおぎょう》に溜息《ためいき》をついた。

「それもあり得るかもしれないから、覚悟してくださいっていうことですよ。わたしは債権者に対して、逃げ隠れせずに、誠心誠意対応してきたので、そういうことにならないかもしれません」

美樹が両手をいっぱいに広げた。

「おばあちゃん、もっと大きいテレビを、僕が大人になったら買ってあげるよ。こんなテレビ、いらねえや」

「美樹はいい子だねぇ。当てにしてるよ。おばあちゃんも長生きしなくちゃ」

糸はうれしそうに美樹の頭を撫《な》でた。

しかし、債権者からの私財の差し押さえについては杞憂《きゆう》に終わった。

秀樹は友達が経営する横浜実業なる手形割引を主要業務とする金融業者に出資していた

お陰で、共同経営者として金融業に転身できた。

少年の美樹は、TCCを大企業と確信していただけに、少なからぬショックを受けた。母の死と父の会社の倒産という、長い人生の中でもめったにない試練を、小学校五年生のわずか七か月の間に経験した美樹が、小学校の卒業記念アルバムに〝おとなになったら会社の社長になります〟と書いたのは、このときの悲しみと悔しさに根ざしている。

会社の社長になって、父の果たせなかった夢を実現すれば、天国の母も喜んでくれるに違いない、と美樹はそう思った。

マジックペンでアルバムにそう書きながら、「お母さん、僕を守ってください」とつぶやいて、美樹は落涙した。

涙で、金釘《かなくぎ》流の文字が少し滲《にじ》んだ。


昭和四十七年四月、美樹は地元の横浜市立吉田中学校に入学した。

中学時代、美樹はキリスト教に関心を寄せ、聖書研究会に入会したり、福祉問題にも関心を持った。小学校時代の餓鬼大将は、読書好きの思索にふける少年に変貌《へんぼう》していたのである。

そして美樹が進学校といわれる名門の県立希望ヶ丘高校に入学したころ、秀樹に再婚話がもちあがった。

糸もめぐみも、そして美樹も喜んで新しい母を迎えた。

旧姓、福田であった義母のとみ子が、実母美智子の親友の友達という点は、美樹にとって喜ばしいことに思えた。美智子の親友が、秀樹と、とみ子の仲を取りもったのだ。

第四章　出逢い

1

テレビの画像がレストラン店内の光景を映し出していた。昼下がりに放映している連続ドラマを見ていて、渡邉美樹《わたなべみき》は切なさとやるせなさのないまぜになった複雑な思いが胸にこみあげてくるのを制しかねた。

渡邉はテレビを消した。

祖母の糸は踊りの稽古《けいこ》で外出していたので、家の中は渡邉一人だった。ぎっくり腰で会社を休んで六日目になる。痛みはほとんど取れた。この分なら一週間ほどで出勤できるだろう。あさって十日の金曜日から佐川急便のSD《セールスドライバー》に復帰しようと渡邉は思っていた。

退屈しのぎにテレビを見ていて、渡邉が山本洋子《ひろこ》のきれいな笑顔を目に浮かべたのには理由がある。

心底惚《ほ》れた女性だったからだ。

ミロク経理に勤務した半年間で、洋子との出会いと別れほど、心がときめき、心が傷ついたことはなかった。

ミロク経理を半年で辞めたのは、十月から本採用になってしまうためと、渡邉はわが胸に言い聞かせ、周囲の親しい知己にもそう説明してきたが、それが言い訳に過ぎないことは渡邉自身、いちばんよくわかっていた。

たしかに半年間でバランスシートが読めるようになったし、営業マンの見習いとしてそれなりの成果もあげたが、渡邉は一年間はミロク経理で働くつもりだった。

試用期間中の半年は会社にいろいろ教えてもらうが、あとの半年は営業マンとしてお礼奉公のために仕事をしよう、というのが当初のもくろみだった。

それを半年に縮小した最大の理由は、洋子に失恋したからだ。

2

ミロク経理の本部は麴町《こうじまち》のオフィスビルの三、四階を占めていた。入社早々の昭和五十七年（一九八二年）四月上旬の某日、先輩社員の桑原尚人《くわはらなおと》から昼食を誘われたが、連れて行かれた平河町の瀟洒《しょうしゃ》なレストランで、洋子は働いていた。

洋子をひと目見たとき、渡邉はハッと胸を衝《つ》かれた。というより胸がドキドキした。

大学四年の卒業間際に渡邉は一か月半ほど一人で海外旅行をしたが、ソ連のキエフでめぐり逢《あ》ったルーカから受けた印象と驚くほど共通していたからだ。むろん面立《おもだ》ちは違うが、笑顔の素晴らしさに魅了された点では、ルーカも洋子も変わらなかった。

キエフで宿泊したホテルのレストランで夕食中に目が合った隣のテーブルの若い女性が包み込むようににっこり微笑んで「ハーイ」と声をかけてきた。それがルーカだった。

ルーカは友達と二人連れだった。

渡邉はにこやかに会釈を返した。

「キャン　ユー　スピーク　イングリッシュ？」

「ア　リトル」

渡邉は気恥ずかしそうにつづけた。

「メイ　アイ　ジョイント」

心臓英語のブロークンだったが、旅行中に会話能力が上達したような気がしていた。異国のキエフでチャーミングな女性と英語で話しながら食事ができるなんて、最高についている、と渡邉は思った。女性たちも、オリエンタルの旅行者に関心があると見え、渡邉のテーブルに合流した。

女性たちはほとんど食事を終え、渡邉は半分ほど残していた。ルーカが連れの女性、ルーシーを渡邉に紹介した。ルーシーは英語が話せなかった。

ルーカ、ルーシー、ミキのファーストネームで呼び合うほど、三人はすぐにうちとけた。ルーカはルーシーにも渡邉にも気を遣《つか》って、ルーシーには渡邉と話した内容をロシア語で、渡邉には英語でゆっくりと丁寧に通訳した。

ルーカは二十三歳、ルーシーは二十二歳。二人はキエフの地方政府が経営する会社のO

Lだった。

市内の国営アパートで共同生活しているという。

「ソビエトの国民は生活していくうえで、必要なものだけしか配給されてません。衣類も食料品も高いので、生活は楽ではないわ。すべての会社は地方政府の経営で、賃金は安く労働に見合っていないと思います。娯楽も乏しく、楽しみは週末に友達とレストランで食事をしたり、バーでお酒を飲むことぐらいよ」

「そんなソビエトでも好きですか」

ルーカの通訳にルーシーはうなずいたが、ルーカは長めの金髪をそよがせて、かぶりを振った。

「日本に行きたいわ。大変素晴らしい国だと聞いてます。日本の技術力が優れていることは、キエフでも使われている日本製の電化製品を見れば一目瞭然《りょうぜん》よ。日本では労働者も高賃金で、恵まれた生活をしているのではありませんか」

「国民の八割近くは中産階級といって、比較的恵まれた生活をしてます。食料も豊富ですし、失業率も先進国の中では低いと思います。治安状態も悪くありません。モスクワでもキエフでも気になったのですが、警察官が目につきますねぇ」

「そうなの。深夜、街を歩いていると何度も何度も尋問されるのよ。ところでミキは、どうしてモスクワやキエフを一人で旅行してるんですか」

「ソビエトはアメリカ合衆国と並ぶ大国なので、関心がありました。ロンドン、ブリュッセル、アムステルダム、コペンハーゲン、ストックホルムを回って、二月十七日にレニングラードに着き、モスクワを経て、おとといの二十一日の夜キエフに到着したんです。あしたはハンガリーのブダペストへ移動します。アメリカを含めて北半球を一周する予定です。大学を卒業して二年後に会社をつくる計画ですが、今度の旅行中に方向づけできればいいなって考えてます。こうして、あなたたちとコーヒーを飲んでいるだけでも、楽しい気分、幸福感に浸《ひた》れるでしょ。家族や友人や恋人と食事をしているときは人間にとって、最も幸せなんじゃないでしょうか。レストランのチェーン店を展開するようなことを考えてますが、まだおぼろげなもので、明確なプランはできてません」

ゼスチャー交じりで懸命にルーシーに通訳しているルーカの真摯《しんし》な姿にも、渡邉は好感が持てた。

この日、昭和五十七年二月二十三日は火曜日だった。

ホテルのレストランは十一時半でクローズだ。三人は三時間ほど話したが、ルーカに「もっともっと、ミキと話したい。外貨があれば深夜バーへ行けるのよ」と名残《なごり》惜しそうに言われ、渡邉は「何時まででもつきあいます。トラベラーズチェックがありますから」と、うれしそうに答えた。

望むところだ。ルーシーがいなければ最高だが、それは虫がよすぎる――。

三人はソ連製乗用車で深夜バーに移動した。タクシーとも違うが、営業車なのだろう。

三人は午前四時までバーでウォッカを飲みながらとりとめない話をし、渡邉はルーカとルーシーのアパートに泊めてもらうことになった。

「ホテルへ帰る車がないと思うの。狭いけれど、ミキにご馳走《ちそう》になったお礼に、朝食をつくるわ」

ルーカは親切だった。ルーシーがアパートに先に入ったわずかの隙《すき》に、渡邉は、ルーカを抱擁し、キスをした。

ルーカはいやがらなかった。

「アイ ラブ ユー」

これも酔った勢いだが、ルーカにやんわりかわされた。

「ユー アー トゥ リィーブ トゥモロウ、ハウ ドゥ ユー ラブ ミー、アイム イン キエフ（あなたは、あした旅立つのよ。キエフにいるわたしを、どうして愛せるの）」

アパートの部屋は十畳ほどのスペースの一間だけで、カーテンで仕切られていた。渡邉はルーカのベッドを占領し、ルーカはルーシーのベッドにもぐり込んだ。

ウォッカをすごし過ぎたせいで、渡邉はほどなく眠りに就いた。

四時間ほど熟睡し、朝八時過ぎにルーカの手料理を馳走になった。

ヨーグルト、コーヒー、パン、ハンバーグ。さほど手がかかっているとは思えないが、旅行中に外国の若い女性から、かくも歓待してもらえるなんて、夢を見てるようだ。

「ヨーグルトは酸っぱくて飲めません」

「飲まなければいけません。栄養たっぷりなんですから」

こんなちょっとしたやりとりでも、ルーカはルーシーに通訳することを忘れなかった。共同生活者の相互信頼関係を損なうまい、という配慮からだろうか。渡邉は才色兼備のルーカがほんとうに好きになった。

二人はホテルまで送ってくれた。

渡邉が車の中でルーカに「日本製品でなにか欲しいものがありますか」と訊《き》くと、「メニー　エブリシング」と答えたあとで、「特にあなたの町が欲しいわ」とウインクしながら言った。

「ありがとう。あなたと一緒に住めたら、どんなに幸せなことか」

渡邉も気をもたせたが、初めての海外旅行で、こんな楽しい思い出をプレゼントしてくれたルーカに感謝の気持ちでいっぱいだった。

ボールペンとインスタントラーメン、インスタント味噌《みそ》汁《しる》をどっさり二人にプレゼントしたときの、ルーカのこぼれるような笑顔は忘れられない。

渡邉は期末試験終了直後の二月六日（土）に日本を発ったが、帰国したのは三月十七日（水）の午後だ。

単位不足を心配していたが、無事卒業できたことを知ったのは、三月十四日の朝ニューヨークのホテルから、父の秀樹に四度目の電話をかけたときだ。コレクトコールである。

「卒業おめでとう」

「よかったぁ。気にしてたんです。スレスレですべり込みセーフってところですかねぇ。ミロク経理から、なにか言ってきました」

「研修に出るように電話で連絡してきたことは、前回の電話で話したなぁ」

「ええ。お父さん、旅行中って言ってくれたんですよねぇ」

「もちろん話したが、その後はなにも言ってこんぞ」

「じゃぁダメなのかな。まあいいや。小さな経理会社なら、いまからでもなんとかもぐり込めますよ」

「とにかくおまえの元気な声を聞いて安心したよ。皆んな美樹のことを心配してるんだから、もう少しマメに電話をかけてくるなり、絵葉書の一枚も出したらどうなんだ」

「忙しくて。あっちこっちをむさぼるように見学、見物してますから。今度の旅行はいい勉強になりました。十七日の夕方、成田に着きます」

諦《あきら》めていたミロク経理人事部から三月三十一日の午後、電話で「明日の入社式に出席してください」と連絡してきた。

前年の十二月に渡邉が会社訪問したのはミロク経理一社だけだった。

昭和五十七年四月に同社に入社した社員は十一名。当時、ミロク経理は社員約百五十人、年商約百二十億円の規模だが、勢いのあるオフィスコンピュータの販売関係のベンチャー企業としても知られていた。入社後、渡邉は営業部に配属された。

3

渡邉は洋子に気を奪われて、なにを食べたのか覚えていなかった。

髪型は肩まで伸ばしたソバージュ。聡明《そうめい》そうな広いひたい。眼がとてもきれいだ。相当な美形である。身長は一メートル六〇センチほどだろうか。

白い長袖《ながそで》のブラウスと黒のロングスカート姿で、笑顔を絶やさず来客に接し、ウェイトレスを指揮している洋子に、渡邉は笑顔のきれいだったルーカを重ね合わせて見惚《みと》れていた。

偶然、同日の夜、新入社員の歓迎会が同じレストランで催された。

生ビールとワインをけっこう飲んだが、渡邉はまだ名も知らない女性が気になってならなかった。もっとも、その夜のうちに、洋子の名前は判明した。ウェイトレスたちが「洋子さん」と呼んでいたからだ。洋子はチーフウェイトレスらしい。

よし、将来の伴侶《はんりょ》はこの女《ひと》に決めよう。ひと目惚れであれ、なんであれ、俺ほどの男にぴったりだ、と渡邉は手前勝手にもそう思った。むろん初恋ではなかった。

学生時代にガールフレンドの一人や二人いないはずがなかったし、誰にでも優しい渡邉は男性にも女性にももてた。だが、洋子ほど胸をときめかせた女性はいなかった。

会社をサボって、コーヒー一杯で長時間ねばっても、洋子は厭《いや》な顔をしなかった。

初めての月給日に、渡邉は遅い時間に一人でレストランに出かけ、洋子にデートを申し込んだ。店内は三人組が一組いるだけで、すいていた。

「日曜はお店が休みと聞いてますけど、つきあっていただけないでしょうか」

「えっ！」

洋子は大きな目を見開いて、絶句した。いつもの笑顔が消え、表情がこわばっている。

「いけませんか」

「あなた、勘違いしてます。わたくし人妻ですよ」

ガーンと、脳天に一撃くらった感じだった。

「主人は調理場にいます。オーナーシェフなんです」

「でも、皆んなが洋子さんって呼んでるじゃないですか」

渡邉はふるえ声を押し出した。

「わたくし大学を出てから、二年しか経ってないんです。まだ二十四歳ですから、ママなんて言われたくなかったので……」

「そんな、ひどいですよ。まるで詐欺じゃないですか」

渡邉は、自分の言っていることの無茶苦茶さ加減にまったく気づいていなかった。言いがかり以外のなにものでもない。

「詐欺ですかぁ……。ママって呼ばせるようにしなければ、いけないかしらねぇ。ごめんなさい」

謝らなければならないのは渡邉のほうなのに、洋子は小声で言って、頭を下げた。

だが渡邉は洋子を諦め切れなかった。来客の少ない時間を見はからって、遅いランチや、コーヒーを飲みに週二度はレストランへ足を運んだ。

気持ちを鼓舞するためにグラスワインを一気に乾《ほ》して、渡邉が言った。

「僕は、ミロク経理には一年しかいるつもりはありません。経理の勉強をするために入社したんですけど、自分で会社をつくって、会社を大きくします。レストランのママで終わるより、ご主人と別れて、僕の将来に賭《か》けてください。あなたを幸せにできるのは、僕しかいないと思います」

渡邉は思わず、シーフード・パスタの大皿をテーブルに置いた洋子の手を握りしめていた。

4

新入社員の有志でゴールデンウイーク中の一日、三浦半島へハイキングに出かけるプランが、ミロク経理の女子社員の間でもち上がっていた。

渡邉は不参加の意向だったが、レストランの洋子たち四人の女性が参加すると聞きつけて、態度を変えた。

久しぶりに黒澤と金子を誘って、小旅行を試みようと考えて二人のＯＫを取りつけていたが、この際、洋子のほうを優先するのは仕方がない。

明治大学横浜《はま》会《かい》の後任幹事長になっていた金子は、マンドリンとクールファイブのジョイントコンサートの開催に向けて、夢中になっていたときだったから、「かえって都合がいい」という返事だった。

黒澤も「バイトで忙しいから気にしなくていいよ」と言ってくれた。

洋子たちを誘ったのが誰だかはわからなかったが、あとから渡邉の参加を知った洋子は気持ちが揺れた。しかし楽しみにしている従業員の手前、キャンセルしにくかった。

渡邉は、神が洋子とゆっくり話せるチャンスを与えてくれたのだと思った。それ以上に洋子がキャンセルしなかったことは、まだ脈がある証左ではないのか、それどころか俺に気があるからかもしれない、と勝手にうぬぼれてひとり悦に入った。

ハイキングの当日、渡邉は周囲にさとられないように、洋子と話す機会をどうしたらつくれるか、そればかり考えていた。

洋子も渡邉を避けようとはせず、自然体で接してくれた。

京浜急行の三崎口駅から海岸へ向かって歩いているとき、洋子のほうから話しかけてきた。

「プロポーズは、人妻のわたしを誘惑したいってことなんでしょ」

「とんでもない。本気に決まってるじゃないですか。あなたがご主人と離婚するまで、あなたの躰《からだ》を求めたりしません。神に誓って必ず守ります」

「恋人はいないの。あなたほどの人にいないなんて考えられないわ」

「もちろんいませんよ。しかし恋人がいたとしても、その人を振っていたと思います。あなたが奥さんだと知って、すごーくショックでしたけど、それで引き下がってしまったら、僕は自分がいかにいい加減な人間かってことになってしまいます。離婚してくれる可能性を信じて、いつまでもあなたを待つ覚悟です」

二人は、最後尾で世間話でもするように話をしていたが、渡邉は胸の高鳴りを抑えることができず、頬も紅潮していた。

「主人はわたくしより七つ齢上ですけど、とてもいい人よ。大学四年の秋に親戚《しんせき》の人にすすめられて、なんとなく見合いをして、気に入られてしまったんです。鶴見女子大学の国文科ですが、中学の国語の教師の資格を取りましたから、郷里の小名浜で教員になるつもりだったのに、人生って不思議ねぇ。まさか二十二歳で結婚するなんて夢にも思わなかったわ。ただ、いまの仕事も嫌いではありません」

「小名浜って、福島県の……」

「ええ。父は、鉄工所を経営してます」

「僕は明治の商科を出て、ミロク経理に入りましたが、一年間しっかり勉強して、そのあとの一年間も助走期間にして、二年後に友達二人と、外食産業の会社をつくる計画です。今年二月から三月にかけて一人で北半球を旅行しましたが、国や人種は違っても、人間は老いも若きも、男も女も、食事をしているときにはほんとうに楽しいし、幸せだと思うんです。キエフのホテルのレストランや、ロンドンのパブや、パリのカフェ、ローマのパブ、ニューヨークのライブハウス……。いろんな場所でいろんな人と仲良くなりましたけど、必ず食事、飲食が介在してるんですよねぇ。飲食は人を幸福にしてくれます。だから外食産業を通して、多くの人々と出会い、ふれあい、安らぎの場所を提供できたら、どんなに素晴らしいことか。そう考えて外食産業を起こしたいと考えたんです。僕に力を貸してください」

「ご立派なご見識だと思います。わたくしも主人とレストランを経営してますから、お説には共鳴できます。でも、あなたの協力者にはなれないわ。ささやかな幸せを守っていきたいと思ってます。渡邉さんに相応《ふさわ》しい人はほかにいくらでもいますよ。わたくしのどこがそんなに気に入ってくださったのか、わからないわ」

「いちどご主人と話をさせてください」

「お断りします。主人の気持ちを傷つけるようなことは、したくありません」

「でも、僕は諦《あきら》めませんからね」

渡邉は、うっかりして声が高くなった。誰かがこっちをふり返った。渡邉は笑顔をつくって、あらぬほうへ眼を投げた。

5

渡邉は性懲《しょうこ》りもなく暇を見つけてはレストランへ通い続けた。

七月上旬某日の昼下がりに、遅い昼食を摂《と》りにレストランへ出かけた。

洋子は笑顔で迎えてくれたが、済まなそうに言った。

「お店にいらしていただくのは、きょう限りにしてください。主人が渡邉さんのことを知って、怒っています。わたくしも主人と別れる気にはなれません。父や母に顔向けできないことはしたくありませんし……」

「大切なのは、あなたの気持ちなんじゃないんですか。とにかくお腹がぺこぺこなので、ビーフカレーを大盛でお願いします」

「お客さん、きょうはこのままお帰りください。そして二度と顔を出さないでもらいたいですね。あんたに食べさせるビーフカレーはありません」

いつの間にか、洋子の背後にトックブランシェ（白い帽子）を被《かぶ》ったオーナーシェフの山本が立っていた。

腕組みして、渡邉を睨《にら》みつけている。渡邉は負けてはならじと、起ち上がってオーナーシェフを睨み返した。

相手はいったんうつむいたが、眼を優しくして渡邉を見上げた。

「ワイフがあんたのような若い人にもてるのは、それだけ、ワイフに魅力があるからでしょう。まんざらでもないっていう思いもありますが、迷惑千万です。お引き取りください」

渡邉は直立不動の姿勢を保ってから、深々と頭を下げた。お辞儀をしながら、ここはまっしぐらに突き進もうと、ホゾを固めた。

「ご主人には大変申し訳ない、とは思います。でも、僕の気持ちは変わりません。洋子さんと別れていただけませんでしょうか」

「できない相談です。洋子はわたしにとって、かけがえのないワイフなんですよ。これ以上、あんたと話すことはありません」

山本の口調は穏やかだったが、配下のコックやコック見習いたちが険悪な形相《ぎょうそう》で渡邉を取り囲んだ。

「渡邉さん、ごめんなさい。お帰りになって。もうあなたとお会いすることはありませんから」

洋子は言いざま、渡邉に背中を向けていた。その夜、渡邉は洋子に宛てて、手紙を書いた。

今夜はショックで眠れそうもありません。もうあなたにお会いできないと思うと、涙がこぼれそうになります。

ご主人が好人物であることはよくわかりました。もう会いたくない、とあなたはおっしゃいました。つまり僕は失恋したことになります。

小学校五年生のとき、僕は母を亡くしました。死んだら天国で母に会えるだろうかと、自殺を考えたほど悲しくてつらくて、僕は泣いてばかりいました。

一生分の涙を流したと思ったくらいですが、いま不覚にも、あなたの笑顔を目に浮かべて、目頭を熱くしています。ミセスに恋をした自分を責める気にはなれません。

恋をした相手がたまたまミセスであったに過ぎず、僕はあなたを、ご主人から奪ったとしても、人間として許されないことだとは思っていません。

もちろんあなたがミスだったら、もっともっとベターだったとは思いますが、たとえご主人との間にお子様がいらしたとしても、僕はあなたにプロポーズしていたと思います。

失恋のときは仕事に精を出すしかないと思いますので、バリバリ仕事をやるつもりです。

まだ二十二歳（十月五日に二十三歳になります）なので、あと五年は結婚のことは考えずに、会社をつくり、社長になって会社を大きくすることに専念するつもりです。

あなたを生涯の伴侶《はんりょ》にできなかったことは、かえすがえすも残念です。あなたがそばにいてくださるだけで勇気百倍、どれほど幸せかと思うと、また胸が熱くなってきます。

しかし、いまとなっては、会社をつくり、会社の社長になることを使命と考えて、一路邁進《まいしん》する覚悟です。

そして十年後に僕の会社は、株式を店頭公開できる条件を備えた規模に育っているはずです。

あなたは夢を語っているとお思いになるかもしれませんが、僕が語る夢には日付が入っています。

二年後に必ず会社を設立して、社長になっている僕をあなたは、きっと拍手喝采《かっさい》してくださることでしょう。逆にいま、あなたが僕を誇大妄想狂と思われているとしたら、あなたは見る目がなかったことを悔いるはずです。

強がっているつもりはありませんが、こう書いているそばから、あなたに首ったけで未練たらたらな僕は心が挫《くじ》けそうになります。そんな僕を支援していただけないでしょうか。

あなたのことは生涯忘れません。

お元気で
日付と渡邉美樹と書きながら、洋子から返事がくることを渡邉は祈らずにはいられなかった。

しかし、一週間経っても二週間経っても梨の礫《つぶて》だった。

6

渡邉は九月三十日付でミロク経理を辞職した。

前日、社長の本田靖夫から渡邉は昼食に誘われた。

社長室で幕の内弁当を食べながら本田が言った。

「渡邉が辞めると聞いてショックを受けてるんだが、わたしが慰留しても気持ちは変わらないかねぇ」

本田は昭和二十三年生まれだから、渡邉より一回り上だが、まだ三十四歳である。ミロク経理の創業社長だ。

「申し訳ありません。十月から本採用になり見習い社員ではなくなります。実は一年間は頑張ってみようと思ってたのですが、気持ちが変わりました」

「渡邉はウチの幹部候補生だ。そう思ったからこそ、わたしが採用するよう人事に命じたんだ。きみに見限られるとは思わなかったよ」

「わたしのような者を採用していただいて感謝してます。ご恩は忘れません」

「なんで気持ちが変わったんだ。予定どおり、あと半年頑張ってみたらいいじゃないか。それでも辞めるということなら、わたしも諦めるよ」

「半人前のわたしに、社長直々《じきじき》に慰留していただけるとは思いもよりませんでした」

「営業の連中にそれとなく聞いたんだが、きみはクライアントの評判もいいし、一年生の中では抜群の成績をあげてるそうじゃないか。そういう人材を手放したくないと考えるのはごく当然だろう」

「社長のように、ベンチャービジネスを目指しています。わずか半年とはいえ、ミロク経理で鍛えていただいたことは、励みになりますし、誇りにもなります」

「翻意してくれないわけだな」

「もう決めたことですから」

「ウチを辞めてどうするのかね。ミロク経理のコンペティターになろうとしてるのか」

本田は冗談ともつかず言ったが、目は笑っていなかった。

「いいえ。コンピュータ・ソフトの分野ならおもしろいとは思いますが、ただわたしはあまり得意ではありません。外食産業を志向してます」

「そう。きょうの昼めしが渡邉の送別会になるとはねぇ。辞表はとりあえずあずからせてもらおうか。一週間考えて、きみが会社にあらわれなかったら、受理するとしよう」

「社長にそんなにまでお気を遣っていただいて、胸がいっぱいです」

渡邉は、洋子のことを一日も早く忘れたかった。〝生涯忘れない〟と手紙には書いたが、失恋がはっきりした以上、ミロク経理に長居する気にはなれなかった。

ただ、洋子との出会いのきっかけをつくってくれた桑原には、会社の会議室で事実を話して挨拶《あいさつ》しておいた。

「美樹があのママに惚《ほ》れてたとはねぇ。たしかにいい女だから、おまえの気持ちもわかるけど、亭主のオーナーシェフはフランスの本場仕込みで腕はいいし、資産家の息子で人柄も悪くないから、あの亭主を捨てておまえのところに来る気にはなれないかもなぁ」

「でも、僕は将来必ず社長になりますよ。あの人、なんだか覇気っていうか、バイタリティがないように思うんです。メリハリがないっていうか、おもしろみのない人ですよねぇ。僕のほうがずっと将来性もあるし……」

「美樹なら、ミロク以上の会社をつくるかもしれないが、洋子よりましな女はいくらでもいる。洋子には、美樹は勿体《もったい》なさすぎるよ」

「桑さんは、慰めてくれてるつもりなんでしょうけど、それは逆ですよ。あんないい女性は二人とはいません。手紙を出したんですけど、とうとう返事はもらえませんでした。こんな悔しい思いをしたのは、母を亡くしたときと、父の会社が倒産して以来です」

「浮気っていうのか、不倫っていうのか、そういうことなら、なんとでもなったんじゃないのかなぁ」

「洋子さんはそういう女じゃないですよ。また、そんなうわついた気持ちでは相手にされないと思いました。真剣勝負に出て敗れたんです」

「美樹は本気だったんだね。おまえがミロクにいなくなって寂しくなるなぁ」

　桑原は渡邉より六歳年長だが、ミロク経理時代で最も仕事を教えてくれ、友達づきあいもしてくれた男だ。遣《や》り手の営業マンであった。

「手紙が洋子に届いてないってことはないかねぇ。シェフが先に読んで破いちゃったとか」

「あの人がそこまでやるでしょうか」

「俺がそれとなく、様子をさぐってみるよ」

桑原は昼食時に、レストランで洋子と会った。

「渡邉美樹が誰かさんにラブレターを書いたらしいけど」

「ええ。存じてます」

「そう。あいつ、可哀相に傷心のあまり、会社を辞めることになったよ」

洋子はいつもの明るさがなかった。心なしかやつれているように桑原の目に映った。

7

十二月十日から渡邉は佐川急便のSDに復帰した。

「よく戻ってきてくれたねぇ」

川村所長は感慨深げに言い、岡本課長は「大卒、おまえやる気だな」と、渡邉の背中をどやしつけた。二人とも心底渡邉の復帰を歓迎してくれたが、古手のSDたちの目は相変わらずひややかだった。

十二月の忙しさは渡邉の想像を絶するものがあった。

帰宅する往復の時間を惜しんで、渡邉は三度仮眠室の狭いベッドに疲れ切った躰《からだ》を海老《えび》のように折り曲げなければならなかった。睡眠時間は各二時間足らずだ。一週間の休養がなかったら、どうなっていたことか。

一月も荷物量は十二月と変わらず多かった。藤原は渡邉の口添えが功を奏して、一月から、ＳＤから事務部門の雑用係にポストが替わった。

　昭和五十八年一月下旬の某日、大雪に見舞われたが、早朝の荷降ろしとベルトコンベアからの手引き作業のとき、ＳＤたちが全員、上半身裸姿になったのに、渡邉は驚かされた。

「大卒！　恰好《かっこう》つけんじゃねぇ！」

以前、飲酒を咎《とが》めて、ぶんなぐられた山崎になじられて、渡邉もユニホームを脱がざるを得なかった。

　降雪の日の荷降ろし、手引き作業は裸になるのがならわしらしい。それが佐川急便のカルチャーなり、アイデンティティと考えなければならないとすれば、従うほかはなかった。ＳＤ時代の渡邉にとって、忘れられないことは、降雪時の作業と、無事故月間の七月に初日早々、事故を起こして、丸坊主にされたことだ。

　事故といっても、蝿《はえ》のようにまとわりついてくる自転車をよけようとして電柱でわずかにバンパーをこすった程度だったのに、〝大卒〟がわざわいして、過重なペナルティを科せられたのだ。

「大卒！　初日早々なんてことだ。坊主になれ。五分刈りなんかじゃ承知しねぇぞ。ツルツルの丸坊主だ！」

　これも山崎のいやがらせだった。

「勘弁してくださいよ。課長、この程度で丸坊主ってことはないでしょう」

渡邉は岡本に助け船を求めたが、岡本は山崎の意見に与《くみ》した。

渡邉を庇《かば》えば、ＳＤたちの〝大卒〟に対する反感が増幅すると、岡本は判断したのかもしれない。丸坊主にされたときの屈辱感は骨髄に徹した。

思いがけずに洋子から手紙が舞い込んだのは、皮肉にも七月一日だった。ＳＤのきつい労働は洋子を忘却の彼方《かなた》へ押しやるにはうってつけと思われたが、達筆の差し出し人の名前を見たとき、渡邉は胸がドキドキし、手がふるえた。住所が小名浜で、田中洋子とあったからだ。

突然お手紙を差し上げる非礼をお許しください。

あなたからお手紙をいただいたのは、昨年の七月ですから、一年も経ってご返事を書く気になった心境の変化と環境の変化に私自身、大変不思議に思っています。あなたは、私のことなどとっくに忘れてしまったのでしょうか。それとも、心の片隅にとどめていただけているのでしょうか。

私はあなたの嵐のように激しいプロポーズをほんとうに迷惑至極だと思いましたが、お手紙をいただいてから、食事が喉《のど》を通らなくなるほど悩み、苦しみました。そして、いつしか身体が彼を受け入れなくなり、嫌悪感さえ覚えるようになってしまったのです。彼は優しい人ですから、私の気持ちを大切にしてくれました。私の一方的な申し出を無条件で承諾してくれたのですから、いくら感謝しても、どんなに謝罪しても、し過ぎることにはならないと存じます。

「お互いまだ若いのだから、いまなら出直すことができる」

　この彼のたったひと言で、私は旧姓の田中に戻ることができた次第です。われながら前後の見境もなくなんと無謀なことをしたのかと思う反面、自分の人生は自分で決めたいという思いもございました。

　両親にあなたのことをうちあけたところ、父は娘のわがままを許容し、あなたにお目にかかりたいと申しております。母は、大層立腹し、口もきいてくれません。

　あなたは、いまどうなさっていらっしゃいますか。もう新しい恋人に恵まれて、いまさらなにを、とお思いかもしれませんね。それならそれで仕方がないと思います。一年も放ったらかしにしていた私に非があるのですから。私にとやかく言えた義理はありませんし、私はあなたにおすがりしたり、憐《あわ》れみを乞《こ》うつもりもございません。もし、あなたがいま充分幸せにお暮らしなら、その旨お葉書の一枚もくだされればけっこうです。

　ただ、〝僕の夢には日付が入っている〟〝僕に力を貸してください〟というあなたの言葉がまだ時効になっていないようでしたら、ぜひお会いしたいと願っています。あなたの日付のある夢はビジネスだけで、もともと私はカウントされていなかったのかもしれませんね。つまり私へのプロポーズが一時の気まぐれだったのなら、なにをか言わんやです。

　私は平駅前にあるデパート、大黒屋の呉服売場でアルバイトをしております。ご返事をいただけるようでしたら、大黒屋の住所を記入しますので、大黒屋呉服売場気付でお願い致します。

昭和五十八年六月二十九日

田中洋子

渡邉美樹様

渡邉は睡眠を削って、返事を書いた。洋子への恋情が睡魔を押しのけた。

お手紙ありがとうございました。天にも昇る心地です。小名浜へ駆けつけたい気持ちでいっぱいです。ただ佐川急便にセールスドライバー（SD）として勤務致しておりますす関係で、いますぐ、というわけにもまいりません。

SDの仕事は相当きつく体力を要しますが、これも会社をつくるための一里塚とお考えください。

元手を得るための手段なのです。一年間SDを続ける所存です。夢に日付を入れるために、高賃金のSDを志願したまでです。

ついでに申し上げれば、あなたを忘れるためには、SD稼業は最も効果的と思ったことも事実です。

なぜならば一日約二十時間の労働を強いられていますので、あとは眠ることだけで、なにも考えずにいられるからです。

渡邉はボールペンを置いて坊主刈りの頭髪をいまいましげに撫《な》でまわした。とてもじゃないが、こんなぶざまな姿は洋子に見せられないと思いながらも、会いたい気持ちは募る一方だった。

日付のある夢の中からあなたを排除しようと、この一年間必死に頑張りましたが、お手紙をいただいて、排除できていなかったことを神に感謝したいと思います。

次の土日（九〜十日）なんとしても休暇を取るようにして、小名浜へまいります。そして、お父上にご挨拶《あいさつ》させていただく所存です。

昭和五十八年七月一日

渡邉美樹

田中洋子様

8

土、日の連続休暇はなかなか取りにくいが、SDになって初めてのことでもあり、事情が事情なので、渡邉は川村と岡本にかけあって無理を聞いてもらった。

七月九日午前十時、上野駅発の常磐線特急ひたち15号に乗車し、平駅まで約三時間、渡邉の胸はときめきっぱなしで、睡魔に襲われることはなかった。いがぐり頭を隠すために渡邉は野球帽を被《かぶ》っていた。半袖《はんそで》のスポーツシャツのラフないでたちだ。

ボストンバッグの中に手土産のカステラと、半袖のワイシャツ、ネクタイ、下着などが詰め込んである。

電話のやりとりで、二人は平駅で落ち合う手はずになっていた。

「美樹さーん」

改札口を出る前に、洋子が手を振って渡邉を迎えた。初対面のときと同じあの包み込むような素晴らしい笑顔だった。半袖の白いブラウスとブルーのスカート。

「やぁ」

渡邉も笑顔で右手を挙げた。

「お父さんは？」

「父はあした来ます。わたしはお友達のところに泊まることになってるの。母に嘘をつくのはつらかったけど、父の入れ知恵なのよ」

「話のわかるお父さんだなぁ」

「ええ。それにひきかえ、母はひどいものだわ。古風な人で、いまだにわたしを許してくれないんです。離婚を罪悪って考えてる人ですから」

「汗を流したいなぁ。ホテルへ直行したいけど、いいかしら」

洋子はうつむいて返事をしなかった。渡邉のほうもドキドキしている。

渡邉はビジネスホテルのツインルームを予約しておいた。

渡邉はツインルームに入るなり、帽子のひさしを後ろに回して、洋子を強く強く抱きしめた。長い抱擁とキスのあとで、渡邉が言った。

「夢を見てるみたいです。一年後に返事をもらえるなんて、まだ信じられませんよ」

「わたしも半信半疑よ」

「ＳＤをやってなければどうなってたかわからないけど、仕事に追われて恋愛してる暇なんてないからねぇ」

「人妻だったわたしを一年も待ってくれたなんて奇蹟《きせき》だと思うわ」

「偶然ですよ。佐川急便に感謝しなくちゃぁ。タコ部屋さながらのひどいところだけど、僕にとっては会社をつくるための資金を手に入れられ、しかもきみとこうして再会できたんだから、一挙両得っていうのかなぁ。ほんと怖いくらいツキ過ぎですよ」

「うれしいわ。美樹さんから返事がいただけなくて当然と思ってましたから」

「そうかなぁ。けっこう強気な手紙で、自分を安売りするつもりはないっていう意味のことが書いてあったけど」

「嘘よう。ただ祈るような気持ちで書きました」

「それは一年前に僕が言ったセリフですよ」

シャワーを浴びる段になって、渡邉は恥ずかしそうに帽子を脱いだ。

「あら、なにそれ。どうして帽子を被ってるのか、気になってたんだけど」

「ひどいもんですよ……」

渡邉が事情を話すと、洋子はころころと笑いころげた。

「でも坊主頭の美樹さんも可愛いわ。神経症の円形脱毛症じゃなくてよかったじゃない」

「佐川急便って会社は、タフな体力だけじゃなく、神経もずぶとくなければ勤まらない会社なんですよ」

「あなたはナイーブでセンシティブな人だと思うわ。だから野球帽を脱がなかったんでしょ」

「必ずしもそうじゃないですよ。強靭《きょうじん》な神経を持ち合わせてなかったら、人妻のきみにプロポーズしなかったと思うなぁ。この頭をきみに見られるのは、ほんとつらかったけど」

9

翌朝、洋子の意見を容《い》れて、渡邉は半袖のワイシャツにネクタイ姿で、ホテルを出た。

渡邉は坊主頭が気になって仕方がなかったが、「野球帽を被るのはちぐはぐだし、地のままの美樹さんを父は気に入ってくれると思うわ」と、洋子に言われたのだ。

洋子の実父、田中八郎は渡邉の父、秀樹と同じ大正八年生まれで、六十四歳だった。

平駅の近くの喫茶店で、午前十時に面会することになっていた。スーツ姿で八郎は二人を待っていた。

「初めまして。洋子の父親の田中八郎です」

「渡邉美樹と申します。よろしくお願いします」

八郎は口数が少なく、もの静かな男だった。もっぱら洋子がしゃべった。坊主頭のいわれを含めて渡邉の近況を聞いているとき、八郎は目を細めた。

「娘が二つ齢上であることを、親御さんはどう思いますかねぇ。それと、一度結婚してますが……」

「いずれ父に会っていただければおわかりいただけると思いますが、父はそんなことを気にする人ではありません。くだけた人ですから、自分の人生は自分で決めろ、と言うだけですよ」

「それならいいのですが。娘のことをくれぐれもよろしくお願いします。わがままなところもありますが、気だては悪くないと思います」

「僕には勿体《もったい》ないお嬢さんです。大事にします。二人で力を合わせて幸福な家庭を築きますから、ご安心ください」

「ありがとうございます」

一時間ほど話したが、渡邉は純朴な八郎の人柄に好感を持った。

八郎が別れぎわに、「おまえが前の亭主と別れた気持ちがよくわかった。きっと幸せになれるだろう」と洋子に所感を述べたことをあとで聞いたとき、渡邉は涙がこぼれるほどうれしかった。

洋子の父、八郎は気を利かせて昼食にはつきあわなかった。

渡邉と洋子は近くのレストランに移動して、窓際のテーブルで向かい合った。時間が早かったので店内はすいている。二人は仲良くミックスサンドとアイスコーヒーをオーダーした。

「お父さんに合格点をもらえて、よかったなぁ」

「あなた、百点満点よ。きょうのところは母に内緒にせざるを得なかったけれど、父は必ず母を説得してくれると思うの。母は離婚の原因をつくったあなたを許せない、と思ってるんでしょう。でも筋違いよねぇ。すべてはわたしの意志、わたしの気持ちの問題なんですから」

「お母さんの気持ちもよくわかるよ。僕があらわれなければ、きみは平穏で安定した生活が保証されてたわけだもの」

「美樹さん」が「あなた」に、「洋子さん」が「きみ」に変わっていた。渡邉は少し肩肘《かたひじ》張って、意識的に「きみ」と呼んだが、きのうから恋人同士になって、親密度が深まるのは当然だった。

10

レストランでもそうだったが、勿来関《なこそのせき》の海岸を肩を寄せたり、腕を組んだりして歩いているときも、渡邉と洋子はほとんど夢心地だった。

この一年ほどの艱難辛苦《かんなんしんく》を、たった二日間で取り戻してしまったような幸福感に二人は浸り切った。

渡邉がときおり思い出したように、いがぐり頭に手を遣った。

その手を離すまいとして、洋子がもどかしげに引っ張った。

「あなた、気にすることないわ。皆んな大学のスポーツ選手だと思ってるんじゃないかしら。とても可愛いわよ」

「姉さんぶるなよ」

渡邉が頬をふくらませた。

洋子は声をたてて笑った。

「わたしは高校生ってとこじゃないかしら」

「高校生！　それはしょってるっていうか、うぬぼれが過ぎるよ」

「ねぇ……」と、洋子が甘え声で呼びかけた。

「なに」

「なるべく早く、小名浜から出ていきたいなぁ」

「十月いっぱいはＳＤを続けなければならないから、それまでは受け入れ態勢が整わないと思うけど」

「でも、あなたのご両親に一日も早くお目にかかりたいわ」

「その点は問題ないが、十月末まで大黒屋の呉服売場で頑張ってよ。僕も、きみと一日も早く結婚したいけど、会社をつくって、社長になってからにしようよ。あと一年ちょっとだぜ」

「わたしは社長のあなたと結婚するわけじゃないわ。あなたが社長になろうとなるまいと、渡邉美樹が大好きだから結婚するのよ」

「うん。でもSDをやってる限り、結婚なんて考えられないことはたしかだからねぇ。それに、きみに苦労をかけるのも気が引けるよ」

「二人で共に苦労するから楽しいんだし、わたしもあなたが社長になるために協力したいわ」

「だけど三か月後でいいじゃない」

「そんなのいや。わたしはあしたにでも家を出るつもりよ」

洋子は渡邉の手をふりほどいた。三歩目に渡邉がふり向くと、洋子はきっとした顔をして立っていた。


八月二十八日の日曜日、渡邉が深夜帰宅すると、糸と洋子が待っていた。渡邉は洋子に押し切られたことになる。

渡邉は父の秀樹には込み入った事情をうちあけたが、糸にはフィアンセとしか話していなかった。

秀樹は「自分の人生は自分で決めたらいいじゃないか。洋子さんとの結婚に反対する理由などないよ」と、拍子抜けするほど淡泊な態度だった。

竹之丸住宅の近くの小さなアパートを探してくれたのも秀樹である。あまつさえ、秀樹は洋子の就職の面倒までみてくれた。

渡邉と秀樹はこんなやりとりをした。

「受け入れ態勢が整っていないから、もう少し先にしてほしいって言ったんだけど、『共に苦労したい。社長になるための準備を手伝いたい』って、僕の言うことを聞かないんです」

「なかなかしっかりしてるじゃないか。とりあえず、ウチの事務所で電話番でもしてもらったらどうかな」

11

「渡邉君なら、佐川急便で確実に幹部になれる。上のほうに話して東京本部勤務にしてもらうから、辞めないでくれよ。佐川急便を近代的な企業に変えるには、きみのような人材が必要なんだ。頼むから考え直してくれよ」

渡邉は川村所長から強く慰留されたが、翻意するつもりは毛頭なかった。

十月末で、佐川急便を退職した渡邉は、十一月から横浜・関内《かんない》の高級クラブ〝遊乱船〟でボーイ見習いになった。オーナー・ママの吉岡たか子に頼み込んで、三か月の短期間、修業させてもらうことになったのだ。

明治大学横浜会の幹事長時代に、飛び込みでコンサートのチケットをたか子に十枚買ってもらったのが縁である。

たか子は渡邉を覚えていてくれた。銀座の一流クラブでNO1ホステスだったと聞いていたが、才色兼備のたか子は客あしらいも上手だったし、渡邉を厳しく仕込んでくれた。年齢は二十七歳だ。

「時給千二百円が相場だけど、渡邉君の場合は特別だから、授業料を六百円差し引いた六百円でいいでしょ」

「けっこうです」

「そのかわり三か月で店長になれるくらいに鍛えてあげるわ」

「よろしくお願いします」

たか子はホステスやボーイたちの接客態度に厳格で、おしぼりの渡し方ひとつでも、膝《ひざ》つき接客を要求した。

「おしぼりは必ずひらいて手渡しなさい。オーダーを取るときは、お客様を下から見上げるようにすること」

窓ガラスや食器の磨き方、雑巾《ぞうきん》がけ、灰皿の取り替え方ひとつにも、口うるさく注意した。

「灰皿は煙草二本で取り替えなさい。グラスの油が取れてないわ。これはやり直し」

こんな調子だったから、サービスについてはけっこう勉強させられた。渡邉が〝遊乱船〟で学んだことは少なくなかった。

年が変わった昭和五十九年二月のひと月間、渡邉は〝じん八・横浜西口店〟の店員になった。〝店員募集〟の貼り紙を見て応募したのだ。

午後三時に出勤して、五時までの二時間はレバー、ハツ、タンなど焼き鳥の串刺《くしさ》しと烏賊《いか》の皮剝《む》き。

そして五時から午前零時半までは接客と皿洗い。時給六百五十円でこき使われたが、ここで学んだのは、居酒屋のサービスがいかに劣悪なものかだ。高級クラブ並みのサービスを居酒屋に求めることはできないものか――。いや、不可能ではないはずだ、と渡邉は思った。

三月と四月の二か月間は、相鉄線で横浜駅から二つ目の西横浜駅近くの藤棚商店街の〝じん八・藤棚店〟で、板前の下働きに挑戦しようと思った。

外食産業を志向している以上、ひととおりは経験しておきたい、と考えたからだ。

汗だくでフライパンを振り、包丁を持ち、雑炊《ぞうすい》もつくったが、一週間で店長の岩田に
「ぶきっちょだなあ。おまえ料理人になるのは無理だよ」と決めつけられた。

料理人になるつもりはない。外食産業の社長になるんだ、と言い返したいところだが、

そうもいかない。

「わかりました。板前は諦《あきら》めます」

「聞き分けがいいな。厨房《ちゅうぼう》から外れて、接客に回れ」

「はい。承知しました」

接客なら、もう充分経験している。渡邉は予定を変更して、〝藤棚店〟もひと月で見切りをつけた。

渡邉が〝遊乱船〟や〝じん八〟で悪戦苦闘をしていたとき、洋子も夜は関内のスナック〝木馬〟でホステスのアルバイトをしていた。昼間は横浜実業の事務員だから、昼夜を分かたず働いていたことになる。

洋子は過労による急性腎盂《じんう》炎《えん》で一月上旬に入院を余儀なくされた。入院は生まれて初めての体験だが、回復も早く、一週間で退院できた。

第五章　会社設立

1

昭和五十九年（一九八四年）三月下旬某日の午前七時三十分に、渡邉美樹《わたなべみき》は竹之丸住宅の自宅から、黒澤真一に電話をかけた。黒澤は東京・阿佐谷のアパートに住んでいた。

「黒《くろ》、元気か。まだ寝る前だと思って電話したんだけど」

「うん。いま帰ってきたところだ。六時半に〝お疲れさま〟でビールを一杯飲んだから、目がくっつきそうだよ」

「物件を決めようと思うんだ。伊勢佐木町大通りに面した長者町に、七階建ての雑居ビルの一階で二三坪ある。黒に至急見てもらいたいんだけど」

「いいよ。善は急げだ。ひと眠りしたら、さっそく見に行こう。一時に〝オーロラ〟で会おうか」

「ありがとう。じゃあ一時に〝オーロラ〟で待ってる」

黒澤は〝つぼ八〟の社員で、昨年の十一月に〝つぼ八・高円寺北口店〟の店長に抜擢《ばってき》された。午後四時に出勤して早朝帰宅する。立教大学経済学部を昨年三月に卒業して、〝株式会社〝つぼ八〟に就職したのだ。

卒業式の直後、就職情報誌にカラー二ページの社員募集広告が載っていたのを見て、履歴書を持参して、南青山三丁目の住友生命青山ビル三階の〝つぼ八〟本部を訪問し、石井誠二社長の面接を受けた。

〝つぼ八〟のネーミングは、札幌でわずか八坪の居酒屋からスタートしたことに由来している。創業社長の石井は立志伝中の人物だが、昭和五十八年当時、最も勢いのある居酒屋チェーンを率いているリーダーに相応《ふさわ》しく、眼に光を湛《たた》え、話す声にも気魄《きはく》が込められ、がっしりした躰《からだ》全体からほとばしるようなエネルギーを発散させていた。鼻下に蓄えた濃い口髭《くちひげ》が印象的だ。

「立教大学……。ふぅーん。東京六大学の有名大学から居酒屋に応募者がいるとはねぇ。うれしいなぁ。それじゃあ〝つぼ八〟に応募した動機を聞かせてもらいましょうか」

「外食産業に関心があります。わけても〝つぼ八〟は将来性があると思いました」

「なるほど。きみは大卒一号で〝つぼ八〟の幹部候補生だが、いろいろ経験してもらわなければならないので、初めから事務というわけにはいかない。現場の仕事はけっこうきついが、勤まりますか」

「むしろお店でいろいろ経験させていただきたいと思います。料理をつくるのは好きですから、特に厨房《ちゅうぼう》で働かせていただければありがたいのですが」

「頼もしいなぁ。期待してますよ。じゃあ握手しましょう」

石井は笑うと、眼が驚くほど優しくなった。石井は起ち上がって、応接室のテーブル越しに右手を差し出した。

黒澤も起立して、石井のごつい手を力を込めて握り返した。

黒澤は渡邉に電話で〝つぼ八〟の社員になったことを伝えた。

「〝つぼ八〟ねぇ。黒、いいところに目をつけたなぁ」

「美樹の意見を事前に聞かなくて悪かったけど、以心伝心っていうか、美樹の気持ちはわかってたからねぇ」

「そうなんだ。俺も厨房にもトライしてみるつもりだけど、無器用だから、そっちは黒にまかせるしかないと思ってたんだ。〝つぼ八〟なら文句ないよ。〝つぼ八〟を勧めてみようと思ってたくらいだもの」

この時期、渡邉は佐川急便のSD《セールスドライバー》だったので、深夜の電話だったが、二人とも声が弾んでいた。

2

黒澤が午後一時十分前に〝オーロラ〟に顔を出すと、渡邉は洋子《ひろこ》を伴って待っていた。

「俺もいま来たところだよ。洋子にも物件を見てもらおうと思って連れてきたんだ」

黒澤は洋子に会うのは、三度目だ。

ミロク経理時代の出会いで、フィアンセとしか、黒澤は聞いていなかった。もちろん渡邉が込み入った事情を説明するいわれはない。

「洋子さん」から「きみ」に、そしていまは「洋子」と呼び捨てにするか、「おまえ」と渡邉は呼んでいた。洋子のほうは「美樹さん」もあるし「あなた」とも呼ぶ。渡邉は相変わらず、祖母の糸と竹之丸住宅に住んでいた。洋子とは十日に一度か、二週間に一度の休みに、待ち遠しい逢瀬《おうせ》を過ごしていた。

「美樹、宏志はどうするの」

「うん。黒の意見も聞きたいが、とりあえずここにいる三人で立ち上げたいと思うんだけど。三人と四人じゃ、ずいぶん違うと思うんだ。四人が食えるかどうか、自信がない。軌道に乗ってから宏志に呼びかけたらどうだろうか」

黒澤はちょっと考える顔になった。

ミルクティーをひとすすりしてから、黒澤が言った。

「美樹の考えでいこう。宏志も、昼間はクリーニング店のトラック運転手をやり、夜はスナックで働いてるから、なるべく早い機会にチャンスを与えてやりたいねぇ」

「もちろんだ。じゃぁ、物件を見に行くとしようか」

金子宏志は明治大学商学部を卒業したが、就職活動はしなかった。

長者町の物件を目の当たりにして、黒澤も洋子も、渡邉が苦労して見つけ出しただけのことはあると思った。

「黒、ここに決めていいか」

「うん」

「わたしも賛成。人通りは多いから、特徴のあるお店にすれば、集客は問題ないと思うわ」

洋子は目を輝かせた。

「条件はどうなの」

「保証金三百万円。家賃は二十五万円。保証金は俺がすでに用意してるから問題はない。厨房の什器《じゅうき》類はリースでいいだろう」

「俺も百万円貯《た》めたからね」

「わたしも、そのぐらいはなんとかします」

「おまえ、たった七か月でそんなに貯めたのか」

「まさか。それは無理よ。父が応援してくれると思うわ」

「そんなのダメだ。俺の体面も考えてくれよ」

渡邉は真顔で言った。

黒澤がにやにやしながら口を挟んだ。

「洋子さんも共同経営者なんだから、美樹がむきになることはないと思うけどなあ」

「いや、そうはいかない。結婚してもいないのに、洋子の親父に無心するわけにはいかないよ」

「だったら、すぐ結婚すればいいじゃないか」

「黒、会社を設立するほうが先だよ」

「洋子さんの気持ちはどうなの」

「わたしは美樹さんの考えに従うしかないわ。どっちが先でもいいと思うけれど……」

「夫唱婦随っていうわけ」

「そんなんじゃありません」

「洋子の言うとおりだ。結婚したらウチは間違いなくカカア天下だよ」

渡邉に顔を覗《のぞ》き込まれて、洋子はかすかに首をかしげた。

「さあ、どうなんでしょう。亭主関白の可能性のほうが高そうだわ」

三人の立ち話は二十分ほどつづいた。

3

根岸線の関内《かんない》駅に黒澤を見送りがてら、渡邉は肩を並べて話した。洋子が二人のあとに続く。

「三月いっぱいで〝つぼ八〟を辞めてもらえるか」

「うん。石井社長になんて話すかなあ。俺に目をかけてくれてるから、ちょっとつらいよ」

「包み隠さず話したらいいよ。黒が"つぼ八"で一年も続いたことのほうが奇蹟に近いんだから」

「美樹のSDとはわけが違うよ。美樹の場合はほんと奇蹟的に一年も続けたけど、俺は仕事を覚えるために〝つぼ八〟で修業したわけだもの。苦労の度合いがまるで違うよ」

渡邉が洋子のほうを振り返った。洋子は笑顔で目配せした。渡邉も笑顔を返してから、黒澤にふたたび並びかけた。

「黒は〝つぼ八〟を辞めたいと思ったことはなかったの」

「新宿三丁目店の初めの二、三か月は、けっこうきつかったから、続けられるかどうか、自信がゆらいだこともあるよ。二か月で一〇キロ瘦《や》せたからねぇ。昼と夜が逆の生活だし、札幌で石井社長から鍛えられた選《え》り抜きの人たちにしごかれたからなあ。ただ、美樹みたいに、いじめにあったわけじゃなかった。店長の小宮さんが明るい人で、指示、指導も実に的確だった。石井社長から俺を育てるように厳命されていたのかもねぇ」

小宮は三十二歳で、札幌時代からの〝つぼ八〟の生え抜きだ。

黒澤が思い出し笑いをして、話をつづけた。

「入社してひと月半ほど経ったころだったかなあ……。寝坊して夕方五時の出勤時間に間に合わなくて、目覚ましが鳴ったのを無意識に消したらしくて夜七時まで眠ってしまった。小宮店長に電話して、『いまから出勤します』って話したら、『てっきりもう来ないんじゃないかと思ったよ』って、うれしそうに言われたのを覚えてるが、美樹ほどじゃないけど、ま、俺なりに頑張ったのかねぇ」

「黒の苦労はよくわかるよ。俺もこの五か月、多少の経験はしたからなあ」

「銭湯へ行く時間をつくるのに苦労したなあ。十一時ぎりぎりに飛び込んで、途中で浴槽《よくそう》の湯が減ってくるし、脱衣場で電灯を消されたこともあった」

「俺たちの店を立ち上げるのに、いままでの苦労が役に立つわけだ……」

渡邉はもう一度振り返って、話をつづけた。

「いや、もっともっと、苦労するかもなぁ」

洋子が小走りに、二人に追いついた。

「三人が力を合わせて、会社をつくって、美樹さんは社長になるわけでしょう。苦労のし甲斐《がい》があると思うわ。日付のある夢が実現するんですから」

「洋子さん、おっしゃるとおりですよ。どんな苦労もすべて糧になります」

「ライブハウス的な雰囲気の店にしたいが、黒の意見はどう」

「どんな店であれ、俺は〝つぼ八〟で学んだ厨房のほうをまかせてもらうよ。つまり裏方だ。焼き場も、コンロ場も、フライヤーも、刺し場も、ひととおりはこなせるからね。表を取り仕切るのは美樹だよ」

フライヤーとは厨房の揚げ物を扱う部門で、コンロ場は煮物、焼き場は焼き魚や焼き鳥、刺し場は刺身を扱うが、黒澤は〝つぼ八・新宿三丁目店〟で半年間、厨房部門で腕を研《みが》いた。

〝つぼ八・新宿三丁目店〟は、〝つぼ八〟チェーンの中でも屈指の大型店で、フロアは六〇坪、月間千八百万円を売り上げ、収益率も高かった。

4

黒澤は翌日の午後二時に、南青山三丁目にある住友生命青山ビル三階の〝つぼ八〟本部で、石井社長に会った。むろん電話でアポイントメントを取ってのことだ。

狭い社長室のソファで、二人は向かい合った。

「折り入ってわたしに話したいことってなんだね。電話では話しにくいようなことを言ってたが」

黒澤はちょっともじもじしたが、意を決して、居ずまいを正して、石井をまっすぐとらえた。

「三月いっぱいで会社を辞めたいので、ご了承ください」

「会社を辞める」

「はい」

「どういうことなんだ。なにか不満でもあるのかね」

「とんでもない。そういうことではありません。わずか半年で店長にしていただいて、感謝してます」

「きみは期待にたがわず、よくやってくれてるから高円寺北口店の店長になってもらったんだ。二、三年頑張ってくれれば、本部に来てもらうつもりだ。たった一年で辞めるなんて情けないこと言わんでくれよ。わたしがきみにどれほど期待してるか、わかってもらいたいねぇ」

「申し訳ありません。高校時代の親友が飲食業をやることになったので、手伝ってやりたいのです」

「ふうーん。きみは一年間、〝つぼ八〟で、産業スパイみたいな真似をしてたわけだな」

石井は冗談ともつかずに言って、思案顔で緑茶をすすっていたが、湯呑《ゆの》みをセンターテーブルに戻した。

「その親友も、きみのように一流大学を出てるのか」

「ええ。渡邉美樹という名前ですが、明治の商科を二年前に卒業しました。彼は現役で、わたしは一浪しましたから……」

黒澤は、ついでに渡邉が元手をつくるために、佐川急便のSDを一年間続けたことも話した。

「きみが〝つぼ八〟に入社したのは、計画的だったわけだな」

黒澤は返事ができず、眼を落とした。

「産業スパイの確信犯みたいなものだな。いい大学出て、飲食業に挑戦するっていうのは、いまどきの学生には珍しいが、いっそのこと、渡邉君も〝つぼ八〟へスカウトしたらどうだ」

「それはあり得ません。彼は小学校五年のときに、大人になったら会社の社長になると決めてた男なんです……」

黒澤は、その理由をるる説明しなければならなかった。話を聞き終わった石井の表情がほころんだ。

「その渡邉っていうやつは、おもしろそうな男だなあ。きみは、渡邉君との友情を大切にしたいと考えてるようだが、きみたちの計画を聞かせてもらおうか。一度渡邉君を連れてきたまえ。きみたちの友情が本物かどうかも、渡邉君と会って話せばわかるだろう」

黒澤は咄嗟《とつさ》に、宏志のことも石井の耳に入れておこうと思った。

「実はもう一人、高校時代のクラスメートがいます。金子宏志といいますが、三人で協力して……」

石井が黒澤の話をさえぎった。

「わかった。二人一緒に会おう。あさっての昼食時間をあけておく。十一時半に、二人を連れて、ここへいらっしゃい」

「ありがとうございます」

黒澤はソファから起立して、深々と頭を下げた。

黒澤は住友生命青山ビルを出て、公衆電話を探した。

渡邉が竹之丸住宅の自室で待機していることはわかっていた。

「もしもし、渡邉です」

「黒澤だけど」

「ああ黒、待ちくたびれたよ。ずいぶん長かったなあ」

「そうなんだ。石井社長に〝産業スパイ〟って言われたよ」

「そんなに怒ってるのか」

「〝産業スパイ〟は半分冗談だと思うけど、美樹に会いたいんだってさ。美樹を〝つぼ八〟にスカウトしろって言われたから、それはできない相談だってことを説明するのに時間がかかったんだ。話を聞いて石井社長は美樹に関心を持ったらしいよ。ついでに宏志のことも話したら、あさって十一時半に三人一緒に来てくれって」

「いまをときめく〝つぼ八〟の石井社長にお目にかかれるなんて、幸先《さいさき》いいじゃないの。宏志には俺から話しておくが、そうなると店の立ち上げに宏志も参加してもらうことになるかなあ」

「俺はそのほうがいいと思う。三人でも四人でもそんなに変わらないんじゃないのか。むしろ三人じゃ手が足りないと思うんだ」

「それもそうだな」

「店へ行く時間だから、これで電話切るぞ。あさって午前十一時半に南青山三丁目の住友生命青山ビルの玄関の前で会おう」

5

その日、十一時二十分に住友生命青山ビルの玄関前で、渡邉、黒澤、金子の三人が集合した。

三人とも、示し合わせてきたようにダークブルーのスーツ姿である。

黒澤はさほどではないが、渡邉と金子は掌《てのひら》が汗ばむほど緊張気味だった。

三人は会議室に通された。

石井が専務の中村を従えて、三人の前にあらわれたのは、十一時四十分過ぎだった。

「お待たせしました。ちょっと会議が長びいちゃって。石井です」

丁寧な口調で、名刺を差し出されて、渡邉は面くらった。

「渡邉美樹と金子宏志です」

黒澤は友人の二人を、石井と中村に紹介した。

「渡邉と申します。よろしくお願い致します。まだ名刺を持っておりませんので、失礼します」

「金子です。よろしくお願いします」

「二人とも、背が高いですねぇ。立ち話をしてると首が痛くなるかな」

石井のひと言で、渡邉も金子も気持ちがぐっとほぐれた。

「食事をしながら話しましょう」

石井はテーブルには着かず、そのまま渡邉たちに背中を向けて会議室から退出した。

ぞろぞろと四人が石井に続いて、エレベーターホールに向かった。

ビルを出ると、石井は青山通りに向かって、ひとりでずんずん歩いていく。ほとんど競歩に近い速度で、あっという間に、人混みの中に紛れ込んでしまった。

渡邉は懸命に目で追ったが、石井は視界から消えていた。

黒澤と中村が話しながら歩いているため、渡邉も金子も、二人に歩くペースを合わせざるを得なかったのだ。

「社長は相当ショックを受けてたようだよ」

「申し訳ありません」

「でも友情を大切にしたいと言われては、慰留するわけにもいかんだろうって、諦《あきら》めざるを得ないような口ぶりだった。渡邉君のような友達に恵まれて、黒澤君も幸せだねぇ」

「そう思います」

渡邉がひかえめに小声で言った。

「それは逆ですよ。黒澤は、わたしの誇りです」

黒澤が中村に訊《き》いた。

「社長どこへ行ったんでしょうか」

「多分ベルコモンズの地下一階のとんかつ屋だろう。あの人の足の速さには、ついていけないよ。席を確保するために、特に急いでたのかもしれない」

黒澤が中村に返した。

「社長にそんなことをさせていいんですか。言ってくだされば、わたしが走りましたのに」

「気を遣う人だからねぇ。誰も石井社長の真似はできないよ」

正午まで十分ほどあったが、とんかつ屋は混んでいた。

石井は五人坐《すわ》れるテーブルを確保して、四人を待っていた。

「全員ひれかつ定食をオーダーしたが、嫌いな人はいないでしょうね」

「大好きです」

渡邉が返事をすると、黒澤も金子も「はい」「はい」とうなずいた。

ひれかつと刻んだキャベツを盛った大皿と中丼《ちゅうどん》のご飯、蜆《しじみ》の味噌汁《みそしる》などがテーブルに並んだ。

食事を摂《と》りながら、右隣の渡邉に石井が訊いた。

「横浜の長者町で、きみはどういう店をやるつもりなの」

「ニューヨークで見たライブハウスが印象に残ってます。ギターでもピアノでも、いいと思いますが、食事をしながら、生の音楽が聴けるようなお店を考えてます」

石井は返事をせずに、食事に集中しだした。

渡邉も置いた箸《はし》を取った。

石井は歩行だけではなく、食事のスピードも相当速かった。渡邉も、SDの時代に鍛えているので、食事は遅いほうではないが、それでも熱いひれかつを食べる速度には限度がある。

石井が食べ終わったとき、ほかの四人はまだ半分残していた。

石井が焙《ほう》じ茶を飲みながら言った。

「そんな店はやるわけないねぇ。二、三か月で潰《つぶ》れちゃうよ。やめたほうがいいな」

渡邉はふたたび箸を置いて、石井のほうへ上体をひねった。

「お言葉ですが、どうしてはやらないって言えるんですか」

「長者町って言えば伊勢佐木通りでしょう。高級レストランに客が集まると思いますか」

「サービスの質を高くして、比較的リーズナブルな料金であれば、お客はつくと思います」

「そんな店で儲《もう》かるはずがない。運転資金はどうするの」

石井に決めつけるようにびしびしと言われて、渡邉は表情をひきしめて言い返した。

「わたしは〝つぼ八〟の社員ではありません。石井社長に命令されるいわれはないと思います。ライブハウスを出店することについては、もう決めたことなんです。いまさらやめるわけにはいきません」

「おととい黒澤から、高校時代からのきみたちの友情の話を聞いたとき、なんとか応援してやろう、とわたしは思った。だから中村たちの意見も聞いたんだが、きみたちが確実に成功する方法は〝つぼ八〟のフランチャイジーになること、つまり加盟店から出発することなんじゃないか、という結論に達したわけだ」

「〝つぼ八〟の看板でやれっていうことでしょうか」

「〝つぼ八〟の看板がものを言うんだよ。だからこそ〝つぼ八〟は猛烈な勢いでチェーン店の全国展開を図ってるんだ」

渡邉は、〝つぼ八〟の看板を掲げる気にはなれなかった。なんとしても自前の看板でやりたい——。

この話には乗れない、と渡邉は思った。だいいち先立つものは三百万円しかなかった。

黒澤の百万円を加算しても四百万円にしかならない。

6

石井が渡邉を、射るような眼でとらえた。

「きみが夢を語るのは勝手だし、けっこうだが、地に足が着いていないな。資金計画にしても杜撰《ずさん》だ。立地を見る目も持ってない。飲食店の経営ノウハウもなきに等しい。つまりないないづくしってことになるわけだ。〝つぼ八〟なら必ず儲かる。きみたちの友情にプレゼントさせてもらおうじゃないか。高円寺と立川に〝つぼ八〟の直営店がある。好きなほうの営業権を居抜きで譲るよ」

渡邉は石井の気魄にたじたじとなって、なにも言い返せなかった。

「高円寺北口店は五千万円、立川店は三千二百万円だ。両店とも、月間三十万円～四十万円しか利益が出ていないが、きみたちのようにヤル気と熱意さえあれば、二倍にすることは可能だろう。〝つぼ八〟のＦＣ《フランチャイズ・チェーン》になって繁盛店にして、資金とノウハウを蓄積してから、ライブハウスかなんか知らないが、自分のやりたい店をつくる、それでいいじゃないか。きみたちはまだ若いんだ、焦ることはないだろう」

「しかし、われわれに五千万円なんていう大金を調達する力はありません」

「融資の仲介の労はわたしに取らせてもらおうか。こうなったら、乗りかかった船だ。高円寺北口店を取るか、立川店を取るか、さっそく見てきたらいいな」

石井は立川店の地図をメモ用紙に書いて、黒澤に手渡した。高円寺北口店は黒澤が店長である。

金子はその日午後外せない予定が入っていたので、渡邉と黒澤の二人はその足で立川に向かった。

国鉄中央線の電車はすいていたので、二人は並んで坐れた。

「すごーい迫力だったなぁ。ちょっと悔しいけど、石井社長の言いなりになっちゃったもの」

「石井社長が言った〝友情へのプレゼント〟は本気だと思うよ。あの人口髭《くちひげ》なんか生やしてるけど、見かけによらず誠実な人なんだ」

「黒の言うとおりだよ。ただものじゃないっていうか、凄《すご》い引力で引き寄せられたような感じがするもの」

同時刻、石井は社長室に中村を呼んで「渡邉っていう奴、なかなか見所があるなぁ。なにかどでかいことをしでかすような、そんな可能性を秘めてるじゃないか」と、渡邉の初印象を語っていた。

英雄は英雄を知る——。そんなところだったかもしれない。

立川店は、国鉄立川駅から徒歩十分、立川市役所の近くに位置していたが、来客の半分はマイカー族だった。駅に遠いことと、フロアも三〇坪と狭いことが、渡邉をして二の足を踏ませた。

「黒、どう思う」

「ダメだな。高円寺のほうがずっといいと思うけど」

「高円寺北口店は駅に近いのか」

「うん。北口の不二家の前で、フロアも五〇坪ちょっとある。いまでも相当繁盛してるけど、それにしては利益があがってない。なぜそうなのか、おおよその見当はついてるけど。美樹、とにかく物件を見たらどうかなぁ」

「そうしよう」

高円寺北口店をひと目見て、「決めよう」と渡邉は結論を下した。

「忙しいことになってきたなぁ。石井さんとフランチャイズ契約を結ぶ前に会社をつくらないと」

「社長は美樹に決まってるんだし、社名とか登記の手続きは、美樹にまかせていいか」

「俺の親父が司法書士を知ってるから、親父と相談して、進めさせてもらう。とりあえず南区共進町の親父の事務所に、会社を置かせてもらおうと考えてるんだが……」

「すべて美樹にまかせるよ。さっき別れしなに、宏志もそう言ってた。宏志も百万円貯めたそうだから、資本金は五百万円になるね」

「そうか。宏志もアルバイトで頑張ったんだなぁ。黒、実印、持ってるか」

「いや、そんなもの持ってないよ」

「実は俺も持ってないんだ。会社の登記で印鑑証明が必要になるから、至急実印をこしらえといてくれよ。宏志には俺が話しておく。石井社長はせっかちそうな人だから、愚図愚図してたら叱られちゃうし、気が変わったなんて言われるのも、かなわんしねぇ」

「社長がせっかちなことは認めるけど、どうやら敵は美樹に惚《ほ》れたようだから心配ないよ」

「でも、急ごう。四月中にフランチャイズ契約を結んで、五月に高円寺北口店をわれわれの手で運営するんだ」

黒澤が心配そうに眉《まゆ》をひそめたことを、渡邉は気づかなかった。

7

　四月十六日月曜日の午前九時に、渡邉は父の秀樹と関内にある司法書士事務所に、市川を訪ねた。市川は、五十はとうに過ぎていると思える。ゴマシオ頭で、メタルフレームの眼鏡をかけていた。

「商号はどうしますか」

「有限会社渡邉商事でどうでしょうか」

「渡邉商事では横浜地方法務局で受理されないと思いますよ」

「あまりにもありふれてますかねぇ。それなら美樹、渡美商事はどうかな。渡邉と美樹を縮めてくっつければそうなるじゃないか」

「渡美商事ですか。思いつかなかったけど、いいネーミングですねぇ」

　渡邉の口から白い歯がこぼれた。


　商号、課税標準金額（五百万円）、登録免許税（六万円）、定款、社員総会議事録、取締役会議事録などを添付した有限会社設立登記申請書が、市川司法書士によって、横浜地方法務局に提出されたのは同日午後だ。もちろん代表取締役は渡邉美樹である。黒澤真一、金子宏志の両人が取締役として名を連ねた。

有限会社渡美商事設立の目的は、①飲食業の経営、②上記に付帯する一切の業務、となっていた。

石井誠二の紹介で、渡邉は協和銀行系の昭和リースに五千万円の融資を求めて交渉を開始した。

昭和リースの本社は住友生命青山ビルに近い協和青山ビルの五階にあった。昭和五十九年当時の同社の売上高は約一千八百億円、純益は約三億円。積極拡大経営で、業績も好調だった。

渡邉は、融資担当課長の三浦と三度面会したが、〝つぼ八・高円寺北口店〟の営業権は担保能力を有しないことを理由に、三浦は難色を示した。石井も口添えしてくれたのだが、その石井さえも、「昭和リースは諦《あきら》めようか」と弱気になるほど、昭和リース側の態度は硬かった。

ところが、〝つぼ八・高円寺北口店〟が入居している三進ビルの女性オーナー、山崎喜《やまざきき》代《よ》が窮地に立った渡邉を救ってくれた。昭和リースによる保証金の質権設定を承諾してくれたのである。

「昭和リースの目は節穴なんですかねぇ。担保がどうのこうのより、経営者の人物が問題でしょうに」

山崎喜代は年齢五十一、二歳だが、渡邉の人柄を買ってくれたのだ。この結果、昭和リースと渡美商事は二千九百万円の割賦販売契約を五月十五日に締結、即日融資が実行された。連帯保証人は黒澤真一、金子宏志、渡邉秀樹の三名。

残りの二千百万円は、〝つぼ八〟と取引している酒類販売店の塩田屋が無担保で融資に応じてくれた。

「渡美商事は〝つぼ八〟加盟店の中でも、将来性が最も高い。わたしが保証しますよ」

「石井社長の御墨付なら、問題ありませんね」

塩田屋の社長も五十四、五歳の女性で、名前は塩田とみ。芝大門二丁目の老舗《しにせ》を取り仕切っていた。

株式会社つぼ八（甲）と有限会社渡美商事（乙）の「居酒屋つぼ八　フランチャイズ契約」は四月二十八日に調印、同フランチャイズ契約に基づいて同日付で覚書を締結した。

覚書の内容は以下のとおりだ。

一、乙は甲との間の「居酒屋つぼ八　フランチャイズ契約」の定めるところにより営業する。

二、甲はフランチャイズ契約に基づき乙を育成、指導する外、乙が自立出来るまで決算書作成など経営についても指導を行う。

三、乙は前項に定める甲の経営指導に従うものとし、殊《こと》に本覚書締結から五年間下記

（イ）乃至《ないし》（ニ）を履行する。
（イ）乙は協和銀行高円寺店に乙名義の普通預金口座を設定するものとし、その他の金融機関との取引をしない。
（ロ）銀行取引は（イ）に定める普通預金取引のみとし、当座取引は行わず、手形の振出しは行わない。
（ハ）乙は（イ）の届出印を営業譲渡契約と同時に甲に預託する。
（ニ）乙が普通預金の引出しを必要とするときは、甲の承認を得て甲の事務所において普通預金払戻請求書に押印を受けるものとする。但《ただ》し原則として土曜又は月曜の週一回とする。

付帯事項の中に「物件表示」①店名　居酒屋つぼ八高円寺北口店　②住所　杉並区高円寺北三―二三―三　三進ビルＢ１　③総面積　一八一㎡（五四・八坪）とあり「当該物件に係る計算基準」が記されてあった。

①加盟金　百万円＋単価二万円（三・三㎡）×一八一㎡＝二百九万六千円
②ロイヤリティ　単価二千円（三・三㎡）×一八一㎡＝十万九千六百円
③保証金　ロイヤリティ（十万九千六百円）六か月分＝六十五万七千六百円

営業譲渡金の五千万円に、二百八十六万三千二百円を加えた金額が、渡美商事から〝つぼ八〟本部に支払われた。

南青山の〝つぼ八〟本部の会議室でフランチャイズ契約、覚書、営業譲渡契約に調印したあとで、石井が放ったせりふを、渡邉は印象深く記憶している。

「若い者が持ちつけないものを持つと、女かバクチにうつつを抜かすことになるんです。ですからハンコはわたしが預からせてもらいます。それと必ず月に一回、報告に来るように」

石井は鼻下の口髭を撫《な》でながら真顔で言ったが、石井の経験則が言わせたのではないか、と渡邉は気を回した。

8

四月中に渡邉は、〝つぼ八・高円寺北口店〟から徒歩二分の場所に２ＬＤＫの賃貸マンションを探してきた。

横浜からでは到底通い切れないと考えたからにほかならないが、問題は祖母の糸をどうするかだ。

「おばあちゃん、高円寺で居酒屋を経営することになったよ」

「美樹、とうとう社長になれたんだねぇ。おまえは目標に向かってぐんぐん進んでいく。

えらい子だねぇ」

「おばあちゃんを竹之丸住宅に一人にしておくわけにはいかないから、僕たちと一緒に高円寺に引っ越ししてくれないかなぁ」

「わたしはこのとおり元気だから、この団地に一人でいさせてもらうよ。踊りの仲間も大勢いるから、ここを離れるのは厭《いや》だよ」

「いまは元気だけど、もう九十だからねぇ。親父も心配してた。僕と一緒に行くのが厭なら、親父たちと一緒に住んだらどうかなぁ」

「わたしは、自分のことは自分でできるよ。子供や孫の面倒はみてきたつもりだけど、面倒をみられるのは性に合わないよ」

「なら、高円寺で僕の面倒みてよ」

「美樹には、洋子さんがついてるじゃないか。わたしのことを考える暇があったら、自分たちのことを考えなさい。おまえたち、いつ結婚するの」

「店をうまく立ち上げることができたら、結婚するよ」

秀樹からも説得されてはいたが、糸はかたくなに竹之丸住宅での暮らしに固執した。

フランチャイズ契約と覚書に調印した日の帰り道で、渡邉が黒澤と金子に四人の共同生活を提案したとき、二人は足を止めて一瞬顔を見合わせた。そして同時に小首をかしげた。

「洋子さんに負担がかからないか」

「俺たちはアパートを探すよ」

　黒澤も金子も否定的だった。

「洋子は家事一切の面倒と店のフロントも手伝うと言ってるよ。店が軌道に乗るまでの緊急避難と考えて、共同生活に賛成してもらいたいんだ。社員は四人しかいない。別々に暮らせば、おカネもかかるし、なにかと不都合なことが多いと思うんだ。台所とリビングを真ん中にして、二室がセパレートされてる手頃なマンションを探してきた。黒と宏志は、同じ六畳間に寝てもらうが、ちょっとの辛抱だから、俺の言うことを聞いてもらえないだろうか」

「場所はどこ」

　黒澤の質問に、渡邉が笑顔で答えた。

「店まで走って一分、歩いて二分ってとこかなぁ。土屋マンションっていうんだが、築八年だけど、五階建ての三階で、けっこうきれいだよ。家賃は十三万五千円。渡美商事の本社もそのマンションに移そうと思ってる。家賃は経費で落とせるから、ぎりぎり生活費だけ稼げばいいわけだ。そういうことにはならないと思うけど、一年間共同生活に耐えてみないか」

「喧嘩《けんか》することはないかねぇ」

「黒、喧嘩したっていいじゃない。俺たちは高校時代から仲がよすぎて、あんまり喧嘩しなかったから、大いに意見を闘わせようじゃないか。いくらなんでもつかみ合いの喧嘩まではしないだろう」

「洋子さんがＯＫなら、俺は賛成だ。優しい人だから、俺たちのわがままを聞いてくれるかもねぇ」

「宏志、そのとおりだ。高円寺北口店を俺たちの手で、高収益店にするために、一年頑張ろうよ」

「わかった。洋子さんに迷惑かけると思うが、この際、甘えさせてもらうとするか」

「ちょっと話しておきたいことがあるんだけど、お茶でも飲まないか」

　黒澤の明るい顔が急に厳しくなった。

9

　渡邉、黒澤、金子の三人は青山通りに面したビルの一階のティールームに入った。四月二十八日土曜日午後三時過ぎのことだ。

　コーヒーをオーダーしたあとで、黒澤が深刻な表情で切り出した。

「高円寺北口店に〝朝倉天皇〟といわれてる変なのがいるんだ。年齢は二十八歳かな」

「〝つぼ八〟の社員は、全員お引き取り願うことになってるが」

「美樹、朝倉は、アルバイトなんだよ」

　金子が黒澤の顔を覗《のぞ》き込んだ。

「アルバイトで、〝天皇〟ってどういうこと」

「高円寺北口店はアルバイトを十五人雇ってるが、アルバイトを仕切ってるのが朝倉なんだ。つまりシフト権を握ってるわけよ。朝倉は店を動かしてるのは自分だと思ってる。誰にも口出しさせないっていう態度だから、美樹とぶつかると思うんだ」

「冗談じゃない。ぶつかるもなにもないだろう。社長は俺だぞ。〝つぼ八〟の直営店から渡美商事のFC店に変わったんだ。〝朝倉天皇〟なんて笑わせるなって言いたいよ」

「それがそんなに簡単じゃないと思うんだけど」

黒澤はいっそう顔をしかめた。

「朝倉をクビにしたらどうなるの」

金子に訊《き》かれて、黒澤はコーヒーカップをソーサーに戻した。

「多分アルバイトの十五人が全員辞めてしまうと思うよ。だから、朝倉とはうまく折りあっていくしかないと思うんだ。俺も十一月から一応高円寺北口店の店長やってきたからわかるんだけど、朝倉とは妥協するしかないんじゃないかなあ。ぶつからないで、うまくやっていくのがいいと思う。このことが言いたくて、お茶に誘ったんだ」

渡邉がつまらなそうに、唇をとがらせた。

「黒は考え過ぎなんじゃないのか。たしかにその朝倉っていう奴は〝天皇〟って言われるくらいだから、切れるしパワーもあるんだろうけど、仮にもアルバイトのトップっていうだけのことじゃないの。そんなに気を揉《も》むことはないよ。俺にまかせてもらおうか」

「少なくとも朝倉を立てるポーズぐらい取ったらどうかねぇ」

「朝倉に会ってから、どういうスタンスで臨むのがいいか考えるよ」

渡邉は、黒澤は気の回し過ぎ、気の遣い過ぎだと思って、たいして意に介さなかった。ところが、五月十五日の早朝五時に〝つぼ八・新宿三丁目店〟の店長から本部の課長になっていた小宮を立ち会わせて、高円寺北口店の棚卸し作業をしているときに、朝倉のでかい態度に度肝を抜かれた。

小宮に対して、「おい！ 小宮」と呼び捨てなのだ。小宮は朝倉より五歳ほど年長である。

しかも本部の幹部社員だ。

棚卸しでビール一本から焼き鳥一本に至るまで、在庫を正確に調査するのは、すべてが〝つぼ八〟から〝渡美〟に受け継がれることになるからだ。

合計四十八万三千七百円の在庫品が〝渡美〟で買い取られることになった。

朝倉は棚卸し作業には参加せず、座敷に寝ころがっていた。

「おい、小宮、まだ終わらんのか」

「あんた、もう帰っていいよ。邪魔になるだけだ」

さすがに小宮もむっとした口調で言い返したが、朝倉は大きな伸びをして、あくびまじりに言い放った。

「棚卸しに本部の課長まで出てくるとはご苦労なこった」

「渡邉さんの要請だし、石井社長の言いつけだからね」

「おまえら、ご苦労だったなあ。きょうでおまえらとはサヨナラか」

高円寺北口店には〝つぼ八〟の社員が五人いたが、朝倉は彼らを顎《あご》で使っていたと見える。

「朝倉さん、永い間、お世話になりました」

「この店は、朝倉さんで持ってるんですから、これからもよろしくお願いします」

揉み手スタイルで朝倉にお追従《ついしょう》を言う彼らの態度が、渡邉の目に奇異に映るのはやむを得ない。

果たせるかな二日目に、渡邉は朝倉とぶつかった。朝倉から仕掛けてきたのだ。

「店のことは俺にまかせてもらおうか。素人さんが口出しすると碌《ろく》なことはないからなあ」

「ちょっと待ってください。この店はきのうからわたしが店長ですよ」

「あんたは渡美商事の社長さんでいいの。店の運営は、俺にまかせなさいよ。そのほうが得だよ。ちゃんといままでどおり儲《もう》けが出るようにしてあげるから黙って見てたらいいんだ」

渡邉は顔色が変わるのを意識した。

「そうはいきません。わたしの指示に従ってもらいます。それができないんなら、辞めてもらってけっこうです」

「おい！　若いの！　そんな大口叩《たた》いていいのか」

朝倉は凄《すご》んだ。険のある目がいっそう尖《とが》っている。

「辞めろだと。俺が辞めたら潰《つぶ》れるよ。あしたから営業できないようにしてやる。それでもいいのか！」

顔面蒼白《そうはく》の黒澤が背伸びをして、渡邉の耳元でささやいた。

「美樹、ここは堪《こら》えてくれないか。朝倉に辞められるとアルバイトが全員店に来なくなるから、店が開けられなくなってしまうよ」

渡邉は黒澤に軽く肘鉄《ひじてつ》を食らわせた。

「黒、余計なこと言うな」

「あんたなんかにのさばられるくらいなら、店を潰したほうがましだ」

渡邉は朝倉の前を離れて、固唾《かたず》を呑《の》んで成り行きを見守っているアルバイト学生たちのほうへ歩み寄った。

「きみたち、よく考えて行動してください。朝倉さんにそそのかされて辞めるんなら、次のアルバイト先を確保してからにしたらどうですか。わたしたちに従《つ》いてきてくれれば、悪いようにはしません」

朝倉が血相を変えて、こっちに近づいてきた。

「おまえら、俺に逆らったら、ただじゃ済まねえぞ。俺がおまえたちの面倒はみてやる。こんな店に未練持つんじゃねぇ」

洋子は口がきけないほど胸がドキドキしていた。

事情を知っている黒澤の意見を聞くべきではないか、という気もしたが、まるでヤクザと変わらない朝倉と一緒に仕事をする気にはなれない、という思いのほうが強かった。

しかし、ほんとうにお店を潰されてしまうのだろうか——。

10

翌日、午後四時過ぎに渡邉たち四人が店に顔を出すと、アルバイトの学生は一人もいなかった。

「石井社長に頼んで、とりあえず本部から人を出してもらおうか」

渡邉が沈痛な面持ちで言ったとき、鰐部《わにべ》慎二と橘内《きつない》稔が連れだってやってきた。二人とも早稲田大学の学生だ。

「き、きみたち……」

渡邉は喜びのあまり、口ごもった。

「アルバイトのほとんどは残ると思います。皆んな、朝倉さんのやり方に従いていけませんでしたから」

「僕もそう思います。別に連絡を取りあったわけではありませんけど、朝倉さんにも社員の人たちにも不信感のようなものがあったことはたしかです」

橘内が鰐部に同調した。鰐部が笑顔でうなずき返している。

渡邉や洋子は、どれほど安堵《あんど》したことか。

「黒、鰐部君たちの言ってることが事実だとしたら、きみは取り越し苦労をしてたことになるねぇ」

「そうならいいんだけど、朝倉はしつこいから、どんな手を打ってくるか心配だよ」

「ヤクザっぽいところはあるけど、本物のヤクザじゃないんだろう」

「うん。あれでギターの腕はプロ級だって聞いたことがあるけど」

「へえ、朝倉がギタリストとはねぇ。ヤクザじゃなければ安心だ。皆んな分別がある学生なんだから、朝倉の恫喝《どうかつ》に屈することはないと思うよ」

渡邉は黒澤にそう返しながらも、まだ不安が解消し切れていなかった。

しかし、十五人のアルバイト学生の中で、辞めたのは二人だけだった。十三人が残留すると申し出てくれたのだ。その中には鰐部、橘内のほか、日本大学の宇佐美康《うさみやすし》、同北沢哲也、明治大学の佐藤謙、中央大学の平山達也、東洋大学の笠井聖司《かさいせいじ》、浪人中の加賀谷浩悦《かがやこうえつ》、都立大学の柳幸裕《やなぎゆきひろ》などが入っていた。

かれら九人は後年、アルバイトから社員に昇格することになる。

渡邉、黒澤、金子、そして洋子の四人と鰐部、橘内たち学生との絆《きずな》は、朝倉が辞めたことによって強固なものになり、親近感も深まった。

あとでわかったことだが、朝倉と五人の社員は、店内でねんがら年中飲食を続けていたという。

黒澤も薄々感づいてはいたが、学生たちはもっと厳しい目で見ていたことになる。

渡邉は、〝つぼ八・高円寺北口店〟でサービスの差別化に心を砕いた。

「まずお店をきれいにしよう。テーブルクロスも、必ず取り替えること。お客様の靴の出し入れはわれわれがやろう。おしぼりは、膝《ひざ》を突いて、ひらいてお渡しするんだ。しかも途中で二回目を出す。極端に聞こえるかもしれないが、お客様に対して奴隷《どれい》になったつもりで接するぐらいの気持ちの持ち方がいいと思う」

渡邉は、横浜・関内の〝遊乱船〟で経験した接客のあり方を〝つぼ八〟に持ち込み、居酒屋のイメージを一新した。しかも社長兼店長が率先して、〝奴隷〟になるのだから、アルバイトの学生たちも従わざるを得ない。

食材は、〝つぼ八〟本部から供給されるが、厨房《ちゆうぼう》担当の黒澤がリーダーシップを発揮して、メニューの改善に取り組んだ。

サービスの差別化は集客に直結する。直営店時代、月商七百五十万円だった高円寺北口店は、わずか半年で千五百万円に売上げが倍増、利益は半年で月間三百六十万円に、なんと十倍も増加した。

「石井社長に〝産業スパイ〟だって怒られたが、俺も〝遊乱船〟からいろんなノウハウを盗んできた。われわれがこの店で実験したことは、どんどん他店で応用してもらってかまわない。石井社長に〝産業スパイ〟のお返しをしようじゃないか。石井社長は渡美商事にとって恩人中の恩人なんだから、恩返しするのは当然だよ」

渡邉が黒澤、金子、洋子の三人に、マンションでの遅い朝食中にこう話したのは、十一月下旬のことだが、一年後に石井から〝つぼ八〟本部に呼び出され、〝産業スパイ〟のお返しが実現することになる。

「きみは日本でいちばん儲《もう》かっている居酒屋のオーナーだが、〝つぼ八〟のチェーンのオーナーや店長がその秘訣《ひけつ》を知りたがってるので、全国を回って、伝授してやってもらえないかねぇ」

「いいですよ。社長には〝産業スパイ〟だってずいぶんお叱りを受けましたから、せめてもの罪滅ぼしをさせていただきます。なんでもお話ししますよ」

渡邉は二つ返事でOKした。

「〝産業スパイ〟は冗談だよ。きみらの友情に頭を下げただけのことだ。それと、きみをただものではないと見抜いた自分の目のたしかさを誇りたい思いもあるかねぇ」

見かけによらずシャイな石井は、照れ臭そうに言って、頭をかいた。

当時〝つぼ八〟は北海道から九州まで全国七ブロックに分かれていたが、渡邉はブロック単位のオーナー・店長会議で〝私の店では何をやっているか〟と題して、七回講演した。サービスの差別化、アルバイトを含めた従業員の教育のあり方など、日頃考えていることを渡邉は包み隠さず披瀝《ひれき》した。

「奴隷」という言葉に、反発したオーナーや店長もいたが、「要は気持ちの問題です。接客態度に謙虚さが求められるのは当然でしょう。それを強い言葉で表現したに過ぎません」と、渡邉は反論した。

「渡美商事は特別変わったことをしているわけではないのです。サービスの差別化は飲食業に限らず、サービス業すべてに求められていることです。その常識的なことを常識的にこなしている、ただそれだけのことですが、たとえば、お客様におしぼりを出す場合でも、ポリエチレンの袋を破いてから、ひらいてお渡しするのと、袋のままお出しするのとでは、お客様の受けとめ方が違ってきます。そのときに膝を突いてお渡ししたら、もっと違うはずです。わたしどもが日頃接客のマナーとして心がけていることは、そうしたありふれたことの積み重ねに過ぎません」

渡邉は同じ話を七回もしたことになるが、これに啓発されてサービスの差別化に注力した〝つぼ八〟のチェーン店が売上げを伸ばしたことは想像にかたくない。

石井も何度か渡邉の講演を聞いた。大阪のホテルのロビーで二人が向かい合ったことがあった。

「美樹さんの話の中で、『奴隷たれ』は特に印象深かった。心がけの問題、気持ちの問題であることはよくわかるが、オーナーや店長の中には卑屈と取る者もいたかもしれんねぇ」

「おっしゃるとおりです。しかし、お客様は王様なんです。王様にとって家来も奴隷も一緒でしょう。妙な言い方ですが、誇り高き奴隷になれるかどうかが分岐点になると思います。とかく職人肌で腕自慢の料理人は、お客様に食わせてやる、という横柄な態度で接しがちですが、考え違い、履き違いもいいところですよ」

「美樹さんは、居酒屋のイメージを確実に変えてるな。渡美商事がぐんぐん伸びてる秘訣がよくわかった。将来がたのしみでもあり、恐ろしくもある。この先どこまで伸びるかねぇ」

渡邉がしみじみとした口調で言った。

「社長に初めてお目にかかったとき、ライブハウスの話をしましたら、そんなものダメだって一喝されましたでしょう。あのとき、突っ張って、社長の忠告に従っていなかったら、今日のわたしはなかったと思います。それがこうして、講演までさせていただいてるんですから、人の人生なんて、どこでどう転ぶか……。考えさせられますよ」

「美樹さんのひたむきな上昇志向は、わたしも見習いたいと思ってるんだ」

「とんでもない。社長の爪の垢《あか》を煎《せん》じて飲まなければならないのは、わたしのほうですよ」

「お互い〝初心忘るべからず〟の気持ちを大切にしよう」

石井が渡邉に対して、「美樹さん」とサンづけで呼ぶようになったのは、このころからだ。

第六章　スカウト

1

午前七時就眠、午後一時起床。そして一時半から二時までに朝食を摂《と》り、四時出勤。これが渡邉《わたなべ》、洋子《ひろこ》、黒澤、金子、四人共同の生活パターンだった。

昭和五十九年（一九八四年）十二月上旬某日の朝食後、緑茶を飲みながら渡邉がなにげなしに切り出した。

「俺たちの努力もあるけど、高円寺北口店がこんなに順調にいくとはねぇ。石井社長にいくら感謝しても、し過ぎることはないと思うよ。石井社長がそろそろ二号店の出店を考えたらどうかって言ってくれたが、俺もその気になってきた」

黒澤が話を引き取った。

「そうなると、問題は人材をどうするかだねぇ。四人じゃ高円寺北口店だけで手がいっぱいだもの」

「黒《くろ》、俺もそれを言いたかったんだ」

渡邉が湯呑《ゆの》みをテーブルに戻して話をつづけた。

「俺は沼田と呉《ご》をスカウトすることを考えてるんだけど」

金子が腕組みして首を斜めに倒した。

「俺は一浪したから、二人とも大学の一年先輩になるが、横浜会《はまかい》の仲間だから、気心もよく知れてるし、申し分ない人材とは思う。だけど、どうかねぇ、来てくれるだろうか」

黒澤も小首をかしげた。

「沼田さんは日産自動車だし、呉さんも日本ラヂエーターのエンジニアとしてきちっとやってるわけだよねぇ。ホワイトカラーからブルーカラーになれるだろうか」

「ブルーカラーといっても、われわれは創業者であり、経営者でもある。将来性とか夢の大きさなら、日産自動車や日本ラヂエーターの社員に負けないんじゃないのか。価値観の問題でもあるが、呉は堅実な性格だから地道にサラリーマン人生を歩むつもりかもしれないけど、沼田は夢の大きさのほうに賭《か》けてくれるような気がするんだけど」

「わたしは沼田さんと呉さんにお会いしたことはないけれど、美樹さんの話を聞いてる限りでは素晴らしい方々でしょう。ダメモトで話だけでもしてみる価値はあるんじゃないかしら」

「おっしゃるとおりだ。ダメモトのつもりで二人に話してみるよ」

渡邉が含み笑いを洩《も》らしたのは、なんだかうまくいきそうな予感があったからだ。問題は口説くほうの気合いの入れ方、熱意をどう表現するかである。呉はともかく、沼田をスカウトする自信めいたものが、このときの渡邉の胸中にあった。

「二時か。さっそく沼田に電話をかけてみよう」

渡邉が時計を見ながら、リビングルームの棚にある電話の前に立った。

沼田一英は当時日産自動車本社で部品の購買部門に在籍していた。

「渡美商事の渡邉美樹と申します。沼田さんをお願いします」

「少々お待ちください」

女性の声を聞きながら、渡邉は受話器を押さえた。

「沼、席にいるみたいだ」

「もしもし、沼田です」

「渡邉だけど、沼、元気か」

「ああ美樹、しばらくだなぁ。横浜会の月イチ会にも全然顔を出してくれないし……」

「忙しくてそれどころじゃないんだ。だけど久しぶりに皆んなの顔が見たいなぁ」

「呉も、宮野尾《みやのお》も、市丸《いちまる》も、皆んな美樹に会いたがってるよ」

「元旦《がんたん》なら時間をつくれるけど。勝手を言わせてもらえれば、午後二時から五時ごろまでなら、ありがたいなぁ」

「俺はけっこうだ。美樹に会えるとなれば、皆んなもＯＫだと思うけど。幹事長の美樹の都合に合わせるのが礼儀というものだよ」

「ありがとう。会場は沼にまかせる。ちょっと先だけど、元旦をたのしみにしてるよ」

月イチ会とは、昭和五十七年三月に明治大学を卒業した横浜会の幹事会メンバーが、毎月第二土曜日の夜に集う会のことだ。

沼田は、二日後に渡邉に電話をかけてきた。

「皆んな美樹に会えるって聞いて、喜んでたぞ。元旦の午後二時に、大曽根町の宮野尾宅で集まることにしたからね。ご存じと思うが、菅原は、交通事故で入院中だから出席できない」

「さっそくありがとう。菅原は可哀相だったねぇ」

菅原義隆は横浜会の文化調査部長だった。学部も渡邉と同じ商学部だ。大柄な菅原のふっくらした童顔を目に浮かべながら、渡邉は電話を切った。

2

横浜会で企画部長だった宮野尾誠の実家は、東横線大倉山駅から徒歩十分足らずの港北区大曽根町でクリーニング店を経営していた。

渡邉が宮野尾クリーニング店に着いたのは昭和六十年一月一日午後二時十分過ぎだが、沼田一英、呉雅俊をはじめ十一人が一階のリビングに集まっていた。男性はジーンズにセーターなどの普段着だが、二宮ひろみ、平戸《ひらと》八千代《やちよ》の紅二点の着物姿が渡邉の目にまぶしかった。

「美樹さん、明けましておめでとうございます」

「おめでとう。二人ともきれいだねぇ」

ビールで乾杯したあとで、宮野尾が言った。

「われらが渡邉幹事長にひと言新年の挨拶《あいさつ》をお願いしましょうか」

ソファをあてがわれていたのは、沼田、呉、ひろみ、八千代、それに渡邉の五人で、あとの七人は絨毯《じゅうたん》の上にあぐらをかいたり、足を投げ出すようにして坐《すわ》っていた。

渡邉は小さな咳払《せきばら》いをひとつしてソファから腰をあげた。

「明けましておめでとうございます。元旦の午後二時なんていう中途半端な時間にお集まりいただいて、恐縮してます。わたしは去年四月に設立した渡美商事という会社の社長をしてますが、居酒屋〝つぼ八・高円寺北口店〟の店長でもあります。猛烈に忙しくて、正月休みも元旦の一日しか取れません。それで、皆さんにわがままを聞いていただきました。先日も沼田君に言われましたが、月イチ会にも出席してませんし、皆さんにお目にかかるのは卒業して初めてという方もたくさんいらっしゃいます。大学を出て約三年になりますが、いまでも思い出しては元気づけられ、勇気を与えられるのは大学三年のときの〝森林公園の集い〟と、マンドリンクラブと森進一の〝ジョイントコンサート〟のことです。わけても生涯忘れられない楽しい思い出を施設の恵まれない子供たちにプレゼントしよう、という趣旨で実行した〝森林公園の集い〟のいろんな光景がフラッシュバックのように頭の中をよぎり、目に浮かびます……」

渡邉は笑顔で一同を見回して、話をしめくくった。

「わたしにとって、横浜会は心の郷里《ふるさと》です。苦しいとき、つらいときに、横浜会で過ごした楽しかりし日々を思い出して、心の糧にしました。きょうの新年会をプレゼントしてくださった皆さんに感謝します。ありがとうございました」

拍手しながら宮野尾が渡邉に身を寄せてきた。

「美樹は、相変わらずスピーチが上手だねぇ」

「どうも。皆んなにひと言ずつ近況報告をお願いしてよ」

「そうね」

近況報告の中で、呉が「ラヂエーターに関する製品開発の功績で、近日中に表彰されるらしい」と話したのが、渡邉の印象に残った。というより、やはり呉はダメか、という思いで落胆したというべきかもしれない。

しかし、当たるだけでも当たらなければ、と渡邉はわが胸に言い聞かせた。

渡邉は頃合いを見て、宮野尾に耳打ちした。

「沼と呉にちょっと話しておきたいことがあるんだけど、二階のきみの部屋、借りていいか」

「どうぞ。ちらかってるけど、三人が坐るスペースはあるよ。ベッドに坐ってもいいからね」

「ありがとう」

渡邉は、宮野尾から離れて、沼田に近づいた。

「呉と二人で、ちょっと二階に来てくれないかなぁ」

「いいよ」

渡邉が先に二階へ上がった。ほどなく沼田と呉が缶ビールを二缶ずつ持ってやってきた。

渡邉は宮野尾の椅子に坐り、沼田と呉はベッドに並んで腰をおろした。

「実は、沼に新年会の開催を頼んだのは皆んなの顔を見たかったこともあるけど、下心があったからなんだ……」

渡邉は呉から手渡された缶ビールの蓋《ふた》をあけ、ひと口飲んでから一気に結論を言った。

「二人に渡美商事の経営陣として参加してもらいたいんだ。ご存じかとは思うが、金子と黒澤がパートナーになっているが、きみたちにもパートナーになってもらいたい。黒澤がホワイトカラーからブルーカラーになれるかって心配してたが、ブルーカラーといっても、俺は創業者、経営者としてのプライドを持っている。外食産業は成長産業だし、渡美商事も十年後に店頭公開できる企業になれると、俺は確信してるんだ。〝つぼ八〟のFC一号店が軌道に乗ったが、信じられないくらい利益率が高い。今後二号店、三号店と出店しなければならないが、沼や呉のような人材が喉《のど》から手が出るほど欲しくてならないんだ」

沼田がごくっごくっと、音をたててビールを飲んだ。

「美樹が居酒屋の店長で終わるなんて誰も思ってないよ。美樹のことだから必ず大きなことをやり遂げるんじゃないかな。なんせ、小学校六年生のときに会社の社長になるって宣言したくらいだものねぇ」

呉がしみじみとした声で言った。

「僕も、さっき美樹のスピーチを聞きながらそのことを思い出していた。小学校五年生のとき、お母さんを亡くし、お父さんの会社が倒産したことが、会社の社長になることの動機づけだったと、美樹から聞いた記憶がある。〝森林公園の集い〟の前夜、美樹が当日の天候を心配して『ときに神は無慈悲なことをするからなぁ』って言ったねぇ。そのひと言を僕はきのうのことのように覚えてるが、お母さんの早過ぎる死を思い出して、そう言ったんだと後日、美樹から聞いて、なるほどと思った。それから小学校の卒業記念アルバムに〝おとなになったら会社の社長になります〟って書いたことも聞いたけど、そのとき僕は渡邉美樹ってやつは僕たち常人の尺度では測れない底知れないやつだって思った。美樹が会社をつくるために、佐川急便のＳ　Ｄ《セールスドライバー》を一年間やり通したことも、風の便りに聞いてたが、いま、美樹からパートナーになってくれ、って言われて、僕は激しく動揺している。渡邉美樹に従《つ》いていきたい、そんな気持ちを制しかねてるよ」

渡邉はわが耳を疑った。

しかし、呉が追従や世辞を言えない男であることは百も承知している——。

渡邉のほうがよっぽど気持ちが混乱していた。

沼田が、左手の甲でビールの泡をぬぐいながら、うわずった声で言った。

「俺も前向きに考えるよ。いや、俺の気持ちはもう決まった。美樹のパートナーにならせてもらう」

「二人ともいま返事をする必要はないよ。今年の三月ぐらいまでに決めてもらえればいいんだから、よく考えて返事をしてくれ。ただ俺と一緒に仕事をして、後悔させないと約束する。気持ちが固まったら、三月末までにいまの会社を辞めて、四月から渡美商事に入ってもらえるとありがたい」

渡邉の自信に満ちた口調は、沼田と呉の気持ちを引きつけずにはおかなかった。

3

渡邉は夕方五時まで旧友たちと歓談して、父、秀樹の家に向かった。元旦《がんたん》に秀樹家に集まるのは何年来の渡邉家のしきたりになっていた。

祖母の糸と、姉のめぐみ一家、それに洋子もすでに着いて、渡邉を待ち受けていた。

「おばあちゃん、おめでとうございます。相変わらず元気そうですねぇ」

「おめでとう。美樹も元気にやってるようだねぇ。きょうは横浜会の新年会だって」

「ええ。呉や沼田たちと会うのは久しぶりなので、なかなか席を外しにくくって。遅刻しちゃってごめんなさい。宮野尾の家で連中はまだ盛り上がってる最中ですよ」

屠蘇《とそ》を酌み交わしたあとで、秀樹が一同を見回しながら、話を始めた。元旦の秀樹の説教は、渡邉が子供のころからの恒例行事だ。

「お互い健康に留意してこの一年も頑張ろう」という趣旨の話を秀樹は二十分ほど時間を

かけて話すが、今年はおもむきが少々異なっていた。

「去年は美樹が念願の会社を設立して、社長になりました。渡美商事はきわめて順調に立ち上がり、事業も絶好調だと、さっき洋子さんから聞きました。美樹、洋子の夫婦が力を合わせて努力した賜《たまもの》と言えましょう。そこでこの機会に、二人に聞き届けてもらいたいことがあります。超多忙の身でもあり、結婚式をいますぐというわけにもまいらんだろうが、入籍だけは可及的速やかにしていただきたいと思います。形式にこだわるわけではないが、けじめの問題として厳粛に受けとめてもらいたい。洋子さんのご両親に対しても、この点はきちっとすべきだと思うが、ぜひともわたしの願いを叶《かな》えてください。美樹、洋子さんどうかねぇ」

「お父さん、お気を遣《つか》っていただいて、ありがとうございます」

洋子は涙ぐんだ。

渡邉が笑顔で答えた。

「仕事が忙しくて、すっかり忘れてました。糸おばあちゃんにも、ずいぶん前に言われた覚えがありますが、おっしゃるとおりです。洋子にも異存はないと思いますので、親父の誕生日の一月五日に婚姻届を杉並区役所に提出することにします。そんなところでどうですか」

「一月五日じゃなくてもいいと思うが」

糸が秀樹の背中をぶった。

「おまえ、照れることはないよ。美樹の気持ちをありがたく受けたらいいんじゃないかね」

「それならそれでいい。いや、それも悪くないかねぇ」

秀樹は真顔で言ったが、まんざらでもなさそうだった。

旧姓田中洋子は、昭和六十年一月五日付で、渡邉洋子になった。

4

渡邉と洋子が高円寺のマンションに帰宅したのは元旦の午後十一時過ぎだが、黒澤も金子も戻っていた。

「横浜会、どうだった」

金子に訊《き》かれて、渡邉がコートを脱ぎながら答えた。

「盛況だったよ。入院中の菅原以外の十二人全員顔を出したからねぇ」

「美樹の求心力は凄《すご》いなぁ」

黒澤は引っ張った声で言ってから表情をひきしめた。

「スカウトの話、どうだった」

「沼田は間違いなく来ると思うよ。びっくりしたのは、呉もけっこう関心を持ってくれたことだ。沼田はガッツはあるし、明るい性格だから、ベンチャービジネスには向いてると思うけど、呉は技術屋だし、慎重居士《しんちょうこじ》っていうか、保守的な男だから、結局、いまの仕事を守ろうとするだろうな。俺に従いてきたいようなことを言ってたが、リップサービスじゃないかねぇ」

洋子が淹《い》れた緑茶をひとすすりして金子が言った。

「二人来てくれるに越したことはないが、沼田さん一人でも、ありがたいねぇ。あの人なら即戦力になるもの」

「うん。俺も沼田に期待してる。呉は諦《あきら》めたほうがいいだろう」

渡邉も椅子に腰をおろして、食卓の湯呑《ゆの》みに手を伸ばした。

「ついでに言っておくけど、五日の土曜日に婚姻届を出してくるよ。親父に約束させられちゃったんだ」

黒澤が顔をほころばせた。

「美樹、洋子さん、おめでとう。俺も気になってたんだ。あんまり差し出がましいことも言えないから、黙ってたけど」

「ありがとうございます」

洋子は起立して、黒澤に向かって低頭した。

「恐れ入ります」

黒澤も椅子から腰をあげて、丁寧に挨拶《あいさつ》を返した。

金子が食器棚からサントリーロイヤルのボトルを取り出し、グラスも四つテーブルに並べた。

「乾杯しよう。元旦にこんな朗報を聞けるとは思わなかったなぁ」

「一月五日は親父の誕生日なんだ。発議した親父の顔を立てたっていうわけ」

黒澤が感に堪えないような、オクターブの高い声を発した。

「美樹らしいなぁ。なんせ孝行息子だから」

5

沼田が渡美商事に入社する意思を渡邉に伝えてきたのは、一月下旬である。

二月上旬には、早朝のミーティングに参加するほどの積極性を示して、渡邉たちを喜ばせた。

午前五時が〝つぼ八〟チェーン店の閉店時間だが、渡邉は週に二度、閉店後にミーティングを開いて、アルバイトの学生たちと、高円寺北口店の運営のあり方などについて話し合う会をつくった。

早朝五時に、横浜市・綱島から高円寺に来るためには少なからぬタクシー代を奮発しなければならないが、ミーティングに参加したいと沼田のほうから言い出したのだ。

沼田の熱意に渡邉は頭が下がった。

「居酒屋はいろいろ知ってるが、この店は驚くほどきれいで、好感が持てるなぁ。俺が描いていた居酒屋のイメージとだいぶ違うよ」

沼田は五〇坪の広い店内を歩き回って、そんな感想を洩《も》らした。沼田はスーツだが、渡邉も黒澤も金子も、むろん〝つぼ八〟のユニホーム姿である。

渡邉と沼田の会話が弾んだ。

「こういう店を何店も出店したいんだ。高円寺北口店は〝つぼ八〟のチェーン店で売上高も、利益率も断トツだが、渡美商事が手がける〝つぼ八〟はすべて、こうなるはずだ」

「ふうーん。美樹の計画では何店舗ぐらい目指してるの」

「十年で最低三十店、できれば五十店っていうところかなぁ。まだ、たったの一店だし、一年も経ってないのに偉そうなことは言えないけど、俺は夢を語ってるつもりはないぞ」

「もちろんそうだろう。千店なんて言われたら、眉《まゆ》にツバをつけたくなるが、三十店、五十店なら現実的だし、説得力もあるよ」

「沼にパートナーになってもらえたら、計画の実現は確実なものになるよ。〝つぼ八〟の本部から経理のできる男をスカウトしたいと考えてるが、人材はいくらでも必要だと思う」

「この店を見せてもらって、なんだか安心したよ。アルバイトの学生たちも皆んな好感が持てるねぇ」

「ありがとう。かれらは俺の自慢なんだ。アルバイトから社員に昇格してくれそうなのが、けっこういるんだ」

「美樹に目をつけられたら悪い気はしないだろう。さしずめ、渡美商事の幹部候補生っていうわけだな」

「夜、一度来てくれよ。もっと安心するんじゃないかな。盛況だぜぇ。お客様が列をつくって、待ってくれるんだから」

「ぜひ見せてもらおう。四月一日から俺は渡美商事の社員になるからな」

「役員で迎えるさ。仮にも日産自動車の社員をスカウトするんだから、あだやおろそかな扱いはしないよ」

渡邉は、沼田の参加が決まって心が浮き立った。

渡邉は沼田と週に一度か二度は電話で連絡を取り合っていたが、三月に入って間もなく沼田はいつになく弱々しい声で電話をかけてきた。

「会社を辞めるってことがこんなに大変だとは思わなかったよ。会社の上司や同期の連中で、俺の辞職に賛成してくれる者は一人もいない。皆んなにそれこそ喧嘩腰《けんかごし》で反対されて、往生してるよ」

「そんなことは、先刻予想されたことだろう。まさか弱気になってるわけじゃないだろうな。初志貫徹してもらいたいねぇ」

渡邉は、ことさらにくだけた口調で言って、沼田を元気づけた。

「もちろんそのつもりだけど、参ってるのはおふくろと二人の兄貴なんだ。おふくろは日産を辞めたら親子の縁を切るとまで言ってるから、たまらんよ。美樹に、おふくろを説得してもらおうか。美樹はおふくろの覚えめでたいから、美樹の顔を見れば気持ちも鎮静化すると思うんだ」

「わかった。お母さんに挨拶させてもらおう」

沼田は実父が早逝したため、女手一つで育てられた。その母親が反対しているとなると、ことは厄介だ。沼田が俺に助け船を求めるのは理解できる。

6

渡邉はさっそく日曜日の午後、菓子折を下げて沼田家を訪問した。

母親と長兄が手ぐすね引いて渡邉を待ち受けていた。沼田は席を外したほうが無難と考えたのか、留守だった。

渡邉はリビングのソファで、母親、長兄と向かい合ったが、硬い表情の二人とは対照的に笑顔を絶やさなかった。

長兄が挨拶もそこそこに切り口上で言った。

「渡邉君が明治の横浜会で見せたリーダーシップぶりはつとに知られているし、わたしも母も、きみを信頼してますけど、弟を居酒屋にスカウトすることだけは勘弁してくれませんか。弟は一所懸命勉強して、大企業に就職できたんです。母がどんなに喜んだか、察してくださいよ。弟は三人兄弟の中でいちばんできがいいから、わが沼田家の誇りなんです。しかも天下の日産自動車に入社したんだから、こんなうれしいことはない。沼田家に波風を立てるような真似をして、なにか恨みでもあるんですか」

渡邉は笑顔を消さずに言い返した。

「恨みなどあるはずがありません。お母さんは親子の縁を切るとまでおっしゃったそうですが、穏やかではありませんねぇ。外食産業はそんなにいけませんか。お母さんにそこまでおっしゃられたら、沼田君の気持ちもひるむでしょう。しかし、沼田君の気持ちを大切にしていただきたいと思うのです。かれは考え、悩んだすえに、渡美商事を選択してくれました。かれの選択は決して間違ってません。わたしは日産自動車のサラリーマン生活も悪くないと思いますが、われわれのビジネスにはもっともっとロマンがあります。ロマンだけではありません。必ず沼田君が渡美商事に転職したことを喜んでいただけると思います」

母親はほとんど涙声だった。

「渡邉さんに誘われたら厭《いや》とは言えませんよ。あなたは無理強いした覚えはないと言いますけれど、あなたは学生時代から人を引きつけるものを持ってました。一英があなたをどれほど尊敬してるか、わたしはよく知ってます。あなたは一英が断れないことを承知で声をかけたんでしょう。でも、一英のためにも、わたしは反対しなければならないと思ってます。どうしても親の言うことが聞けないと言い張るなら、ほんとうに親子の縁を切るつもりです」

長兄が険しい顔で、おっかぶせるように言った。

「兄弟の縁も切りますよ」

渡邉が思案顔で湯呑《ゆの》みをセンターテーブルに戻した。

「沼田君は、もう二十五歳の大人ですよ。しかも優秀な頭脳も持っています。かれは早朝五時に自ら進んでミーティングに参加してくれたほどの熱意を示してくれました。わたしが頼んだわけでも、強要したわけでもないのにですよ。それほど外食産業の将来性に期待をかけてるんです。どうして沼田君の判断を尊重しようとなさらないんでしょうか。失礼ながら、沼田君を子供扱いしてるお母さんとお兄さんの見識を疑います。大企業だから良くて、ベンチャー企業だから悪いという固定観念を捨ててください。お母さんやお兄さんに縁を切るなんて言われたら、誰だって動揺しますよ。それじゃぁ、沼田君が可哀相です」

長い沈黙が続いた。渡邉は息苦しさを覚え、ネクタイをゆるめた。渡邉の表情から笑顔が消えていた。

「当事者能力で解決するしかないんじゃないでしょうか。つまり沼田君の判断にまかせる以外にないと思うのですが……。われわれがここでいくら話し合っても距離を縮めることは不可能だと思うのです」

「困ります。わたしたちから息子を奪うようなことをしないでください」

「渡邉君、きみのほうからこの話はなかったことにしてもらえませんか。きみのほうから断ってくださいよ。そうしないと、一英は板挟みになって苦しむだけです」

「それはできません。また沼田君がそんなことを望んでいるとは到底思えませんよ。きょうはこれで失礼させていただきますが、家族を取るか、友情を取るとかの問題ではないと思うんです。何度も言いますが、沼田君の意思、沼田君の判断の問題です。親子、兄弟の縁を切るなんておどろおどろしいことを言わないで、お二人には冷静になっていただきたいと思います」

渡邉は沼田宅を辞去した。

二人とも玄関まで見送りに出て来なかった。

「失礼します！　さようなら」

渡邉は靴を履きながら、奥のほうへ向かって大声を放った。

東横線・綱島駅へ向かう渡邉の足どりは重かった。

沼田の母と長兄に会うべきではなかった、と渡邉は後悔した。少なくとも得ることはなに一つなかった。それどころか沼田家の俺に対する反感を増幅させただけマイナスだ。

切羽詰まって、俺に助け船を求めた沼田の気持ちもわからなくはないが、沼田が決然とした態度で家族に臨めば済むことではないのか――。しかし、そうは言っても母と長兄に責められて、沼田が日産自動車を辞めるに辞められない心境になっても不思議ではない。

先輩社員や同僚からのプレッシャーも想像に難くなかった。

だが、沼田は今後の渡美商事になくてはならない人材だ。どうあってもスカウトしなければならない。

渡邉は弱気になってはならない、とわが胸に言い聞かせた。

7

翌日、渡邉は早めに起床し、正午前に沼田に電話をかけた。

「きのうは美樹に迷惑をかけてしまったなぁ。夜、家に帰ったら母の様子が変だったよ」

「おまえ、なんで家にいなかったんだ」

「会社の女の子と映画を見る約束を果たしたまでだよ。修羅場に居合わせる気にはなれなかった。もっとも毎日が修羅場だけどな」

「きょう会えないか」

「いいけど、時間あるのか」

「一時に遅い昼食ってのはどう。俺は朝食だけど」

「うん、いいよ。東銀座まで出てもらえるか」

「もちろん」

「じゃぁ一時に、銀座東急ホテルのロビーで待ってるよ。三十分ぐらいしか時間は取れないが」

「それじゃぁ一時に」

渡邉は洋子に「朝食は要らない。沼田に会ってくる」と言い置いて、高円寺のマンションを出た。

渡邉と沼田はホテルの一階のティールームで、ミックス・サンドイッチを食べながら話した。

「お兄さんと二人がかりで攻められるとは思わなかったよ」

「おふくろがわざわざ呼んだんだ。おふくろは次兄も呼ぶつもりだったらしいが、上の兄貴がそこまでやらなくてもいいだろうって、抑えたらしい。二人とも結婚してるんだ」

「毎日が修羅場だって」

「うん。おふくろは俺の顔を見れば、『会社を辞めるな。会社を辞めるな』って、ヒステリックにわめいてるよ。気が変になりそうだよ」

「まさか、沼はおふくろさんに全面降伏ってわけじゃないんだろうねぇ」

「当たり前だろ。大の男が一度こうと決めたんだ。たとえ親子の縁を切られようと、兄弟の縁を切られようと、一路邁進《まいしん》あるのみだよ」

沼田は間髪を入れずに答えた。

渡邉がにこっと微笑んだ。

「よかった。安心したよ。こないだの電話では弱気の虫に取りつかれてるような気がしたけど」

「泣きを入れられるのは美樹しかいないからねぇ。俺が苦労してることを知ってもらいたかった気持ちもある」

「その苦労を高く買おうじゃないの」

「そんなつもりで言ったんじゃぁないよ。美樹に甘えてみたかったってところかねぇ」

「どっちにしても沼は親離れしたほうがいいな。社宅扱いで適当な場所にアパートを確保しとくよ」

「親離れはとっくにしてるさ。おふくろに子離れしてもらいたいんだよ」

沼田の決意は本物だと渡邉は思った。

8

一週間後の昼下がりに、渡邉は沼田からの電話をマンションのダイニングルームで受けた。

受話器を取ったのは洋子である。

「もしもし、沼田ですが」

「あら、沼田さん。先日は主人が失礼しました。四月から来ていただけるそうで、皆んな喜んでます」

「それが……。いろいろありまして。美樹はいますか」

「はい。すぐ替わります」

洋子は渡邉に受話器を手渡しながら眉《まゆ》をひそめて小声で言った。

「沼田さんの様子、なんだか変よ」

渡邉は胸が騒いだ。

「渡邉です。沼、どうかしたの」

「美樹に合わせる顔がないよ」

「なんだって」

渡邉の甲高い声に、黒澤も金子も緊張した。

朝食を食べ終えて、くつろいでいたところへ電話がかかったのだ。

「申し訳ない。俺のことは諦《あきら》めてくれ。美樹と一緒に仕事することを夢見てたんだが、どうしても会社を辞められないんだ。俺は自分の優柔不断ぶりが情けない。死にたいくらいだよ……」

沼田は泣き声になっていた。

渡邉は明るい声で返した。

「こないだ会ったときは一路邁進あるのみだって、言ってたのに。人生の岐路に立って気持ちが揺れるのは仕方がないけど、俺としてはそう簡単には諦められないなぁ」

「結局、決断できなかったんだ。美樹に従《つ》いていかなかったことを一生後悔すると思うが、もう会社にも辞意を撤回しちゃったんだ。ぶんなぐって気が済むものなら、いくらぶんなぐられてもいいよ」

「やっぱり肉親の情にほだされたってことになるのかねぇ。そういうしがらみを絡ませてはいけないと思うけど」

「それもあるが、恋人に反対されたこともつらかった。俺は女々しい男なんだよ。そんな俺に目をつけてくれた美樹に感謝するけど、美樹が考えてるほど俺は強くないんだ。もう美樹に会うこともないだろうなぁ……」

公衆電話から電話をかけているらしい。雑音が入ってくる。沼田はむせび泣いていた。

「沼、わかった。もういいよ。縁がなかったんだなぁ。おまえをパートナーにできなかったことは残念でならないが、おまえとの友情関係がこれで終わったとは思わないよ。そのうち会おうや」

「美樹、ほんと済まない」

「元気を出せよ。じゃぁ、またな」

渡邉は電話を切って、食卓に戻った。

「お聞きのとおりだ。沼は日産自動車にしがみついていなければ、生きられない男なんだと思うしかないのかねぇ」

洋子が気落ちした声で言った。

「釣り落とした魚は大きいって言うけど、ショックよねぇ。あなた、沼田さんにずいぶん惚《ほ》れ込んでたから」

「あいつはすぱっと割り切れる男かと思ってたんだけど。黒が言ったように、ホワイトカラーからブルーカラーになれなかったってことになるのかねぇ」

「ま、沼田さんのことは、きょう限りきっぱり忘れようよ。人材は沼田さんだけじゃないからね」

黒澤が中腰で、渡邉に語りかけるように言って部屋に引き取った。

9

三月三十一日の深夜、呉雅俊《まさとし》が〝つぼ八・高円寺北口店〟の渡邉に電話をかけてきた。

「やぁ、呉か。どうしたの、こんな遅い時間に」

「だって四月から渡美商事に来てもらいたいっていうことだったじゃない。あと三十分ほどで日付が変わるので、その前に連絡すべきだと思ったんだ」

「そうだったねぇ」

「なんだか頼りないなぁ。元旦《がんたん》の話は本気じゃなかったのか」

「とんでもない。ただ、沼に振られちゃったので、気落ちしちゃってねぇ。沼と呉とセットで来てもらえればベストだけど、呉一人でも大歓迎だよ」

渡邉は、狙いは沼田で、呉のことはほとんど当てにしていなかった。ついでに誘ったような面がないでもなかったのである。

「僕の気持ちは決まってる。沼田はいざ知らず、僕に限って絶対に変わらない。部長がごねてるので、三月末で辞職することは難しくなったが、必ず渡美商事に入社させてもらうからね」

「うれしいなぁ。呉が本気で考えてくれていたとは夢にも思わなかったよ」

「僕は課の新年会で、兄貴分の主任に打ち明けた。両親の承諾も取りつけてる。あとは部長だけなんだ。立つ鳥跡を濁さずっていうから、恩人の部長とも喧嘩《けんか》別れしたくないんだよ。どうしてもわかってもらえなければ、それも仕方がないけど、わかってもらう努力はしたいと思ってねぇ」

「よくわかるよ。折にふれて中間報告をしてくれ。呉の声を聞いて、俺も元気が出てきたよ。今夜はほんとうにありがとう」

渡邉は、沼田の翻意でひどく落胆していただけに、呉からの電話は涙が出るほどうれしかった。もっとも、沼田の二の舞にならなければよいが、と思わぬでもなかった。

呉は一月七日の新年会の帰りに、主任の立川泰史を小田急線本厚木駅に近い喫茶店に誘った。

日本ラヂヱーターの本社は中野区南台だが、ラヂエーター設計部門は神奈川県愛甲郡愛川町にあった。呉は設計部第一課に所属していた。立川は十年ほど先輩だが、親分肌で部下の面倒みもよく、呉も立川を兄貴のように慕っていた。

　あくびまじりに立川が言った。

「改まって、なにかあるのか。早く話せよ」

「三月で会社を辞めたいんです。ですから、新しい仕事は出さないようにしてください」

「なんだと！」

　立川は眠けがふっとんだ。

「三月三十一日付で依願退職させてください」

「辞めてどうするんだ」

「大学時代の友達がやってる外食産業を手伝います」

　呉は、渡邉がいかに魅力的な男であるかをるる説明した。

「おまえたち若いやつは夢があっていいなぁ。どうやらおまえの気持ちを変えることは難しそうだな。しかし、円満退職はあり得ないぞ。だいいち、そんなに恰好《かっこう》つけることもないだろうや」

「でも、辞表を叩《たた》きつけるわけにもいきませんよ」

「おまえは若手のホープだから、相当上のほうがぎくしゃくするぞ。蒸発するしかないんじゃないのか。三月三十一日にいなくなれ。辞表は郵送でいいだろう。それまで口外しないほうがいいな。俺も聞かなかったことにするから」

「蒸発なんて厭《いや》です。なんだか悪いことをしたみたいじゃないですか」

呉は憮然《ぶぜん》とした顔で、コーヒーをすすった。

「おまえが悪事を働くような男じゃないことは皆んなわかってるよ。行方をくらましたあとで、俺がフォローしてやるから心配するなって」

「考えさせてください。蒸発はどうにも気がすすみません」

「口外だけはするなよ。蜂の巣をつついたような騒ぎになるからな」

「ええ」

呉は立川の指示に従って、社内で辞意を洩《も》らすことはしなかった。しかし両親には話した。

呉が相模大野《さがみおおの》の独身寮の近くにある公衆電話から、父の昭一に電話をかけたのは、三月二十八日の夜だ。当時、昭一は日本海事検査協会の富山出張所の所長として、高岡市に赴任していた。

経過報告したあとで、呉が言った。

「僕を信じ、黙って眺めててください」

「一つだけ訊《き》くが、サラリーマンが厭になったのか」

「違います。渡邉美樹に惚《ほ》れ込んだということですが、いまよりもっと厳しい世界かもしれません」

「渡邉君ならわたしもよく覚えてるよ。コンサートでのスピーチは印象的だった。わたしはおまえの判断を尊重する。反対などしないよ。お母さんはなんて言ってるの」

「失敗したらどうするのか、って訊かれたので、僕一人だけだから、なにをやっても食べていけると答えました。おふくろは『人様に迷惑をかけなければ、好きなようにしろ』って言ってました」

「そうか。なにかわたしにしてやれることはないのか」

「ありません」

呉は十円硬貨をたくさん用意して、長距離電話で、昭一とそんなやりとりをしたが、淡々とした昭一の態度をありがたいと思った。呉は沼田から母親に強硬に反対されてほとほと参った、と聞かされていたのだ。

三月三十日の朝七時に、呉は独身寮から立川宅に電話をかけた。

「あしたは日曜なので、きょう辞表を出します」

「ふうーん。一時の気まぐれもあるんじゃないかとひそかに期待してたが、やっぱりダメか。じゃぁ、課長に話さなければならんな。八時半に出社してくれ」

「はい」

呉が八時二十分に出社すると、課長の吉岡徹治と立川が待っていた。

「立川から話を聞いて、びっくり仰天だよ。わたしの手に余る問題なので部長に電話で報告しておいた。おっつけあらわれると思うが」

吉岡は岩手訛《なまり》のある訥々《とつとつ》とした語り口ながら、驚愕《きょうがく》の深さが、眉間《みけん》のたてじわにあらわれていた。

八時四十分に部長の山口豊彦が押っ取り刀で駆けつけてきた。

呉の顔を見るなり、すさまじい形相で浴びせかけた。

「ちょっと来い！　おまえ、なに考えてんだ。ふざけんじゃないぞ！」

呉は会議室に連れて行かれ、山口と対峙《たいじ》した。

「なにが不満なんだ。全部話せよ」

「不満なんてありません」

「じゃぁ、なんで会社を辞めるんだ」

「親友がやっているビジネスを手伝うためです。主任には、経緯《いきさつ》を詳しく話してあります」

「俺は聞いてない。話してくれ」

呉の長い話を聞き終えた山口が、しかめっ面で言った。

「納得できんな。なにが外食産業だ。なにが居酒屋だって言うんだ。俺が納得するまで辞表は受理できない。おまえ、両親に話したのか」

「はい」

「当然反対されただろう」

「いいえ。父も母も、賛成してくれました」

「そんな莫迦《ばか》な……。信じられんよ。反対しない親がどこにいるってんだ。おまえ、ほんとうに両親に話したのか」

「もちろんです。なんなら父に訊いてください。もっとも、父は富山県ですけど」

呉は両親を侮辱されたような気がして、いくぶん感情的になっていた。

「親父さんが反対したら、辞表を撤回するか」

「父が反対するはずはありません」

「親父さんと会ってみるかねぇ。おまえを引き留めるためなら、そのぐらいのことはしてもいいだろう」

山口は冗談ともつかず言ったが、本気だった。

10

山口が富山に飛んだのは、翌週の日曜日だ。

呉は、山口から「七日の日曜日に親父さんに会いたいので、連絡しておいてくれ」と事前に言われていた。

呉が高岡に二度目の長距離電話をかけたとき、昭一は当惑の色を隠さなかった。

「そこまでやるとは熱心というか、部長さんのおまえに対する思い入れの深さを考えると、どう対応していいか、悩むところだねぇ」

「気の済むようにしたらいいんですよ。しかし翻意するつもりはありませんからね。もの好きな人だと割り切ってください。山口部長を富山空港に出迎えてもらえますか」

「もちろんそのつもりだ。なにか目印を用意しよう。それと、お土産はカマボコと干物でいいかねぇ」

「おまかせします。とにかく、敵はねちねちやると思いますけど、僕を裏切らないでください。誰がなんと言おうと、僕の気持ちは変わりませんから」

「部長さんに会うのは気が重いねぇ。電話で話すわけにはいかんのか」

「一度だけ会ってください。それで気が済むのなら、お安いご用じゃないですか。三十分か一時間の辛抱です」


昭一と山口は富山空港ロビーのティールームで、一時間ほど話をした。

「なんとしてもご子息を慰留したいと思いまして。それにはお父さんのお力添えが不可欠です。雅俊君は五月に表彰を受ける手はずになってます。わが社にとってかけがえのない人材なんです。どうかわたしに力を貸してください」

「山口さんのお気持ちは大変ありがたいのですが、わたしは息子の意思を尊重したいと思います」

「雅俊君は結論を急ぎ過ぎてるように思えてなりません。転職という、人生に一度あるかないかの一大事を軽く考えていいんでしょうか。せめて一年はじっくり考えてもらいたいと思うのです。そういうサジェッションをお父さんからしていただけないでしょうか」

「わざわざこんな遠いところまでお出かけいただいて、わたしも山口さんのお役に立てればという思いがまったくないと言えば嘘になります。しかし、息子が結論を急ぎ過ぎてるとは思いません。こういう問題はタイミングが大事なんじゃないでしょうか。山口さんのような上司に恵まれて、息子は三年ほど幸せなサラリーマン生活を送ることができたと思います。日本ラヂエーターさんで鍛えていただいたことを父親として心より感謝申し上げますが、息子の決断に四の五の言うつもりはありません。息子の問題です。息子の意思なり、こころざしを評価しこそすれ、反対するのは親としていかがなものか、とわたしは思ってます」

俺ほどの男がこうして富山くんだりまで頭を下げに来たのに、なんというわからず屋なのか、という思いで、山口はいらいらしていた。

しかし、成果は期し難いと、山口は思わざるを得なかった。呉昭一の態度が、敵ながらあっぱれと思えるほど、堂々たるものだったからだ。

11

四月二十一日日曜日の午後二時過ぎに、渡邉は独身寮に電話をかけて、呉と話した。

「まだかかりそうか」

「五月の連休までにけりをつけたいと思ってるが、部長にまだねばられてるんだ」

「富山でお父さんに、ぴしゃりとやられたのに、まだ諦《あきら》めないとは、しぶといなぁ。それだけ呉に惚《ほ》れ込んでるってことなんだろうけど、往生際が悪いよねぇ」

「部長は意地になってる感じもある。本社の営業課長まで動員して、慰留するなんてどうかと思うよ」

呉が、営業部門の課長、野坂誠司から本社に呼び出されたのは三日前のことだ。

「山口さんに、呉を翻意させたら、なんでも好きなものをプレゼントすると言われたよ。俺に花を持たせてもらえないかねぇ」

「プレゼントは冗談でしょ」

「そうとも思えない。山口さんにしてみれば、それほど呉に執着しているんだよ」

「こないだも部長から、同じようなことを言われましたよ」

「同じようなことって」

「アメリカに行かせてやるから、会社に残れって言われました。一年間留学させてやる。ゆっくり遊んできたらどうだって。サラリーマン部長が部下にしてやれる権限の限度はそのくらいだ、などと思い詰めたような口調で言われると、ほんとつらくなりますよ」

「山口さんがそこまで言うとはねぇ。おまえ、サラリーマン冥利《みょうり》に尽きると思わないのか」

「心が揺れないと言えば嘘になりますけど、それで翻意したら、同僚から反感を買うだけですよ。それに、駆け引きしてるみたいじゃないですか。僕の気持ちは変えようがありません」

「呉も頑固だなぁ」

野坂とそんなやりとりをしたことが呉の脳裏をよぎった。

渡邉が冗談めかして言った。

「沼みたいなことにならないか、心配になってきたよ」

「それはないから安心してよ」

「でも、沼も絶対に会社を辞めるって言ってたけどねぇ」

「連休前に必ず決着をつける。人事部長に辞表を郵送する手もあるが、その前に山口さんは折れると思うよ」

渡邉との電話が切れた直後に、沼田が呉に電話をかけてきた。

「どうなったの」

「たったいま美樹から催促の電話があったよ。針の筵《むしろ》で、ほとほと参った」

「察して余りあるよ。俺みたいに美樹に泣いて謝っちゃったら、どうかなぁ。そのほうがすっきりするんじゃないのか」

「ご意見はご意見として承っておくけど、そういうふうにはしたくないねぇ。沼と違って、両親の同意も取りつけていることでもあるし」

「ものわかりのいいご両親とは思うが、本音はどうなんだろうか。案外、日本ラヂエーターにとどまってもらいたいと思ってるかもねぇ」

「仮にそうだとしても、すべては僕の意思の問題だからねぇ。美樹を裏切ることはしない。というより、美樹の底知れない引力のようなものに、引っ張られたがっているっていうことかねぇ。渡美商事に行かないで後悔したくないからね」

「耳が痛いよ」

呉は四月末に日本ラヂエーターを退職した。

山口とは口をきかなくなるほど、険悪な関係になったが、呉は自分の気持ちを大切にした。

連休の某日、設計部門の上司や同僚、本社関係者など約五十人が、なんと〝つぼ八・高円寺北口店〟で、呉の歓送会を催してくれた。むろん山口の顔はなかった。後年、呉は山口に宛てて結婚式の招待状を出したが〝欠席〟に丸で囲った葉書には添え書きもなかった。

渡美商事に取締役として迎えられた呉は、七月にオープンした渡美商事の二号店〝つぼ八・大和店〟の副店長を経て、〝つぼ八・高円寺北口店〟の店長に就任した。

はったりやけれんみのない呉は、メンバーをまとめる力に長《た》けており、部下の信頼感も絶大だった。

〝つぼ八・大和店〟の店長をまかされたのは黒澤だった。小田急線大和駅前という立地にも恵まれたが、四〇坪の店舗で日商百二十万円、坪当たり三万円を売上げるまでに業績を伸ばした。平均客単価は千七百五十円、一日当たりの平均来客数は六百八十六人、なんと八回転というから、押すな押すなの盛況ぶりがうかがえる。

事実、雑居ビルの三階の店舗にウェーティングの来客の列が階段に沿って一階まで延びていたほどだった。

12

ついでながら、呉が入社したほぼ同時期に、渡邉が加藤佳夫をスカウトしたことにも触れておく。

〃つぼ八〃本部で経理課長だった加藤を石井社長に頼み込んで、取締役経理部長として渡美商事に迎えたのだから、スカウトというよりトレードというべきだろう。

渡美商事が横浜・関内《かんない》駅に近い第六エクセレントビルの二階に、〃お好み焼きHOUSE唐変木《とうへんぼく》〃を出店したのは昭和六十一年五月だが、渡邉は店長に笠井《かさい》聖司《せいじ》を抜擢《ばってき》した。

笠井は〃つぼ八・高円寺北口店〃のアルバイトからの昇格組の一人である。

経理部長といえども現場で接客を手伝わされることはままあるが、ガムを噛《か》みながら接客する加藤を、笠井が注意した。

「接客中にチューインガムを噛むのはやめてください。見ていて感じのいいものではありません」

「きみにそんな口をきかれる覚えはないねぇ」

加藤は、アルバイト上がりのおまえとは立場が違う、スカウトされて、渡美商事に来てやったんだ、部長の俺に向かって生意気言うな、といった横柄な態度を取り続けた。

むろん、ガムを捨てることもしなかった。

二日目に笠井は喧嘩腰《けんかごし》で注意した。

「ここでは店長の指示に従ってください。社長から店をまかされてるのはわたしなんです」

「うるさい！」

「もう一度言います。接客中のガムはやめてください」

加藤は意固地になっていた。音をたててガムをくちゃくちゃやりだした。

次の瞬間、笠井の鉄拳《てっけん》が加藤の左の頬桁《ほおげた》に炸裂《さくれつ》した。ぶっ飛ばされた加藤が頬を押さえてよろよろと起ち上がったが、戦闘意欲は喪失していて、笠井に向かっていくことはなかった。

「ただでは済まんぞ。おまえは俺の部下ではないが、会社の序列は俺のほうが上だ。その俺がおまえに殴られたんだからな」

「どうぞ好きなようにしてください。クビにしたかったら、それでもけっこうです」

渡邉はことの顚末《てんまつ》を他の社員から聞かされたとき、加藤のほうに分《ぶ》がないと思った。

「ガムを噛みながら接客するなんて、どうかしてますよ。加藤さん、なにを考えてるんですか。暴力沙汰《ざた》に及んだ笠井も悪いが、あなたのほうがもっと悪い。笠井はやむにやまれず手出ししたんでしょう」

「殴られたわたしが社長から叱られるなんて冗談じゃないですよ。会社を辞めさせてもらいます」

「残念ですが、引き止めませんよ。辞めてもらってけっこうです」

渡邉は突き放した。

あとで黒澤から「加藤さんは喘息《ぜんそく》の気があるのでいつもガムを噛んで抑えてるんですよ」と言われたが、「だとしたら接客を辞退すべきだ」と渡邉は加藤を赦《ゆる》さなかった。

加藤の退職で経理部門を担当する者がいなくなってしまった。思い余って、渡邉は呉に電話をかけた。

「あしたの朝十時に事務所に来てもらいたいんだ」

「午後じゃいけないの」

「うん。眠いのはわかるけど、至急相談したいことがあるんだ」

「わかった。十時に関内の事務所に行きます」

昭和六十二年秋ごろのことだが、当時、渡美商事の本社事務所は関内の雑居ビルの一室にあった。一二坪ほどの狭い部屋で、電話が二本と、机と椅子が五組、それに応接セット。小さなソファで向かい合うなり、出し抜けに渡邉が言った。

「呉に事務所に詰めてもらいたいんだ。経理など管理部門全体を呉にまかせたい。一週間以内に高円寺北口店の店長を決めるから、それまでに高円寺を引き払ってもらいたいんだ。社宅扱いでアパートを探しておくよ」

「加藤さんはどうしたの」

「辞めた。行き掛かり上、仕方がないと思う」

渡邉は、加藤が辞めた経緯を呉に話して聞かせた。

「笠井は決して血の気の多いほうじゃないと思うんだ。その笠井にぶん殴られた加藤は救い難いよ」

「石井社長のほうは大丈夫かなぁ」

「うん。事情を話して謝っておいたが、ガムを噛みながら接客するなんて、とんでもない野郎だ、殴られて当然だって、石井社長も言ってくれたけど、あの人は温情家だから加藤さんの面倒をみることになるのかねぇ」

「そう」

呉の顔にもホッとした思いが出た。

第七章　産業スパイ

1

話は前後するが、渡邉《わたなべ》が黒澤、金子、呉《ご》の幹部三人を集めて、「関西風のお好み焼き店を関東でやってみたい」と言い出したのは、昭和六十年（一九八五年）十一月上旬のことだ。

二号店である〝つぼ八・大和店〟の大成功によって、「〝つぼ八〟FCに渡美あり」と称賛された渡邉は、「全国の〝つぼ八〟チェーン店のオーナーや店長に、成功の秘訣《ひけつ》を伝授してあげてほしい」と石井から依頼され、全国七ブロックのオーナー・店長会議で「私の店では何をやっているか」と題して講演して回った。

講演旅行の途中、大阪で食べたお好み焼きに舌鼓《したつづみ》を打った渡邉は、思わず膝《ひざ》を打って「これだ！」とひとりごちていた。渡邉は、帰京後、さっそく「関西風のお好み焼きハウスを渡美で出店しよう」と提案した。

「関東ではお好み焼き店はチェーン化されていないが、関西ではチェーンがいくつもあって、いずれも繁盛してる。関東ではお好み焼きが日常食になってないが、潜在需要はあると思うんだ。渡美独自のブランドを持つためにも研究してみる価値はあるんじゃないか。黒《くろ》、どう思う」

「お好み焼きチェーンねぇ。そうなると俺の出番だな」

「さすが察しがいいねぇ」

渡邉はにこっと笑って、黒澤の肩を叩《たた》いた。

金子も呉も、渡邉の提案に賛成した。

「黒、〝つぼ八〟で学んだ経験を生かして、大阪のお好み焼きを勉強してきてくれるか。十二月になると店が忙しくなるから、十一月中に頼む」

「また〝産業スパイ〟か。〝つぼ八〟FCの渡美商事を明かすわけにはいかないし、もぐり込むのに苦労しそうだけど、なんとかやってみるよ」

「黒なら、うまくやってくれるだろう。二週間もあれば、大阪のお好み焼きのノウハウを学べるんじゃないかな」

黒澤が下着、セーター、ジャンパー、ジーンズやら、洗面具などを詰め込んだボストンバッグをぶら下げて、大阪に向かったのは十一月十一日の月曜日だった。

その夜、宗右衛門《そうえもん》町のビジネスホテルに投宿した黒澤は、近辺のお好み焼き店を三店はしごした。

大阪のお好み焼きは、東京と異なり、客の注文に応じて店で焼いたものを出してくれる。

店によってお好み焼きの素材も、調合の仕方も、ソースやマヨネーズも、微妙に違うことが初日のはしごでわかった。

渡邉がその美味《おい》しさに感動しただけのことはある、と黒澤は思った。わずか三店に過ぎないが、不味《まず》いお好み焼きに一度もぶつからなかった。

翌日は、昼食時に三店、夕食時に四店はしごした。さすがにげっぷを抑えかねたが、初日の感動ほどではないにせよ、どの店のお好み焼きも、それなりに美味しかった。もっとも最後の二店は、舌の感覚が麻痺《まひ》して、賞味するまでには至らなかったが、十店の中から、いちばん大きな店をアルバイトのターゲットに決めて、黒澤は三日目の午後三時過ぎに当該店の店長に面会を求めた。〝アルバイト募集中〟の貼り紙を見ていたのである。

「アルバイトで使っていただけませんでしょうか。一応、履歴書を持参しました」

履歴書は、生年月日と名前以外はでたらめだった。本籍地と住所は、兵庫県西宮市甲子園にした。大学時代の友達の実家を借用したまでだ。学歴も、同じ友達の地元の県立高校を使わせてもらい、大学は伏せた。

「朝十時から夜九時までで、時給七百円。まず洗い場をやってんか。けっこうきついで」

「わかりました」

「お好み焼きに特に興味があるんか」

「はい。家が飲食店を経営してますので、将来、お好み焼きを手がけることも考えてます」

嘘をついている弱みで、黒澤はうつむいて答えた。

「ええやろう。気張ったらええ。洗い場を二か月頑張れや。次は厨房《ちゅうぼう》やらしたるわ。あしたから来たらええ」

三十歳前後の気のいい店長は、その場で黒澤を採用してくれた。

黒澤は朝八時半から九時の間に出勤した。若い女性従業員が当番制で一人だけ来ているので、二人だけだ。

掃除を手伝いながら、黒澤はメニューの部厚いノートを盗み見ることに懸命に取り組んだ。テークノートするわけにはいかないので、暗記して、忘れないうちにトイレでメモを取った。

ノートには〝ブタ玉〟〝イカ玉〟〝ミックス〟などの小麦粉、ベーキングパウダーの生《き》地《じ》と卵の割合などが書き込まれてある。

二か月間頑張れといわれた洗い場の仕事は、食器洗いだけだが、ときおり厨房でタコのみじん切りを手伝わされた。厨房では気持ちに張りが出てくるから不思議だった。

要領のいい厨房担当の同僚に仕事を押しつけられても、黒澤は厭《いや》な顔をしなかった。

「兄さん、包丁さばきええやんか。ついでにイカもたのんまっせ」

「はーい。承知しました」

黒澤は厨房になるべく長くいたかったので、洗い場の作業を猛スピードでこなした。お好み焼き店は驚くほど繁盛していた。

二週間の洗い場勤務で、黒澤はお好み焼きの仕込みをあらかた会得した。というより盗んだ、と言うべきかもしれない。

マヨネーズは卵と酢と油を調合してつくるが、その配合によって調味が微妙に変わることも覚えた。

2

なかなかわからず、往生したのはソースである。店で調合している形跡もない。しかし、入店して二週間ほど経って、〝金紋ソース〟という中小企業のソースメーカーから直接仕入れていることが判明した。

黒澤は暇を見つけては、スーパーマーケットを歩き回って〝金紋ソース〟を探したが、三十店以上当たっても、〝金紋ソース〟を置いているスーパーは存在しなかった。

〝金紋ソース〟ではなく、類似品でもかまわないと考えた黒澤は、何十本とソースを買い込んで、ビジネスホテルの部屋で試飲ならぬ試嘗《ししよう》したが、どれもこれも〝金紋ソース〟とはほど遠い味だった。

黒澤がソース対策で苦戦しているとき、渡邉が来阪した。もちろん電話で連絡を取って、黒澤の代休日にビジネスホテルに訪ねてきたのだ。

バスルームの洗い場を占領しているソース瓶を目の当たりにして、渡邉は目を見張った。

「黒、これはなんなんだ」

「見てのとおりだよ。店で使ってるソースは〝金紋ソース〟っていうんだが、スーパーで売ってないんだ。類似品はないかと買ってきたんだが、三十五本すべてアウト。しょうがないから〝金紋ソース〟の本社に行ってみようと思ってる」

「ふうーん。ソース以外はもうクリアしたの」

「うん。お好み焼きの生地ベースと卵とキャベツの配合や盛りつけは覚えたし、マヨネーズの配合の仕方もわかった。洗い場の担当だが、厨房も手伝わされてるからねぇ。マニュアル・ノートは全部書き取ってある」

「二週間でよくそこまでできたなぁ」

「ひと月いる必要はなさそうだ。本格的に厨房に回してもらえるのは二か月後だから、意味がないよ。あと一週間ほど頑張ってみようと思ってるけど」

渡邉は一つしかない椅子に腰かけ、黒澤はベッドに坐《すわ》って話した。

「これからお好み焼き屋の食べ歩きをやろうと思ってるんだけど、つきあってもらえるか」

「いいよ。毎日お好み焼きを食べているので、もう飽きがきてるけど、これも仕事のうちだからつきあうよ」

黒澤が時計に目を落とすと、午後五時を回っていた。二人はジャンパーにジーンズ姿で街に出た。

「ここが俺のアルバイト先だよ。十店ほどのチェーン店だが、同じチェーン店が少し離れたところにあるから、そこにしようか。この店に入るのはまずいだろう」

「うん。そうしよう」

歩きながら黒澤は身分をいつわってアルバイトとしてもぐり込んだことを渡邉に話した。

「黒には苦労かけるなぁ」

「そうでもないよ。ただ、いろいろ学ばせてもらったので、給料は辞退しようと思うんだ。三週間で辞めるのもそのためで、せめてもの俺の良心と思ってくれよ。本来なら、ビジネスホテルの料金は、アルバイト代でおつりがくるくらいなんだけど、給料をもらうのは気が引けるんだ」

「黒、それでいい。授業料と考えたら安いくらいだ。黒らしいとも言えるけど、俺も黒の立場だったらそうしたと思うよ」

渡邉は真顔で、何度も何度もうなずいた。

お好み焼き店で〝イカ玉〟と〝ブタ玉〟を食べながら、渡邉が言った。

「美味しいねぇ。このあいだ食べたお好み焼きよりも旨《うま》いような気がする。黒、いいお店を見つけたなぁ」

「二日で十店試食して、その中で比較的チェーン店の多いところを選んだのだけど、店長も感じのいい人だし、ツイてたかもねぇ」

「だって、ここだけじゃないんでしょ。この店の味はゲップが出るほどわかってるからね」

「黒は食べないの」

「なるほど。じゃあ、ビールを注ごう」

渡邉は、二つのグラスに中瓶を傾けてから、表情をひきしめた。

「あと一週間として、とりあえずいったん東京に帰ってもらうが、すぐ広島のお好み焼きを研究してもらえないだろうか。大阪とはだいぶ違うらしいし、人気もあるようなので、比較検討すべきだと思うんだが」

黒澤は一瞬、切なそうに眉《まゆ》を寄せたが、すぐに明るい顔で答えた。

「いいよ。広島のお好み焼きは生地を鉄板に薄く敷くらしいねぇ。三、四日食べ歩きしてくるよ」

「頼むよ。お好み焼きは渡美の自社ブランドだから、なんとしても成功させたい。そのためには黒に頑《が》張ってもらうしかないんだ」

グラスを乾して、黒澤が訊《き》いた。

「出店はいつごろを考えてるの」

「来年の四月か五月。年明けから物件探しにかかろうかと考えてるんだ」

渡邉と黒澤はその夜、お好み焼き店を三店はしごした。

3

黒澤の部屋に二人が戻ったのは午後十一時に近かった。二人の話はいつ果てるともなくつづいた。

「お好み焼きハウスのネーミングについて、黒は考えたことあるか」

「いや、ないなあ。渡美でいいんじゃないの」

「渡美は〝つぼ八〟というか、居酒屋のイメージが強いから、別のほうがいいと思うんだ」

「美樹になにか腹案があるわけ」

「ないでもないよ。信じてもらえるかどうかわからないが、何日か前、お好み焼きハウスの夢を見たんだ。店内は超満員で、ウェーティングのお客さんがお好み焼きハウスが入居してるビルの周囲を取り巻いているんだよ。お好み焼きハウスの看板は〝唐変木《とうへんぼく》〟だった。夢でうなされたりはしなかったが、俺はうれしくてうれしくて、夢の中でうれし涙にくれていた。朝、夢のことを洋子《ひろこ》に話したら笑われたけど、〝唐変木〟で決まりだと俺は思った」

渡邉は目を輝かせ、言葉を弾ませた。

「〝唐変木〟ねえ……。唐変木って、偏屈《へんくつ》とか、わからず屋のことだけど、なんだかぴん

「洋子も同じ意見だったけど、なんせ夢とはいえ、押すな押すなの盛況なんだぜ。偏屈であろうと、わからず屋であろうと、いいじゃないか。〝唐変木〟、これでいこう。きっと大当たりすると思うよ」

黒澤は苦笑した。半年も先の出店だというのに、いまからこんなに入れ込んでしまっていいのだろうか、と黒澤はちょっと心配だった。

「ネーミングはともかく、出店の場所はどのあたりを考えてるの」

「横浜がいいと思う。関内《かんない》周辺はどうかなぁ」

「賛成だ。美樹が初めて見つけてきたのは長者町の物件だったよねぇ。初心忘るべからず。譬《たと》えが少し変だけど、関内に対する思いの深さはずっと俺たちにあるからねぇ」

「そうだよなぁ。ライブハウスはドロップしてよかったのかもしれないが、お好み焼きハウスの一号店は関内に出店しよう。でも〝唐変木〟には反対なのか」

「そうでもないよ。夢のお告げに賭《か》けてみるのも悪くないんじゃないかな」

「よし、それじゃ〝唐変木〟で決まった。黒と合意すれば、誰にも四の五の言わせないよ」

渡邉は午前二時に、予約してある別のビジネスホテルに移動した。黒澤が投宿中のビジネスホテルには空室がなかったからだ。

黒澤は渡邉の来阪一週間後の朝、ホテルの部屋から店長に電話をかけた。

「黒澤ですが、きょうはお店に行けません。というより、辞めさせていただきたいのですが」

「なんやて」

「急に広島へ行くことになったのです」

「あと一週間、ウチの店で働いたらどうや」

「それがそうもいかないのです」

「日割りで、アルバイト代を出すようにしておくさかい、三時過ぎに取りに来てんか」

「いや、けっこうです。いろいろ教えていただいて、わがまま聞いてもらったのですから、アルバイト代は要りません」

「おまえ、ほんまか」

「ええ」

「変わったやっちゃなぁ。只《ただ》働きいうことはないやろうが」

「ほんとにけっこうです。なんでしたら皆さんで、ビールでも一杯飲んでください」

「阿呆《あほう》！　なにぬかすんや。ほんま、それでええんか」

「はい。それでは申し訳ありませんが、失礼いたします。長い間お世話になり、ありがとうございました」

「なんや、ようわからんが、けったいな話やなぁ」

黒澤は胸がドキドキし、受話器を握り締めている掌《てのひら》が汗ばんでいた。逃亡者でもないのに、びくびくしている自分が情けなくもあり、恥ずかしくもあった。

4

この日の午後、黒澤は大阪市内にある金紋ソースの本社兼工場を訪問した。

「〝金紋ソース〟を二、三本わけてください。スーパーを探したのですが、ないのです」

応対に出てきた女性事務員は、いったん奥に引っ込んだが、中年の男性を伴って、ふたたび黒澤の前にやってきた。女性事務員はソースの瓶を二本抱えていた。男性はグレー、女性はブルーのユニホーム姿である。

黒澤はセーターに、ジーンズだ。

「ウチのソースをどうするんですか」

「学校の文化祭でお好み焼きを受け持つことになったので、〝金紋ソース〟が必要なんです」

「ほう。お好み焼きでっか。相当な通ですねぇ」

「お好み焼きには〝金紋ソース〟がいちばんと、あるお店の人から聞いたものですから」

「二本はプレゼントさせてもらいます」

「いえ。そういうわけには」

「まあ遠慮せんと。学生さんから料金はもらえません」

「ありがとうございます」

黒澤は、七〇〇ミリリットルのソース瓶二本を押し戴《いただ》いて、用意してきた紙袋に仕舞った。

学校名を訊かれたら、立教大学と答えるつもりだったが、その必要はなかった。童顔なので、大学生と見られても不思議ではない。

黒澤は、広島では三泊四日で二十数店のお好み焼き店を食べ歩き、最後のほうは見るのも厭《いや》になった。

ビジネスホテルのトイレで何度吐瀉《としゃ》したかわからない。

「お好み焼きのない国に行きたいよ」とつぶやいたこともある。

しかし、広島での食べ歩きは無駄ではなかった。〝唐変木〟のメニューに広島風のお好み焼きも加えたのだ。

5

昭和六十一年元旦《がんたん》、恒例の秀樹宅の集いで、渡邉は秀樹にお好み焼きハウス出店の計画を打ち明けた。

「大阪や広島ではお好み焼きが産業として成立してます。お父さん、僕はこれを関東でやってみたいと思ってるんです。もちろん〝つぼ八〟のFCとして出店も増やしますが、自社ブランドでお好み焼きハウスを出店したいと考えて、黒澤に大阪と広島で一か月ほど修業してもらいました」

「そう。もうそんなに進んでるのかね」

「渡美商事は〝つぼ八〟のFC店として、居酒屋を展開していますから、別会社方式でお好み焼きハウスを出店するのがいいと思ってるんですけど」

「資金計画はどうなってるの」

「大雑把《おおざっぱ》な計算では、開店資金として四千万円ほど必要です。五月の開店までに三千万円は渡美商事で蓄積できますから、一千万円ほど借り入れればやっていけます」

秀樹が思案顔でくゆらせていた煙草を灰皿に捨てた。

「一千万円はわたしに出資させてもらおう。わたしの仕事も順調なので、その程度の余裕はある。お好み焼きハウス、おもしろそうじゃないか」

「新たにつくる会社の社名ですが、片仮名で〝ワタミ〟はどうでしょう。今度は株式会社でいこうと思ってます」

秀樹は「〝ワタミ株式会社〟〝株式会社ワタミ〟」とつぶやきながら、テーブルに、人差し指で字を書いた。

「〝株式会社ワタミ〟のほうがいいね」

「ええ。僕もそう思います」

「株式会社ワタミの資本金は、どのくらいの規模がいいのかねぇ」

「二千万円っていうところでしょうか」

「そう。それじゃあ、半分の一千万円はわたしがおまえに出資しよう。ただし、わたしが株主になる必要はない。出世払いで返してくれることを、当てにしないで待っているよ」

秀樹は冗談ともつかずに言って、ふたたび煙草を咥《くわ》えた。

渡邉が洋子と顔を見合わせながら言った。

「洋子も黒澤も、内心は反対らしいんだけど、店名は〝唐変木〟にしようと思ってるんですけど」

「〝唐変木〟なんて、変てこな名前だねぇ」

今度は祖母の糸が、秀樹と顔を見合わせた。

「目が覚める前だからよく覚えてるんだけど、〝唐変木〟っていう看板を掲げてるお好み焼きハウスの夢を見たんですよ。それがものすごく繁盛してる店だったんです」

「なるほど。そういうことなら悪くないかもしれない」

「おまえは妙にかつぐほうだからねぇ」

「おばあちゃんも〝唐変木〟に反対みたいだけど、僕はせっかくのいい夢を大切にしようと思うんだ」

「わたしも賛成だ。社長の美樹が決めたらいいよ」

姉のめぐみも義兄も、さかんに首をひねっていたが、渡邉は秀樹の賛成が得られて意を強くした。

渡邉は四月中に物件を手当てした。関内駅から五分ほどの第六エクセレントビル二階フロアの一部、二三坪の店舗だ。

同ビルの六階と七階の二フロアにディスコ〃マハラジャ〃が開業していた。けっこう流行《はや》っていたので、ディスコの行き帰りの来客を当て込めることが動機づけになった。

店舗の保証金が一千三百万円、改装費などの開業資金が二千五百万円。渡邉は三千八百万円を、〃お好み焼きHOUSE唐変木〃の一号店につぎ込んだ。

株式会社ワタミの社長は渡邉、取締役は黒澤、金子、呉、秀樹。

五月上旬のオープンを目指して、渡邉や黒澤は寝食を忘れて、準備に取り組んだ。

6

四月末までに店内の改装工事が終わり、五月上旬は連休も含めて開店準備に追われた。

特に黒澤率いる厨房《ちゅうぼう》チームは、関西風お好み焼きの実習・訓練に昼夜を分かたず取り組んだ。

鉄板は、黒澤が三週間アルバイトをした大阪のお好み焼き店と同じサイズのものを誂《あつら》えた。横三メートル、奥行き八〇センチ、厚さ一センチの特注品である。

鉄板の取り付け作業を見守りながら、黒澤が渡邉に言った。

「広島のお好み焼き店の鉄板は厚みが三センチもあった。鉄板が薄いと熱が全体に伝わらず、火の上だけしか、熱くならないんだ」

「一センチで大丈夫なのか」

「うん。関西風のお好み焼きがメインだから大丈夫だよ」

「焼き手は女性のほうがよくないか。お客様の前で焼いてさしあげるわけだから、若くて可愛い女性のほうが受けると思うけど」

「たしかにそうだねぇ。アルバイトの女性を三、四人集めてもらおうか」

焼き手の女性を〝焼きん娘《こ》〟と命名したのは渡邉である。

「厨房は黒がいるから心配ないな」

「さあどうかなぁ。お好み焼きで厨房のほうを本格的にやったわけじゃないからねぇ」

実際、黒澤は不安でならなかった。黒澤とてプロではない。お好み焼きの専門家は誰一人としていなかったのだ。連休明けの開店時はアルバイトを含めて十五人も〝唐変木〟に待機した。通常は六、七人で済むが、渡邉はそれだけ緊張していたのである。

〝唐変木〟開店初日の来客の出足はすこぶる好調だった。

〝千円飲み放題〟〝二千円食べ放題〟〝八名以上のパーティーはワイン二本または角ボトル一本をプレゼントします〟などのキャッチフレーズも、集客に寄与した。

店内はたちまち客であふれた。

ところが厨房から出た煙が店内を満たし、非常ベルが鳴る騒ぎが出来《しゅったい》したのだ。接客中の渡邉が顔面蒼白《そうはく》で、厨房に飛び込んできた。

「黒、どうしたんだ！」

「鉄板の研《みが》き方が足りなかったらしいんだ。いったん火を消すから煙は収まると思うが、その分、注文の上がりが遅くなる。お客様に謝ってください」

鉄板の研き込みからやり直すのだから、来客のほうは待ちくたびれて当然だ。

三十分遅れで再スタートしたと思ったら、今度は店内の温度が異常に上昇し始めた。摂氏四五度。蒸し風呂《ぶろ》同然である。

鉄板の熱量を計算せずに店を設計したことに起因していた。

居酒屋の場合、四坪〜五坪で一馬力の空調だが、鉄板を使うお好み焼き店では二倍の空調が必要だったのだ。

空調を増設することで問題は解決したが、ヘラを上手に使いこなせない〝焼きん娘〟を見かねた中年の客が「ちょっと貸してみい」と、手ほどきをする始末だ。

開店初日はてんやわんやの失態続きで、渡邉も洋子も来客に頭を下げっ放しだった。


渡邉が〝お好み焼きHOUSE唐変木べからず十戒〟をまとめたのも開店初期のころだ。

一、お好み焼きをつぶすべからず
二、お好み焼きをたたくべからず

三、お好み焼きをみだりにひっくりかえすべからず
四、お好み焼きに調味料をかけるべからず
五、お好み焼きの焼けるのがおそいと言うべからず
六、お好み焼きの量が多いとおこるべからず
七、満席でも帰るべからず
八、焼きん娘に手を出すべからず
九、〝唐変木〟のお好み焼きがおいしいことを周りの人に言うべからず
十、〝唐変木〟のお好み焼きの味の秘密は聞くべからず

店長敬白

逆効果を狙ったパブリシティとも言える〝十戒〟は、看板で掲げられ、来客の話題をさらった。

第八章　経営危機

1

〝お好み焼きHOUSE唐変木〟開店直後の昭和六十一年（一九八六年）六月上旬の某日、渡邉美樹《わたなべみき》に明治大学の先輩、田野井《たのい》一雄から電話がかかってきた。

渡邉と田野井は二十歳ほども年齢差があるが、田野井は横浜OB会の実力者で、横浜市の市会議員でもあり、面倒みのよい男だった。久闊《きゅうかつ》を叙したあとで、田野井が言った。

「上大岡に恰好《かっこう》な物件があるんだが、きみのところで使ってもらえないかねぇ。ビルのオーナーから頼まれたんだが、居酒屋でも、お好み焼き店でも、どっちでもいいから、いちど物件を見てもらえるとありがたいが」

「上大岡のなんというビルですか」

「太蔵地所の赤い風船IIビル。三階フロアに五四坪ほど空きがあるんだ」

「新築のあのビルに空きがあるんですか。テナントの申し込みが殺到してると聞いてましたけど。願ってもない話ですよ」

赤い風船IIビルは、港南区上大岡西二丁目にあり、京浜急行・上大岡駅に近い。渡邉の声が弾むのも無理からぬことだった。

しかも上大岡近辺に〝つぼ八〟がないこともわかっていた。

渡邉は高円寺北口、大和につぐ〝つぼ八〟三号店の出店を狙って、物件探しに取りかかっていた。上大岡なら立地条件にも恵まれている。喉《のど》から手が出るほど欲しい物件が、向こうからころがり込んできたのである。

「赤い風船IIビルを知ってるのか」

「ええ。上大岡に出店したくて、物件探しで何度も歩いてますから」

「勢いのある渡美にテナントになってもらえれば、俺の顔も立つよ。ありがとう」

「お礼を言わなければならないのは、わたしのほうです。ほんとうにありがとうございます」

渡邉はさっそく青山の〝つぼ八〟本部に出向き、開発本部の小宮課長に面会した。

小宮とは、旧知の仲である。特に黒澤が〝つぼ八〟時代に世話になっていた。渡邉の話を聞いて、小宮は眉《まゆ》をひそめた。

「渡邉さん、上大岡の太蔵地所の物件、すでに申し込みが来てますよ。税理士の青松さんが副業で〝つぼ八〟のFCをやってるんです。〝つぼ八・武蔵小杉店〟のオーナーですよ」

「まさか。なにかの間違いじゃないでしょうか。大学の先輩が、渡美に頼みたいって言ってきたんですよ」

「いや。四、五日前に青松さんから間違いなく出店許可の申請がありました。念のため、確認してみましょう」

小宮は応接室から退出し、渡邉は二十分ほど待たされた。

「青松さんに確認しました。先方も、降りるつもりはないと言い張ってます。バッティングしたときは双方に出店許可を与えない〝つぼ八〟のルールはご存じですよねぇ」

「もちろん存じてます」

「わたし個人としては、パワーのある渡美商事になんとか出店してもらいたいと思って、青松さんにそれとなく譲歩を求めたのですが、残念ながら思惑どおりにはなりませんでした。オーナー会の力は強いですから、ルールは曲げられないと思います」

「なんだか釈然としませんが、上大岡の物件は諦《あきら》めざるを得ませんかねぇ」

渡邉は小宮と別れたあと、青山通りの公衆電話から田野井宅に電話をかけた。田野井は在宅していた。

「先輩、ひどいじゃないですか。上大岡の物件はすでに〝つぼ八〟の別のオーナーが出店許可を本部に申請してましたよ」

「そんな莫迦《ばか》な。すぐ調べて折り返し電話するよ」

「いま青山ですから、一時間後にわたしのほうから電話をかけさせていただきます」

渡邉は関内《かんない》の事務所に戻るなり、受話器を握った。

「太蔵地所の社長が両天秤《てんびん》をかけていたことがわかったよ。しかし、きみが乗り出してくれることがはっきりしたので、青松という人のほうは断ったと言ってるが……」

「それでも、青松氏が出店申請を取り下げない限り、ウチが〝つぼ八〟の三号店を出すことは不可能です」

「お好み焼き店ならいいんじゃないのか。なんとか俺の顔を立ててもらえないかねぇ」

「〝唐変木〟も健闘してますけど、〝つぼ八〟のほうがずっと利益率が高いんですよ。しかし、ちょっと考えさせてください」

2

渡邉は上大岡の物件を諦め切れなかった。折しも、サントリー横浜支社で渡美商事を担当している若い社員、塩井雅也が耳よりな話を渡邉に教えてくれた。

「赤坂に白札屋の一号店があります。サントリー独自のノウハウで開発したレストランです。上大岡で応用できるかどうかわかりませんが、〝白札屋・赤坂店〟は大変繁盛してます。いちどご覧になったらいかがですか」

「白札屋ねぇ。たしか聞いたことがありますが、看板料などはどうなってますか」

「すべて無償です。白札屋は業態開発本部で担当しています。課長の本名《ほんな》に会うように手はずしましょうか」

「お願いします。その前に赤坂店を見せてください」

「いつでもお伴します」

塩井の案内で、渡邉は〝白札屋・赤坂店〟を見に行った。

どこか大正ロマンの香りを漂わせた洋風の居酒屋といった趣で、スーツ姿のサラリーマンやOLで店内はにぎわっていた。

サントリーはビール、ウイスキー、ワインなどの拡販を目的に〝白札屋〟のチェーン化を展開しようとしていたと見える。

塩井の話では、店の内装から、食材、料理などに関するノウハウの一切合切《いっさいがっさい》を無償で提供しているという。

渡邉はその足で本名正二に面会した。業態開発本部は赤坂の東京本社にあった。本名は渡邉より十五、六歳年長と思えた。スリムでスーツの着こなしが洒落《しゃれ》ている。温容だが、はっきりものを言う男だ。

名刺交換をしたあとで、本名がずけっと言った。

「塩井から聞きましたが、上大岡で〝白札屋〟は無理ですよ。物件も見てきましたが、上大岡という場所柄に〝白札屋〟はマッチしません。白札屋は赤坂とか銀座とか六本木じゃなければ成り立たない店なんです」

「おっしゃる意味がわかりませんが」

渡邉は笑顔で反問したが、内心穏やかではなかった。

「上大岡は、言わば下町です。文化度、民度が低いとは思いませんか」

「お言葉ですが、民度が低いなんてとんでもない。冗談じゃありませんよ。ほとんどのサラリーマンは東京の丸の内や大手町、赤坂、銀座で働いてるんですよ。首都圏のベッドタウンで、横浜でも屈指の高級住宅地です」

「わたしのイメージとは違うんですけどねぇ」

渡邉はぐっと胸を張った。

「われわれは、日本一の居酒屋を経営しています。われわれに〝白札屋・上大岡店〟を経営させていただければ成功疑いなしです」

「わたしはあまり気が進みませんが、渡邉さんがそこまでおっしゃるんなら、前向きに考えさせてもらいましょう。まず赤い風船IIビル全体を飾りつけるような〝顔〟をしっかりつける必要がありますねぇ。外装、内装に相当力を入れませんと。ざっと六千万円ほどかかると思いますけど」

渡邉はこうなったらあとへは引けない、とホゾを固めた。

「赤い風船IIビル全体が白札屋みたいな大看板を掲げさせてもらいますよ。オーナーの了承は取れると思います」

田野井に頼めばそれは可能なはずだ。太蔵地所には貸しもある――。

「〝白札屋〟では冷凍品は一切使用してません。失礼ながら〝つぼ八〟さんとは形態に相当へだたりがあると思います。赤坂店でハードなトレーニングをしていただく必要がありそうですね」

渡邉は本名にあしらわれているような、軽く見られているような気がしないでもなかったが、「よろしくご指導ください」と丁寧に頭を下げた。

3

渡邉は日を置かず、黒澤、金子、呉《ご》の幹部三人を、関内の事務所に呼び出した。

「サントリーの〝白札屋〟を上大岡でやりたいと思うんだ。本当は〝つぼ八〟の三号店を出店したかったんだが、ほかのオーナーとバッティングしてしまった。方向転換だが、紹介してくれた先輩の顔も立てたいし、いい物件なのでドロップする気になれず、いろいろ考えたすえ、〝白札屋〟にぶつかったわけだ。テナントの保証金が三千万円、外装費が約六千万円、その他諸経費約二千万円、一億一千万円の資金需要になるが、なんとしても成功させたい」

「資金計画はどうなってるの。〝つぼ八・大和店〟のときは三菱銀行高円寺支店に借りたし、〝唐変木〟では社長のお父さんに融資していただいたけど、高円寺北口店と大和店の蓄積で自己資金もあるが、一億一千万円ともなると、借り入れのウェートが高くなると思うけど」

「加藤経理部長とも相談したが、横浜信用金庫が九千万円貸してくれそうなんだ。三年の短期返済でいけると思う」

〝つぼ八〟本部からスカウトした加藤は、この時代、まだ渡美商事に在籍していた。

「黒《くろ》には、大和店と〝唐変木〟を担当してもらってるし、呉は高円寺北口店を見てもらってるので、上大岡の〝白札屋〟は宏志に店長をやってもらいたい。いいか」

渡邉に顔を覗《のぞ》き込まれて、金子は緊張感でひたいの静脈が浮き上がった。

「うん」

「〝白札屋・赤坂店〟に数人引き連れて、トレーニングを積んでくれ。外装、内装はサントリーの指示に従わざるを得ないだろう」

事務所を仕切っている洋子《ひろこ》が緑茶を淹《い》れてきて、デスクに湯呑《ゆの》みを並べた。

「〝唐変木〟のすぐあとで、皆さん大変ねぇ。わたしも赤坂のトレーニングに参加しましょうか」

「きみは事務所を見てくれなければ困るよ。社員も増えてわれわれ五人を含めて十二名になった。〝白札屋〟の人選は俺と宏志にまかせてもらおうか」

渡邉の意気は大いに上がっていた。

本名をギャフンと言わせてやりたい。本名は〝つぼ八〟FCの渡美商事を見直すことになるはずだ。全国の〝つぼ八〟FCのオーナーや店長に講演をするほど成功を収めてきた俺を甘く見ないでもらいたい――。渡邉は気持ちが高揚していた。

4

渡美商事、ワタミにとって四店目の〝白札屋・上大岡店〟は、昭和六十一年十月一日にやっと開店に漕《こ》ぎつけた。

太蔵地所との賃貸契約は六月二十五日に締結していたのだから、開店まで三か月以上も要したことになる。

このことは、外装、内装に対するサントリー側のダメの押し方がそれだけ厳しかったことを意味している。金子たち白札屋プロジェクトチームの、赤坂店におけるトレーニングに万全を期したことも、その理由の一つにあげられよう。

開店初日も二日目も、店の出足は大入り満員というわけにはいかないまでも、順調に思えた。金子はどれほどホッとしたかわからない。

「この分なら〝白札屋〟も軌道に乗るんじゃないかなぁ」

二日目の夜、金子がにこやかに渡邉に話しかけてきたが、渡邉の表情は冴《さ》えなかった。

「オープン景気でにぎわってるように見えるが、過去三店の雰囲気と、どこか違うように思わないか」

「………」

金子は無言で首をかしげた。

「お客様がくつろいでいないじゃないか。どこかぎこちないっていうか、緊張してるように、俺の目には映るが……。料理が美味《おい》しくて、料金がリーズナブルでも、緊張を強いるような店に、二度も三度もお客様が来てくれるだろうか。やっぱり〝白札屋〟は高級感のある都心型のレストランなんだよ。横浜市郊外の上大岡にフィットしない。〝つぼ八〟でなければダメだった」

「いくらなんでも弱気なんじゃないかなぁ。そんなに悲観的になることはないと思うけど」

「うん。とにかく頑張ってくれ」

渡邉は気を取り直すように言ったが、その夜、遅い時間に日記を書いた。


白札屋オープン二日目に思う。ピンチである。渡美商事が過去に経験したことのない大ピンチだ。

初日も二日目もまあまあの売上げだが、チケットの反応はいま一つだし、今後、回収率も下降線の一途をたどるに相違ない。

サンダル履きでお客様が入れるような店ではない。立地を間違えたとしか言いようがない。俺のミスジャッジメントだ。過去の実績を過信して、自分たちがやれば必ず成功する、というらぬぼれが、俺の判断を誤らせたのだ。

いままで美味しいと思えた白札屋の商品のすべてが、否定的な味に思えてくるから不思議である。

白札屋・上大岡店は時間をかけて育てる店ではない。

しかし、いまさら悩んでも悔やんでも仕方がないことだ。なんとしてもこの危機を乗り越えねば。俺が越えずして、誰が越えられるのか。このピンチを越えずして、なにが経営者だ、なにが社長だ。

撤退の時期を早急に決断しなければならない。

一月、遅くとも三月には撤退したい。自分にも見栄がある。しかし、白札屋・上大岡店を見栄で存続させることはできない。

いままで順風満帆であり過ぎた。運がよすぎただけのことなのだ。

強い経営者であり続けるためには、なにものにも動じない精神力、決断力、そして仲間を信じる統率力が求められる。力を蓄えながら一歩一歩前進する〝体の重い亀〟になろう。

5

日を追って〝白札屋・上大岡店〟の客足は遠のき、十月は五百万円、十一月は七百万円の赤字を出した。

資金繰りが悪化し、〝つぼ八・高円寺北口店〟や〝つぼ八・大和店〟の売上げをかき集めて酒販店や食材店、家賃の支払いに充てたり、横浜信用金庫の元利返済に充てるといった薄氷を踏むような毎日の連続だった。


十二月上旬のある夜、渡邉は父親の秀樹宅を訪ねた。

渡邉の顔を見るなり秀樹が言った。

「美樹、顔色が悪いねぇ。どこか体調が悪いんじゃないのか」

「ちょっと寝不足なんです。経営者になると、いろいろ悩みもありますから」

「〝白札屋〟がうまくいってないようだが」

「どうしてそれを」

「お忍びでもないんだが、女房と二度ばかり様子を見に行ったんだ」

「そう言えば、金子がそんなことを言ってました。店がガラガラのときだったらしいですねぇ」

義母のとみ子が、心配そうに口を挟んだ。

「上大岡には勿体《もったい》ないようなお洒落《しゃれ》ないいお店なのにねぇ」

「よそゆきの店というか、お客さんがリラックスできないんです。サントリーの人にも言われたことですが、白札屋は赤坂や銀座じゃなければ、お客様とマッチしないんです。できれば一月いっぱいで撤退したいと思ってるんですけど」

秀樹がいっそう眉《まゆ》をひそめた。

「そんなに深刻なのか」

「ええ。渡美商事始まって以来のピンチです。なんせあの店には一億一千万円も投入してますからねぇ。銀行や〝つぼ八〟本部に支払い猶予を求めることは可能ですが、信用力を失いますから、それだけはしたくありません。黒澤も金子も、歯をくいしばって頑張ってくれてますが、この難局を乗り切るのは容易じゃなさそうです」

秀樹は、とみ子がこしらえた水割りウイスキーをごくごくっと飲んだ。

「おまえ、このままでは、年が越せないんじゃないのか」

「お父さん、お察しのとおりです」

渡邉もグラスを呷《あお》った。

「僕も洋子も、十月、十一月は無給でした。いままでも会社から八万円ずつしか貰《もら》ってませんが、十二月中に、七百万円ほど資金ショートしそうなんです。〝唐変木〟の借りもありますから、お父さんに無心するのはつらいんですが、われわれには担保がないので、銀行も信金も相手にしてくれません」

「わかった。このマンションを担保に使ってけっこうだ。とみ子、そういうことでいいね」

「どうぞ、どうぞ。美樹さんがそんなに困ってるなんて、夢にも思わなかったわ」

「お父さん、お義母《かあ》さん、恩に着ます。国民金融公庫から七百万円借り入れようと考えてるんです。社員に多少のボーナスも支給したいと思いまして」

「このマンションなら、二千万円ぐらいは借りられると思うが、七百万円でいいのか」

「ええ。必ずこの難局は乗り切ります」

「美樹のことだ。心配していない。しかし、躰《からだ》だけは大事にしろよ」

秀樹のお陰で十二月下旬に、国民金融公庫から七百万円の融資が実行され、渡邉は昭和六十二年の正月を迎えることができた。

6

元旦《がんたん》から二日にかけて、渡美商事の第一回社員旅行が実現した。

半年も前から決めていたのだが、「会社が危急存亡のこんな厳しいときに、社員旅行でもないでしょう」と言ってきた幹部もいたが、渡邉は「こんなときだからこそ、中止してはいかんのだ。積み立て金もあるし、会社の補助はたかが知れてる。沈滞ムードを払拭《ふっしょく》するためにも、予定どおり実行しよう」と結論を下した。

元旦の夕刻、湯河原の鄙《ひな》びた旅館に集合した渡美商事の一行は十三人。

第一回社員旅行に参加した顔ぶれは以下のとおりである。
▽渡邉美樹▽黒澤真一▽金子宏志▽呉雅俊▽正木裕久▽笠井《かさい》聖司《せいじ》▽宇佐《うさ》美康《みやすし》▽橘内《きつない》稔▽藤井貴章▽君島靖幸▽北沢哲也▽柳幸裕《やなぎゆきひろ》▽戸田みさ子

元旦の夜、宴会でもカラオケなどの二次会でも、渡邉は努めて明るく振る舞ったが、二日の朝、朝食後の全体会議で初めて厳しい表情を見せた。

「元旦の朝、黒澤、金子、呉それに家内の五人で、箱根神社に初詣に行ってきました。わたしが祈願したことは、社員の健康と会社が危機から脱却して発展することの二点です。〝白札屋・上大岡店〟が大きな赤字を出して二進《にっち》も三進《さっち》もいかなくなってることは、皆さんよくご承知のことと思いますが、失敗の責任は、あげて社長のわたしにあります。〝つぼ八〟二店の成功に酔って過信し、油断したわたしの責任はきわめて重大です。若気の至りなどで済ませられるものではありませんが、わたしは必ずこの失敗を挽回《ばんかい》して、皆さんから失いかけている信頼を取り戻します。まだ厳しい局面が続くでしょうが、渡美商事を立て直すために、わたしは微力を尽くします。どうか皆さんも、わたしに力を貸してください。〝白札屋・上大岡店〟が〝つぼ八・上大岡店〟に衣替えできるチャンスも出てきましたし、ご存じの方もいらっしゃると思いますが、ある大企業との資本提携、業務提携の話も具体化する可能性があります。将来に夢と希望を持って、昭和六十二年を実りのある年にしたいと念じてます。皆さん、第一回社員旅行に参加してくださってありがとうございました」

拍手が鳴りやんだあとで、呉が笑顔で渡邉に話しかけてきた。

「僕は社長の強運を信じてますよ。これしきのことで、挫《くじ》ける人じゃないでしょう」

「呉は渡美商事に転職してまだ二年にもならないのに、こんなひどいことになっちゃって、さぞ後悔してるんだろうなぁ」

「とんでもない。このままスーッと会社が大きくなっちゃったら、あんまり話が旨《うま》すぎますよ。会社も人生も山あり谷ありで、いろんなことがたくさんありますよ。何度も言いますが、社長の強運を信じてます。社長ならこの程度の難局はなんなく乗り越えますよ」

「ありがとう」

渡邉もきれいな笑顔を見せた。

呉がぐっと渡邉に躰を寄せた。

「〝つぼ八・上大岡店〟の話は進展しそうですか」

「暮れのうちに石井社長にアプローチした。乃公出《だいこうい》でずんばっていう気持ちになってくれたみたいなんだ。これだけ高い授業料を出したんだから、青松さんも降りてくれるだろうって。石井社長に頭を下げられたら、青松さんも厭《いや》とは言えないかもねぇ」

「わたしもそう思います。〝つぼ八〟は、総合商社を目指しているイトマンに庇《ひさし》を貸して母屋を取られそうな気配になってますけど、創業者の石井社長の影響力はまだまだ絶大ですから、石井社長に一肩《ひとかた》入れてもらえれば、問題ないと思います」

「〝つぼ八〟本部に限らず、支払い猶予を願い出たことはないから、渡美商事の信用力はまだ失墜してないと思うんだ。必ず巻き返すから見ててくれよ」

渡邉は自らを鼓舞するように、ぽんと呉の肩を叩《たた》いた。

7

一月八日の午後、渡邉に石井から呼び出しがかかった。

青山の〝つぼ八〟本部の社長室で石井が言った。

「青松氏はOKしてくれたよ。美樹さんが僕に〝白札屋〟の窮状を率直に訴えてくれたことがよかったと思うんだ。このまま放置しておいたら、高円寺北口店、大和店の〝つぼ八〟名門店も潰《つぶ》れてしまう、助けてやってほしいって、青松さんに話したら、『よくわかりました。出店許可申請を取り下げます』と言ってくれた」

「ありがとうございます。また社長に大きな借りができてしまいました」

渡邉は声をつまらせた。

「美樹さんからも一度、青松氏に挨拶《あいさつ》しといてもらおうか」

「もちろんです。青松さんにいつお目にかかったらよろしいでしょうか」

「〝つぼ八〟本部とFC契約をしてからでいいんじゃないかな」

「わかりました」

「業態転換のための改装費と加盟金で、二千万円ほどの出費になると思うが、資金繰りのほうは大丈夫なの」

「はい。高円寺北口店と大和店の実績がありますから、銀行が貸してくれると思います」

「そう。僕のほうはいつでも契約を結べるようにしておくよ」

「ありがとうございます」

「それにしても〝白札屋〟は高くついたねぇ。僕に相談してくれたら、絶対に反対してたと思うけど」

渡邉は苦い思いで胸がふさがったが、懸命に笑顔をつくった。

「あのとき石井社長に反対されても、突っ走ってたと思います。意地になってたというか、いい気になってたというか、自分の莫迦《ばか》さ加減に腹が立ちます。実はサントリー業態開発本部の本名課長にも、反対されたんです。〝白札屋〟は赤坂、銀座だから成り立つんだって言われました。それなのに、俺たちがやれば必ず成功するって言い張ったんですから、度しがたいですよ」

「僕が反対しても止められなかったかねぇ。たしかに日の出の勢いだったからなぁ」

石井が腕組みして、苦笑いしながら話をつづけた。

「伊勢佐木町のライブハウスの時代とは、わけが違うかねぇ。あのときは素直に、僕の言うことを聞いてくれたけど」

「素直でもありませんでしたよ。社長の言いなりになるなんて口惜しい、と思いましたもの。『おまえたちの友情にプレゼントしよう』の社長の殺し文句にころっといってしまいましたけど」

石井が緑茶をひと口飲んで、話題を変えた。

「〝唐変木〟のほうはどうなの」

「目下のところはトントンよりちょっといいぐらいのところですが、もう少し広げたいと思ってます」

「しかし、両面作戦は取れないだろう。上大岡を立ち直らせることが先決なんじゃないの」

「もちろんです。将来の展望を申し上げたに過ぎません。でも関西風お好み焼きは、関東にも根づくと思いますよ」

渡邉は〝つぼ八〟本部を辞して、関内の事務所に電話をかけた。

「はい。渡美商事ですが」

洋子の声だった。

「美樹だけど」

「石井社長のお話、どういうことだったの」

「青松さんを説得してくれたよ。石井社長にまた借りができちゃったなぁ」

「よかったわ」

「うん。黒と宏志、呉にも電話でこのことを伝えといてくれないか。それから親父にも……」

「皆んな心配してたから、喜んでくれるでしょうねぇ。でも、あなたから電話したほうがいいんじゃないかしら」

「俺はこの足で、三菱銀行高円寺支店に行く。おまえから電話してくれよ」

「わかったわ」

洋子が〝白札屋〟関係で愚痴めいたことを口にしたことは、一度としてなかった。しかし、洋子の声が弾んでいる。いちばん心配していたのは洋子かもしれない、と渡邉は思った。

8

渡美商事は、〝つぼ八〟とのFC契約に基づいて、当初、協和銀行高円寺支店と取引していたが、ナイトバックと称する夜の入金受け入れに対応できない、と断られたため、三菱銀行高円寺支店に取引銀行を変更せざるを得なくなった。

〝つぼ八〟二号店の大和店の出店費用を三菱銀行高円寺支店から借り入れたのも、そのためで、二店の営業成績がすこぶる好調なことから、〝つぼ八〟の出店資金なら、いくらでも貸し出す、というのが同支店の基本方針だった。

事実、渡邉は磯崎支店長から、その旨の言質を得ていた。

一月八日の午後三時に、渡邉はアポイントメントなしで同支店に出向いたが、磯崎は在席していた。

渡邉は挨拶もそこそこに、支店長室で用件を切り出した。

「〝白札屋・上大岡店〟から〝つぼ八・上大岡店〟に業態転換することになりました。改装費等で二千万円必要です。三菱銀行さんには大和店でもお世話になってますが、今回もぜひご融資願いたいと思いまして参上しました」

磯崎は露骨に厭《いや》な顔をした。

「〝白札屋〟がうまくいっていないことは福井から聞き及んでます。本件については、ちょっと考えさせてください」

渡邉は二つ返事で融資OKと思っていただけに、磯崎の態度は心外だった。

「おっしゃることが、よくわかりませんが」

「どうしてですか。考えさせてくださいで、おわかりいただけませんかねぇ」

「つまり融資していただけないこともあり得るっていうことでしょうか」

磯崎は渋面をあらぬほうへ向け、返事をしなかった。

渡邉が苦笑まじりに言った。

「大和店を出店したとき、三号店も四号店もご融資させてください、とおっしゃいませんでしたか」

「時点がズレてますよ。御社の事情もだいぶお変わりになってますからねぇ」

言葉は丁寧だが、脚を組んで背中をソファに凭《もた》せた磯崎の態度は、ひどく横柄《おうへい》に思えた。

「当社は元利の返済について滞ったことは一度もありません。なんとか融資に応じていただけないでしょうか」

「きょうのところはお引き取りください。後日改めてお話を承りましょう。そのときはアポをお願いします。外出しますので失礼させていただきます」

磯崎は時計を見ながら腰を上げた。

なるほど、アポなしで訪問されたことが気にくわないらしい、と渡邉は思った。融資を断られる覚えはない。三菱銀行の支店長ともなると、プライドの塊が背広を着てるようなものだと考えるべきかもしれない――。

しかし、渡邉の判断は甘かった。三菱銀行高円寺支店は、明らかに渡美商事に対する方針を変えたのである。

渡邉は一月十三日の午後一時十五分に、磯崎のアポイントメントを取って、ふたたび同支店を訪れたが、「磯崎はよんどころない用で外出しました。誠に申し訳ございませんが、日を改めていただきたいと、お伝えするよう申しつかっております」と、支店長付の若い女性行員に伝えられた。

「福井課長はいらっしゃいませんか」

「少々お待ちください」

営業課長の福井が応対に出てきた。いつもの揉《も》み手スタイルが、仏頂面に変わっている。

二人は簡易応接室で向かい合った。

「渡邉さん、申しにくいんですが、本部の審査が厳しいんですよ。担保はどうなってますか」

「担保がないことは、先刻ご承知と思いますが」

「それだと、ご融資致しかねます」

「三菱銀行さんに手の平を返すような態度を取られるとは、夢にも思いませんでした。その理由は〝白札屋〟の失敗にあるんでしょうか」

「それもあります。この際ですから言わせていただきますが、だいたいあなたの器では三店までが精いっぱいなんじゃないでしょうか。お好み焼き店までで、とどめるべきでしたね。四店やること自体うぬぼれが過ぎますよ。失礼ながら、いまの渡邉さんに融資してくれる銀行はないと思います」

「そんなにまで言われなければいけませんか。三菱銀行さんとはご縁がなかったと諦《あきら》めます」

渡邉は胸のむかつきを制しかね、投げつけるように言い返した。

高円寺駅までの道すがら、渡邉は悔しさと情けなさで、涙がこぼれて仕方がなかった。大の男が泣きながら歩いているのだから、いぶかしげに振り返る人がいて当然だが、それさえも気づかないほど渡邉は頭の中が混乱していた。

『俺の器では三店までが精いっぱいだと……。よくも抜かしたな！　三菱銀行を見返してやるためにも、俺は負けないぞ。負けてたまるかってんだ』

渡邉は駅のホームで涙を拭《ふ》きながらわが胸に何度も何度も言い聞かせた。

9

渡邉は、来る日も来る日も銀行や信金回りに明け暮れたが、どこからも相手にしてもらえなかった。

三菱銀行が意地悪して、手を回したのではないか、と勘繰りたくなるほどの銀行も、けんもほろろで、中には話も聞いてくれず、門前払い同然の銀行もあった。

社員に対しては努めて明るい態度をよそおったが、洋子にこぼしたことがある。一月下旬のある日のことだ。

「俺は渡美商事をつくったとき、二つの誓いを立てた。してはならないことだが、一つは手形を切らないこと。この点は飲食業は現金商売だから、その必要がないとも言える。もう一つは一〇パーセント以上の高利のお金は借りないということだ。しかし、ここまで切羽詰まると、そうも言ってられないかもしれない。渡美商事は創業三年目にして、最大のピンチを迎えてる」

「わたしも事務をやってるから、危機的状況はよくわかるわ。田舎の父に相談してみようかしら」

「それは勘弁してくれ。俺にも見栄ってものがあるよ」

「でも、まさかサラ金に駆け込むわけにもいかないでしょ」

「それはそうだが、一度親父の意見を聞いてみようかなぁ」

「それこそダメよ。お父さんには国民金融公庫の担保の件で、お世話になったばっかりじゃないの。そうそう甘えられないわ」

「だけど、金融関係の親父のコネは、けっこう筋がいいからなぁ。相談ぐらいは許せるんじゃないか」

しかし、秀樹に相談するまでもなく、翌日の午後二時ごろ、渡邉に朗報がもたらされた。

塩田屋代表取締役専務の吉田謙二が電話をかけてきたのである。

「渡邉さん、景気はどうですか」

「お陰さまで、高円寺北口店も大和店も順調です」

「なにかお困りなことはありませんか。なんなりと相談してくださいよ」

「………」

渡邉は思案顔で、受話器を右手から持ち替えた。

「きのう、久しぶりに〝つぼ八〟の石井社長にお目にかかりましたら、渡美商事を助けてやってもらえないかと申されまして……」

渡邉はハッと胸を衝《つ》かれた。

「〝白札屋・上大岡店〟がどうしようもないことになってます。石井社長のご尽力で、〝つぼ八〟に業態転換できることになったのですが、そのための資金手当てがまだできず、実は途方に暮れてました」

「差し出がましいとも思いますが、資金はどのくらい必要なんですか」
「二千万円です」
「それぐらいでしたら、手前どもにご融資させてください。暮れにご挨拶《あいさつ》に参上したとき
も、お力添えできることがあればなんなりと、とそれとなく申し上げましたのに。〝白札
屋〟のことではちょっと心配しないでもなかったのです。もっと早くおっしゃっていただ
ければよろしかったのに」
「塩田屋さんには以前にもお世話になってますから、言い出しかねてました」
「そんな。とっくにご返済していいただいたじゃないですか。しかもちゃんと利息をつけて
いただいて」
「ありがとうございます。お言葉に甘えさせていただきます」
「あすにでも恵比寿の本店にお出でください。キャッシュでご用意しておきます」
渡邉は、捨てる神あれば拾う神あり、とはこのことだと思った。いや、地獄に仏と言い
換えてもよいくらいだ。
塩田屋は、業務用酒類販売店の大手で、〝つぼ八〟チェーン店と取引関係にある。吉田
は、塩田とみ社長の女婿で、塩田屋を事実上取り仕切っていた。
渡邉は、吉田と電話で話したあとすぐに〝つぼ八〟本部に電話をかけた。
「渡美商事の渡邉ですが、石井社長はいらっしゃいますか」
女性から野太い石井の声に変わった。

「お待たせしました。石井です」

「渡邉です。社長に、またまた借りをつくってしまいましたねぇ。いま、塩田屋さんの吉田専務から電話がありました」

「借りってなんのこと」

「二千万円の融資について、石井社長が口添えしてくださったからこそ、吉田専務はわざわざ電話をかけてきてくれたんです」

「僕は、渡美商事がちょっと心配だってつぶやいただけですよ。吉田さんが気を回してくれたわけだ。けっこう気が利くんだねぇ」

「つぶやいたなんて……。相当強く進言してくださったんでしょう」

「そんなことはない。だいたい無理強いできる立場じゃないですよ。塩田屋にとって渡美商事は得意先だから、美樹さんに頑張ってもらいたいってことでしょう。利害が一致したってことで、融資することのメリットを考えてのことなんじゃないですか。美樹さんには無理に講演に引っ張り出したり、〝つぼ八〟のFC店としても、寄与してもらってる。貸しも借りもない仲だと僕は思ってますよ」

「ありがとうございます。社長のお宅に足を向けて寝られません」

渡邉は受話器を握り締めながら、何度お辞儀をしたかわからない。

10

二月十三日の夕刻六時に、渡邉は川崎日航ホテルのラウンジで、青松に会った。前日、電話で「ご挨拶に参上したいのですが」と相手の都合を訊《き》いたところ、場所と時間を指定してきたのである。

青松は四十歳前後と見受けられた。腰の低い男だった。

「お陰さまで、明日〝つぼ八〟と上大岡の件で契約できる運びとなりました。ご恩は忘れません」

「なにをおっしゃいますか。わたしがもっと早く降りてれば、渡邉さんにご迷惑をかけることもなかったのに、と反省してます。ほんとうに大人げなかったというか、申し訳ないことをしました。渡邉さんに恨まれても仕方がありませんよ」

「とんでもない。バッティングしたら双方が手を引くという〝つぼ八〟のルールに従っていれば、こんなことにはならなかったのです。自業自得で、青松さんを恨むなんて筋違いもいいところです」

「いつでしたか、渡邉さんの講演を聞かせていただきましたが、迫力があるというか、実に素晴らしかったです。感服しました」

「汗顔《かんがん》の至りです。青二才のわたしごときが講演なんて、おこがましき限りですよ。石井社長に乗せられてしまいまして」

「ご健闘をお祈りします。渡邉さんが手がければ、上大岡店の成功は間違いありませんよ」

「恐れ入ります」

　青松は次の予定があると見え、時計を気にしているので、渡邉はもう一度礼を言って青松と別れた。


　二月二十三日の午後二時、渡邉はサントリー東京本社で、業態開発本部長の古平《こだいら》昭信と本名課長に面会し、〝白札屋〟撤退の挨拶をした。

「サントリーさんには大変ご迷惑をおかけしました。心よりお詫《わ》び申し上げます。二月二十五日で〝白札屋・上大岡店〟の看板をおろさせていただきます。本名さんの慧眼《けいがん》に脱帽します」

「あのときは渡邉さんの気魄《きはく》に圧倒されました。渡邉さんならやるかもしれないと期待してたんですけど」

「渡邉さん、ほんとうに、ご苦労さまでした。いろいろありがとうございました」

　古平が起立して、低頭したので、渡邉も、本名も、あわててソファから腰をあげた。

「恐縮です。こちらこそお世話になりました」

　渡邉も深々と頭を下げた。

　古平は四十四歳で、二十七歳の渡邉より遥《はる》かに先輩だが、折り目正しい紳士だった。

　ソファに坐《すわ》り直して、古平が言った。

「渡邉さんは実にご立派です。いつ〝白札屋〟を畳んでもおかしくありませんのに、今日も営業を続けられてるんですから」

「サントリーさんの名前に傷をつけてしまい、断腸の思いです」

　本名が表情をひきしめ、咳払《せきばら》いをしてから言った。

「そんなことはありませんよ。サントリーの指導が悪いと言って、損害賠償を要求するような手合いもいますからねぇ」

「自分の経営の失敗を棚に上げて、そんなことを。信じられません」

　渡邉が驚きの目を見張った。

　古平が優しい目で渡邉を見返した。

「世の中にはいろんな人がいます。渡邉さん、申し遅れましたが、〝つぼ八〟への業態転換、おめでとうございます」

「ありがとうございます。二月二十六日から外装、内装の工事にかかります」

「すると、三月中旬に新装開店ということになりますか」

　古平の質問に、渡邉は「はい」と笑顔でいい返事をした。

　まだ気を緩められる状況ではないが、経営危機を脱して、渡邉は晴れやかな気分だった。

三月十一日に開店した〝つぼ八・上大岡店〟は、大和店の記録を塗りかえるほど、当たりに当たった。ついでながら、渡美商事は塩田屋から借り入れた二千万円を八パーセントの利息をつけて、九か月で全額返済したことを付記しておく。

第九章　飛躍へのチャンス

1

昭和六十一年（一九八六年）十二月八日の朝、渡邉美樹《わたなべみき》は定刻の八時に、横浜・関内《かんない》の渡美商事本社事務所に出社した。

当時、渡邉夫婦は〝つぼ八・大和店〟近くのアパート住まいだったので、相鉄線大和駅から横浜駅経由で、京浜東北線に乗り換えて関内駅に出るが、出勤時間は約四十五分だった。

本社事務所といっても、メンバーは渡邉、洋子《ひろこ》、加藤（経理部長）、女子事務員の戸田みさ子の四人。みさ子は二十一歳。〝つぼ八・大和店〟でアルバイトをしていたが、性格が明るく、気働きするほうなので、社員に昇格させて、OLになった。洋子は食後の後片づけ、洗濯などの家事を終えてから、渡邉より一時間後にアパートを出る。

八時半までに、加藤とみさ子が出勤してくるので、三十分ほどの間、事務所はいつも渡邉一人だった。

三十分間、渡邉は新聞に目を通す。

日経産業新聞を拾い読みしていて、渡邉はドキッとした。

〝外食専門担当課　日本製粉が新設〟の二段見出しに続いて、次のように書かれていた。

日本製粉は開発部内に外食事業専門の担当課を置くとともに、外食関連の関連会社の責任者からなるプロジェクトチームを設けた。「外食部門のコントロールタワー的な役割を持たせる」(同社）としており、本格的に外食事業を展開するため各種の調査や計画立案を進める。

開発部内に置いたのは市場開発第三課でスタッフ数は三人。外食事業を手がけている子会社のオーマイ（本社東京、社長水田源蔵氏、資本金三億二千万円）などの担当者とチームを組んで、新しい食材の開発など事業のプランニングや既に出している店の実績調査を行う。

日本製粉グループは子会社が首都圏でドーナツ店を六カ所持っているほかは、レストランとパスタのアンテナショップをそれぞれ一店ずつ出しているだけ。今後、「他の外食産業と提携することを含め、戦略を練りたい」としている。

渡邉はこの記事を二度も三度も読み返し、最後の「他の外食産業と提携することを含め、戦略を練りたい」の個所を、赤色のマーカーで塗り潰《つぶ》した。そして、日本製粉本社の電話番号を『会社四季報』で調べてメモに取った。

「おはようございます」

八時二十五分にみさ子が出社した。

「おはよう」

渡邉はおざなりに返したが、みさ子が小首をかしげたほど、いつもの笑顔がなかった。心ここになかったのだから仕方がない。

八時半に加藤が、九時五分前に洋子が出社したが、このときも渡邉の表情は厳しかった。時計に何度、目を落としたことか。九時になるのが待ち遠しくてならなかった。時計の秒針がのろく感じられてならない。

やっと九時になった。と同時に、渡邉は受話器を取った。

「もしもし、渡美商事の渡邉と申しますが、開発部の市場開発第三課をお願いします」

「はい。市場開発第三課ですが」

女性の声だった。

「けさの日経産業新聞に載っていた御社に関する記事を読んだ者ですが……」

「少々お待ちください。担当の者と替わります」

「はい」

「市場開発第三課の橋本です。日経産業新聞をお読みになったそうですが、どういうことでしょうか」

「〝他の外食産業と提携することを含め、戦略を練りたい〟と、この記事に書いてありますが、わたくしどもは日本でいちばん美味しいお好み焼き店を経営しております。日本製粉さんと提携していただける資格を備えていると自負しているのですが、一度話をさせていただくチャンスをお与え願えませんでしょうか」

「お好み焼き店ですか」

「はい。まだ年商三億円程度の零細企業ですが、チェーン店を大々的に展開していきたいと考えております」

「責任者の方ですか」

「はい。渡美商事、渡邉の渡に美しいと書きますが、渡美商事社長の渡邉美樹と申します」

「御社の住所と電話を教えてください。後日、連絡致します」

渡邉は住所と電話番号を伝えたあとで、声量を高めた。

「お電話をお待ちしております。一度ぜひ橋本さんにお目にかからせてくださいませんか」

橋本和敏は渡邉の押しの強さにたじたじとなったが、入社四年目の平社員に明確な返事はできない。

「後日、連絡します」

「よろしくお願いします」

電話が切れたあとで、橋本は開発部次長兼市場開発第三課長の坂元雍明《やすあき》に、渡邉の電話について報告した。

「日経産業新聞を読んで、さっそく電話をかけてきた人がいます。渡美商事社長の渡邉という人ですが、本社は横浜の関内です。お好み焼きのチェーン店を展開していきたいので当社と提携できるのではないかと……。年商三億円だそうです」

「ほーう。この記事の反響第一号ってわけだねぇ」

坂元はデスクに広げた日経産業新聞から目を上げて、精悍《せいかん》な顔を和《なご》ませた。

「おもしろそうじゃないか。お好み焼きなら粉に関係もある。きみ、渡邉という人に会ってきたまえ」

「さっそく本日午後にでも関内に行ってきます」

橋本も色白の童顔をほころばせた。

「朝一番に電話をかけてきたとは、熱意があるというか、意欲的だねぇ」

坂元は昭和三十四年三月に一橋大学を卒業した。年齢は五十一歳。日本製粉はピザ・レストランの出店を計画し、この八月に米国ダラスのピザイン社との業務提携を企図して交渉したが、国内の市場調査の結果も含めて、結局、計画を断念した経緯がある。外食事業に対する取り組み姿勢を見直す目的で、市場開発第三課を発足させた。スタッフは女性事務員を含めて三人だから、実質的には坂元と橋本の二人だ。

橋本は渡美商事との提携が第三課の初仕事になるような予感を覚えながら、渡美商事に電話をかけた。

「日本製粉の橋本です。渡邉社長はいらっしゃいますか」

「はい。少々お待ちください。渡邉に替わります」

電話に出たのはみさ子だった。

「社長、日本製粉の橋本さんとおっしゃる方からお電話です」

「えっ！」

渡邉はみさ子からひったくるように受話器を取って、耳に押し当てた。

「お待たせしました、渡邉です」

「先刻電話をいただいた橋本です。本日午後二時にお訪ねしたいと思いますが、ご都合はいかがでしょうか」

「ありがとうございます。しかし、いらしていただくのは申し訳ありませんから、わたしがそちらへ出向きます」

「いや、わたしがお訪ねします。それでは二時にお邪魔しますので、よろしくお願いします」

「恐縮です。関内駅から五分足らずのところです」

渡邉は受話器を戻して、うわずった声で洋子に言った。

「驚いたなぁ。名門の大企業なのに、向こうから訪ねてくるって。呼びつけて当然なのに」

「でも、渡美商事に関心を持ったとすれば、どんな会社か見ておきたいと思うんじゃないかしら」

「なるほど。こんな小さなオフィスでがっかりしないかねぇ」

「高円寺のマンションよりも、ここのほうがずっとましですよ。小さな外食産業の事務所なんて、こんなものでしょう」

かつて渡邉、洋子、黒澤、金子の四人が共同生活した高円寺のマンションは、借り上げ社宅扱いで、いまは呉《ご》と二人の社員が住んでいた。

2

雑居ビルの五階にある渡美商事の本社事務所のスペースは、橋本が想像していたより遥《はる》かに狭く、机も五つしかなかった。

加藤は外出していたので、事務所には三人しかいない。

「渡邉と申します。よろしくお願いします。お呼び立てするようなことになりまして、申し訳ありません」

「とんでもない」

名刺を交換しながら、仮にも年商三億円の会社の社長なのだから三十路《みそじ》は越えているだろう、と橋本は思った。渡邉がまさか自分と同年の、二十七歳とは想像だにしなかった。

「どうぞお坐《すわ》りください」

渡邉にすすめられて、橋本がソファに腰をおろした。

渡邉の名刺の肩書は、有限会社渡美商事代表取締役社長と、株式会社ワタミ代表取締役社長の二つだ。

渡邉はその由来から説明した。

「渡美商事は〝つぼ八〟のFC二店とサントリー系の〝白札屋〟の三店を出店してます。〝つぼ八〟のほうは高円寺北口店と大和店です。〝つぼ八〟のFC店、直営店は全国に三百店以上ありますが、その中で渡美商事の二店は売上高、収益率とも、一、二位を占めています。株式会社ワタミのお好み焼きHOUSEはまだ一店しかありませんが、今年の五月に出店したばかりですけれど、きわめて順調なので、チェーン店の展開を考えてます」

渡邉は〝白札屋〟については省略した。不振店の内容について、話す気にはなれない。

「お好み焼き店の場所はどこですか」

「関内のエクセレントビルの二階にあります。ここから二、三分のところですから、ぜひご覧ください」

「会社案内のパンフレットのようなものはありますか」

「まだ創業間もないので、パンフレットはありませんが、渡美商事とワタミの現況をワープロで打ち出しておきました」

渡邉は、橋本の来社に備えて、みさ子に用意させておいた資料をセンターテーブルに置いた。

「社員はまだ十三人しかおりません。学生アルバイトを五十人ほど使ってます。十年後に店頭公開できる企業に育てたいと考えてます」

橋本が資料を手に取って、目読し始めた。

途中で橋本が啞然《あぜん》とした顔で渡邉を見上げたのは、渡邉の年齢が自分と同年だとわかったからだ。

「渡邉さんは、わたしと同じ年齢なんですねぇ。創業は二年前の四月ですか。すると二十四歳でもう社長だったんですねぇ。驚きました。いくらなんでも三、四年は先輩だと思ってましたが」

「わたしが小学校五年生のときに、父の会社が倒産したので、それが悔しくて小学校の卒業記念アルバムに〝おとなになったら会社の社長になります〟って書いたくらい、一日も早く会社の社長になりたくて……」

渡邉は、ミロク経理時代や佐川急便SD《セールスドライバー》時代の苦労話を披瀝《ひれき》したくなったが、目の合った洋子が小さくかぶりを振ったので、思いとどまった。

渡邉は苦笑した。初対面で、それはない――。

「〝お好み焼きHOUSE唐変木《とうへんぼく》〟ですか。変わったネーミングですねぇ」

「〝唐変木〟っていう看板を掲げたお好み焼き店が繁盛してる夢を見たものですから」

「なるほど。そういうことってありますよねぇ」

橋本が笑いながら言ってから訊《き》いた。

「これはいただいてよろしいですか」

「はい。どうぞ」

橋本が資料を四つに折って背広の内ポケットに仕舞った。

「それではせっかくですから〝唐変木〟を見せていただきましょうか」

「ご案内します」

渡邉は、あらかじめ担当役員の黒澤に電話をかけて、〝唐変木〟で待機するよう申し渡してあった。

黒澤と店長の笠井が、ユニホーム姿で二人を迎えた。

笠井は二十二歳。いちばん若い店長だ。渡邉の一番弟子をもって任じていた。奄美大島《あまみおおしま》出身で、どんぐり眼をきらきらさせながら、コマネズミのように動き回っている。働き者で、気風《きっぷ》のいい若者だが、多血質でもある。

午後三時を回ったところだが、三人連れの客が二組来店していた。

空っぽじゃなくてよかった、と渡邉はホッとした。

「取締役の黒澤と店長の笠井です。こちらは日本製粉の橋本さんです」

名刺を交換し、挨拶《あいさつ》したあとで、笠井が店内を案内した。

「高級レストランのイメージですねぇ。入口に皮張りメニューのスタンドが置いてあるので、おやっと思いました」

「お客様は圧倒的に若い人が多うございます。雰囲気の割には料金はリーズナブルです」

「若者の支持を得るには、それがいちばんですよ」

「東京のお好み焼き店は、自分で焼くようになってますよねぇ。テーブルに鉄板はありますが、〝唐変木〟は関西風なんですね」

背後に控えていた渡邉が、橋本に並びかけた。

「おっしゃるとおりです。当店は関東における本格的なお好み焼き専門店の第一号店だと思います。橋本さん、おやつに試食してみませんか。美味しいですよ。ここにいる黒澤に焼かせます。黒澤は大阪と広島で修業してきました。関西風お好み焼きをベースに、さらに当店なりに工夫を凝らしてグレードアップされてます。わたしは日本一美味しいお好み焼きだと確信してます」

黒澤がはにかんだように、小さく笑った。

「社長、〝焼きん娘《こ》〟のほうがいいんじゃないですか」

「きょうは特別だから、黒澤に焼いてもらおう。腕によりをかけてひとつ頼むよ」

「きょうはけっこうです。お腹も空《す》いてませんし」

渡邉は橋本が遠慮していると思ってもう一度すすめた。

「ひと切れかふた切れなら、おやつにちょうどいいと思いますけど。わたしもご相伴《しょうばん》させていただきます」

渡邉が背後の黒澤をふり返った。

黒澤は目でうなずいて、笠井を促して仕度にかかった。

3

黒澤と笠井が、厨房《ちゅうぼう》で広島風お好み焼きの下ごしらえにかかっている間、渡邉は橋本と立ち話をしていた。

「明るくて、きれいなお店ですね。バーみたいなカウンターまであるんですか」

「ええ。カウンターでお好み焼きを食べながら、水割りウイスキーやビールを飲むのもおつなものですよ」

渡邉は笑顔で答えてから、店内の壁に掲げた〝お好み焼きHOUSE唐変木べからず十戒〟の看板を指差した。

「これをご覧ください」

橋本は途中から声に出して読んだ。

「八、焼きん娘に手を出すべからず
九、〝唐変木〟のお好み焼きがおいしいことを周りの人に言うべからず
十、〝唐変木〟のお好み焼きの味の秘密は聞くべからず
ふうーん、おもしろいですねぇ。特に〝焼きん娘〟はおもしろいですよ」

「ありがとうございます。焼きん娘も含めて、わたしが十戒をひねり出したんです」

渡邉がわが意を得たりと言いたげににんまり笑った。副店長の藤井貴章が窓側にあるテ

ーブルの鉄板のガスに点火した。笠井も藤井も、アルバイト組からの昇格社員だ。藤井も二十二歳。

当初の〝唐変木〟は幅六〇センチ、奥行き四五センチ、厚さ七ミリの鉄板付きテーブルが五台、いずれも四人掛けだが、中央のメーンテーブルは小パーティー用に椅子が十八脚備えられていた。メーンテーブルの鉄板は幅三メートル、奥行き八〇センチ、厚さ一センチ。

鉄板が熱くなったのを見てとって、渡邉が橋本に椅子をすすめた。

「どうぞお坐りください」

笠井がワゴンを押してきた。エプロン姿の黒澤があとに続く。黒澤が柄《え》が木製の、大きめな金属製のヘラを両手であやつって、お好み焼きを焼き始めた。

「ステーキハウスのイメージですねぇ」

「ええ。五月の開店当初はヘラを使いこなせない〝焼きん娘〟に苛《いら》だって、『ちょっと貸してみぃ。こうして焼くんや』って、関西のお客様に注意されたことがありましたが、いまはそんなことはありません」

渡邉がウーロン茶を飲んで、話をつづけた。

「きょう召し上がっていただくのは〝唐変木広島焼き〟と言ってます。後ほどメニューを差し上げますが、当店一のヒット商品です」

黒澤があざやかな手さばきで、焼きあがった〝唐変木広島焼き〟を六つに切って、二つの取り皿に載せた。

「ずいぶん大きいんですねぇ」

「広島風のお好み焼きは、生地だねと具を混ぜないのが特徴です。ですから大盛なんです。ふわっとしてますが、直径二〇センチ、厚さは四センチあります」

説明役はもっぱら渡邉が引き受けた。

「さあ、どうぞ召し上がってください。熱いから気をつけてくださいね」

渡邉に促されて、橋本が右手に箸《はし》、左手に小さなヘラを持った。

「いただきます」

橋本は自分で小さく切った一片を口へ運んだ。

「美味しいでしょう。具は卵、豚肉、イカ、タコ、それに焼きそばが入ってます」

渡邉に催促されて、橋本は水を飲んでから、「ええ」と小さくうなずいた。

「七百五十円でこの質と量ですから、お客様に受けるのは当然です。メニューはこれだけではありません。十二種類もあります。市場開発第三課長さんにも一度ぜひ試食していただきたいですねぇ」

「渡邉さん、お好み焼きについて、わたし以上に興味を持ったのは市場開発第三課長の坂元なんですよ。坂元に命じられて、きょうやってきたんです。近日中に必ず坂元を連れてきます」

「きょうは月曜日です。今週中にぜひいらしてください」

「坂元は開発部次長も兼務してますので、けっこう忙しくしてます。今週中は無理かもしれませんが、来週中には必ず連れてきます。坂元は、渡美商事さんにも関心を持ってるようですから、喜んで試食に来ると思います」

「坂元次長にくれぐれもよろしくお伝えください。お目にかかるのをたのしみにしてます」

「申し伝えます」

笠井が気を利かせて、〝唐変木〟のメニューを大型の封筒に入れて、橋本に手渡した。

渡邉が橋本を関内駅まで見送った。

関内駅から〝唐変木〟に戻った渡邉が、黒澤を隅のテーブルに誘った。

渡邉は手帳に挟んでおいた日経産業新聞の切り抜きをひろげて、テーブルに置いた。

「ちょっと読んでくれないか」

切り抜きを手に取って目を走らせていた黒澤が紅潮した面を上げるまで一分半ほど要した。

「朝九時に電話をかけたら、すぐ折り返し電話で、橋本さんが来てくれるという返事だった。対応の素早さにびっくりしたよ。日本製粉といえば名門のおっとりした会社だとばかり思ってたからねぇ。〝唐変木〟のチェーン展開で日本製粉と提携できれば、凄《すご》いことになると思うんだ」

「ウチみたいな小さな会社を相手にしてくれますかねぇ」

「たしかにその可能性は低いかもしれないが、わざわざ出向いてきてくれたんだぜ。可能性がゼロでなければ、提携のための努力をしてみる価値があるとは思わないか。〝白札屋〟が惨憺《さんたん》たることになってるから、〝唐変木〟のチェーン化を自力で展開することは困難だ。俺はこの記事を読んだとき、なんだかよくわからないが、すごくドキドキした。藁《わら》にもすがる思いで電話をかけたら、打てば響くように反応してきた。超楽観的と、黒《くろ》は笑うかもしれないけど、瓢箪《ひょうたん》から駒《こま》みたいな結果にならないとも限らないよ。もし、日本製粉と提携できたら、銀行の信用力もつくし、どれほどプラスをもたらすか、計りしれない」

「それはおっしゃるとおりだ。まず坂元さんが来てくれるかどうかですね」

黒澤も少し胸がドキドキしていた。

4

橋本が新宿駅南口に近い渋谷区千駄ヶ谷の日本製粉本社ビルに帰ってきたのは午後五時を過ぎていたが、坂元は会議で席を外していた。

坂元が席に戻ったのは六時近かった。

「お好み焼き、どうだった」

「はい。試食してきました。〝唐変木広島焼き〟と称する焼きそばがまじってる広島風お好み焼きですが、好みにもよるんでしょうけど、そんなに美味しいとは思いませんでした。次長にもぜひ試食していただきたいと、社長の渡邉さんが言ってましたが、わたしと同じ年齢なのには、びっくりしました」

「橋本はいくつだっけ」

「二十七歳です」

「ふうーん。そんなに若いのか」

「やたら明るくて、背の高い好青年っていう印象です。〝唐変木〟という妙な名前の店ですが、担当役員の黒澤という人も、店長の笠井という人も、皆んな若くて、店も高級レストラン風っていうか、洒落《しゃれ》ていて、きれいで好感が持てました」

「お好み焼き店は何店舗あるの」

「まだ一店です。それも今年の五月に開店したばかりですが、関東では本格的なお好み焼き専門店の第一号店という触れ込みでした。焼きん娘《こ》、娘はムスメと書きますが、焼きん娘が焼いたお好み焼きを客に食べさせる仕組みです。〝唐変木〟のメニューと資料をもらってきました」

　坂元は資料を一読して、「会社を二つ持つ必然性があるんだろうか」と、ひとりごちた。

「〝つぼ八〟のFC店と区別したいんじゃないでしょうか。〝お好み焼きHOUSE唐変木〟は自社ブランドですから」

「それにしても、一本化できるんじゃないのか。一社で充分だろう」

「………」

「きみ、お好み焼き店をチェーン化できると思うか」

「ええ。ワタミ一社では資金力もないでしょうから無理でしょうが、仮に当社とパートナーを組めば、チェーンの展開は可能だと思います」

タテ三六センチ、ヨコ二五センチ五ミリの厚紙のメニューを眺めながら、坂元が声に出して読んだ。

「〝唐変木　特選お好み焼き〟〝専門店の味を是非お楽しみください〟。なるほど。〝唐変木焼き〟〝唐変木スペシャル〟〝唐変木デラックス〟〝唐変木スーパーデラックス〟〝唐変木横浜焼き〟〝唐変木広島焼き〟。うん、これだな。橋本が不味《まず》いって言ったのは……」

「不味いとは言ってません。そんなに美味しくないと……」

坂元はふたたびメニューに目を落とした。

「〝お好みネギ焼き〟〝お好みピザ焼き〟。ふぅーん、こんなのもあるのか。具は〝卵、サラミ、チーズ、オニオンスライス〟〝お好み焼きをピザソースで仕上げます。洋風お好み焼き決定版〟〝七百円〟ねぇ」

ここまで読んで、坂元は意を決したようにメニューをデスクに放り投げた。

「よし。さっそく〝唐変木〟に試食に行くとするか」

坂元は手帳を開き、日程を確認した。

「来週十六日の火曜日の昼食時間を当てよう。十一時から二時まであければいいだろう」

「承知しました。渡邉さんに電話を入れておきます。次長が行ってくだされば、渡邉さん、喜びますよ。必ずお連れすると約束したわたしの面目も立ちます」

橋本は自席に戻って、渡美商事に電話をかけた。渡邉は外出していたが、電話を取った洋子に「連絡はつきますので、五分か十分後に折り返し電話を差しあげたいと存じますが、よろしいでしょうか」と言われ、橋本が答えた。

「いや、けっこうです。来週十六日の火曜日正午に、次長の坂元を〝唐変木〟に連れて行きます、と渡邉さんにお伝えください」

「承知致しました。ありがとうございます」

洋子は電話を切って、〝白札屋〟に電話をかけた。渡邉は夜〝白札屋〟に詰めていることが多い。アルバイトの学生から渡邉の声に変わった。

「もしもし」

「あなた、朗報よ。日本製粉の坂元次長さんが来週火曜の正午に〝唐変木〟にお見えになるんですって。いま、橋本さんから電話があったわ」

「そう。うれしいなぁ。橋本さんは約束を守ってくれたわけだ。誠実な人だねぇ」

「あなたや黒澤さんが誠実に応対したからこそ、橋本さんも誠意を示してくれたんだと思うわ」

「俺のほうは、必死だからねぇ。〝白札屋〟の挽回《ばんかい》をしなければ、社長なんて偉そうに言ってられないもの」

渡邉も洋子も声が弾んでいた。

5

坂元と橋本が来店した当日、〝唐変木〟は満席ではなく、三分の二ほどの入りだった。

「きょうは空いてますが、いつもですと、昼食時で二回転はします」

渡邉はわれながら言い訳がましいと気になったが、さらにつづけて言った。

「夜のほうが、お客様はずっと多いんです」

「なるほど。橋本もお洒落《しゃれ》ないい店だと言ったが、いいお店ですねぇ」

「ありがとうございます」

「メニューを拝見しましたが、橋本によれば広島風はたいしたことはないようですから、別のにしましょうかねぇ」

橋本がバツが悪そうに、うつむいた。

「お腹が空いてなかったせいで、それほど美味しく感じられなかったんだと思います」

渡邉が苦笑まじりに言った。

「次長さん、ぜひ広島風を召し上がってみてください。人気ナンバーワンなんです」

「社長のおすすめ品とあらば、そうしましょうか。橋本は〝唐変木クレープ焼き〟にしてみてはどうかな。〝オムライスならぬオムソバ。ふわっとクレープの中からソース味の焼きそばが出てきます〟。美味しそうじゃないか」

　坂元がメニューを指差して、にやにやしながら、橋本を横目でとらえた。

「橋本さん、きょうはお腹が空いてますでしょう。半分ずつ召し上がってくださいません
か。焼きん娘に焼かせますから、こないだよりは美味しいと思います」

「それはいい」

　橋本に代わって、坂元が答えた。

　二人ともコンクールの審査員のような真剣な表情で、試食を始めたが、坂元から眉間《みけん》の
たてじわが消えることはなかった。ほとんど渋面に近い。

「いかがですか。美味しいでしょう」

　渡邉が水を向けた。しかし、坂元はどっちつかずにうなずくだけだった。

　渡邉は絶望的な気持ちになった。固唾《かたず》を呑《の》んで見守っている笠井も藤井も然《しか》りだ。

　橋本は、それでも〝広島焼き〟と〝クレープ焼き〟を半分ずつ、きれいにたいらげてく
れたが、コメントはしなかった。上司の前で、出過ぎた真似はできない。それぞれ、二口
か三口食べただけで、箸とヘラを投げ出した坂元が、佇立《ちょりつ》している渡邉を見上げた。

「〝ピザ焼き〟をいただきましょうか」

「かしこまりました」

　笠井と藤井が厨房《ちゅうぼう》に走った。

「渡邉さん、お坐《すわ》りください」

「はい」

渡邉が緊張した面持ちで橋本の隣に腰をおろした。

「お好み焼きをくさすつもりはありませんが、味のバリエーションがソースとマヨネーズだけ、というのがわたしには気になるんです。そういう意味では〝ピザ焼き〟は楽しみです。だから最後にとっておいたんです」

「〝唐変木広島焼き〟は、不合格なのでしょうか」

「そんな僭越《せんえつ》なことは申しません。しかし、率直に申しあげて、いまひとつっていう感じがしないでもないですねぇ。もっとも、わたしの個人的な好みの問題にすぎないと思いますけど」

二台目のワゴンが到着した。

〝焼きん娘〟に代わって、藤井が〝ピザ焼き〟を焼いた。小さなひと切れを口に入れて、坂元は時間をかけてゆっくりと賞味した。二切れ、三切れと食べすすんでから放った坂元の言葉を、渡邉は生涯忘れないだろう。

「おっ！　これはいける！　美味しいじゃないですか」

「…………」

「チーズとピザソースで食べられて、しかもいろいろな具を載せれば、バラエティに富んだ味わい方が楽しめますねぇ」

「ありがとうございます」

渡邉が感きわまったような声で言って、低頭した。

「きみも少し手伝ってくれ。これはいけると思うよ」

「はい」

橋本は満腹と見え、〝ピザ焼き〟を二切れしか食べなかったが、坂元に「どう」と訊《き》かれたとき、「美味しいです。最初に食べてればもっと美味しかったんじゃないでしょうか」と答えた。

ピザに固執する坂元の心象風景が、橋本には痛いほどわかっていた。

6

コーヒーを飲みながら坂元が言った。

「橋本とも話したんですが、二つの会社を一本化したほうがわかりやすいというか、仮に当社と提携することになったとして、上のほうを説得しやすいと思うんです。提携の有無にかかわらず、わたしは一つの会社にすべきだと思いますよ。一本化について不都合がありますか」

「いいえ。ありません。〝唐変木〟の自社ブランドに固執し過ぎたかもしれません」

渡邉は初対面の坂元から「提携」の言葉が聞けるとは夢にも思っていなかったので、胸の高鳴りを覚えるほど興奮した。声がうわずるのも仕方がない。

「関内のこの店は、いわば実験店です。メニューについても、試行錯誤を繰り返してますが、開店七か月経って、お客様の嗜好《しこう》もだんだんわかってきました。関東に関西風のお好み焼きが根づくか心配もしましたが、わたしは手ごたえのようなものを感じ始めています。〝唐変木〟のチェーン化といいますか、FC展開といいますか、それは充分可能と思います。日本製粉さんにバックアップしていただければ、という前提条件がありますが」

「わたしもネガティブではありません。ひとつ前向きに検討しようじゃないですか。老大国とまでは言いませんが、保守的な会社なので、上を説得するのは容易ならざることですが、頑張ってみましょう。週一回、渡邉さんとわたしが行ったり来たりして、将来の展望やら、ワタミさんの現況などについて意見交換しようじゃないですか」

「ありがとうございます。お尋ねがあれば、なんでも包み隠さず、正直にお話しします」

「外食産業との提携先については、もう少し大きな会社を考えてたのですが、新聞を見てすぐに電話をかけてきた渡邉さんの熱意を多として、わたしもひと肌脱ぐ気になりました」

　坂元が橋本と顔を見合わせながら、話をつづけた。

「ピザ・レストランを志向したことがあるが、お好み焼きは頭の片隅にもなかったねぇ」

「ええ。意表を衝《つ》かれたような感じがします」

「お好み焼きを売りまくって、日本製粉さんの小麦粉の売上げ増に少しでも寄与したいと思います」

「そう願いたいものですねぇ」

坂元がコーヒーカップをソーサーに戻してにこやかに言った。

7

仕事始めの昭和六十二年一月五日月曜日の午後、渡邉は年始の挨拶《あいさつ》を兼ねて、日本製粉本社に坂元を訪問した。

五階の応接室で、二人の話は弾んだ。

「坂元次長のご意見はもっともと思いますので、二つの会社を一つにしますが、この際個人色の強い社名を変えたいと考えてます。ところが、なかなかいい社名が思いつかなくて困ってます」

コーヒーをすすりながら、坂元は小首をかしげた。

「片仮名のワタミは悪くないと思いますけど……。個人色が出ても、いっこうにさしつかえないんじゃないですかねぇ」

「しかし、日本製粉さんに出資していただくことになったときに、日本製粉さんに申し訳ないような気がしないでもありません。日本フードサービスなんかどうでしょうか」

渡邉はいくらか卑屈になっている自分を意識していた。なんとしても日本製粉の出資を引き出したい、という思いが強かったのである。

「それは考え過ぎですよ。こじつけかもしれないが、ワタミを、海を渡ると解釈できないこともないじゃないですか。漢字にすれば〝渡海〟にもなる。海を渡るほど、広く外食産業の輪を広げる……。そう考えればワタミはいいネーミングですよ。ワタミだけだとわかりにくいので、ワタミフーズとかワタミサービスとか、あるいはもっとわかりやすくワタミ外食産業とする手もありますけど、ワタミを変える必要はないと思います」

「ありがとうございます。次長にそうおっしゃっていただけたので、ワタミを残す方向で考えさせていただきます」

坂元がコーヒーカップをソーサーに戻した。

「極端な言い方をすると、わたしは〝唐変木〟のお好み焼きはどうでもいいと思ってます。渡邉さん個人に、日粉の外食部門の展開をまかせたい――。そんな気持ちなんです。外食産業に対するあなたの熱意というか、情熱には頭が下がりますよ」

きょうで四回目の意見交換だが、坂元からここまで言われたら、男冥利《みょうり》に尽きる。渡邉は胸が熱くなった。

その夜、渡邉は高揚した気分で日記を書いた。

坂元次長との出会いは、俺の人生の中でも大変な幸運としか言いようがない。サラリーマンとは思えないほどの行動力と起業家の資質を備えた人だ。こんな凄《すご》い人にめぐりあえたことを神に感謝したい。

お会いしてからまだひと月足らずなのに、「渡邉個人に日粉の外食部門の展開をまかせたい」とまで、俺に賭《か》けてくれている。感謝感激だ。有難い、ほんとうに有難い。坂元次長の日粉社内における根回しは予想以上に進展しているように思える。念願の日粉との提携は遠からず実現するだろう。

これからは資金面の心配をせずに、先を読んだ店舗展開を一店舗ずつ着実にやっていきたい。日本製粉の大きなバックがあれば、FC展開も可能だ。

いま、ワタミは上場の道が大きく開けた。六年後の上場を目指したい。なんと素晴らしいことか。

8

しかし、渡邉が舞い上がるほど坂元は甘くはなかった。

坂元は、月次決算から毎日の売上げまで報告してほしいと要求してきたのである。

〝白札屋〟撤退の件はできればオープンにしたくなかったが、「なんでも包み隠さず話す」と約束した手前、そうもいかない。

「わずか五か月で三千万円ほど赤字を積み上げてしまいました。外装、内装、物件の保証金などで一億一千万円ほど注ぎ込んでますから、相当厳しい局面を迎えてますが、〝つぼ八〟への業態転換が決まりましたので、一年で取り返します」

業態転換に伴って二千万円必要なことも伝えたし、三菱銀行高円寺支店に融資を断られたことも、渡邉は坂元に打ち明けた。

「〝つぼ八・高円寺北口店〟と〝大和店〟の実績がありますので、他行から融資は受けられると思います」

「楽観的ですねぇ。銀行は担保主義ですから、厳しいかもしれませんよ」

日本製粉本社の応接室で、渡邉からその報告を受けたとき、坂元は眉《まゆ》をひそめた。

「ワタミさんとの提携について、資本参加する方向で常務会に諮《はか》ってますが、〝白札屋〟の問題はネックになるかもしれませんねぇ。その点をクリアしていただかないと、説得できないと思いますよ。それと、客がお好み焼きを自分で焼くのが東京の風潮だから、関西風のお好み焼きは馴染《なじ》まないんじゃないか、と否定的な意見を述べる人もけっこう多いんです」

提携を断るための伏線だろうか、と渡邉は気を回したが、坂元は〝白札屋〟の問題を常務会に報告しなかった。報告すれば、このプロジェクトはおしまいである。

塩田屋から融資が受けられることになったとき、渡邉は喜び勇んで、坂元に電話をかけた。

「〝つぼ八〟に酒類を納めている塩田屋という問屋さんから、二千万円の融資をしてもらえました。三月中旬には〝つぼ八・上大岡店〟に衣替えできる見通しです」

「それはよかった。ただ、常務会の空気はあんまりよくありません。どうしたら突破口を開けるか、悩んでるところです」

「やはり〝白札屋〟の件が足を引っ張る結果になったのでしょうか」

「それは関係ありません。わたしが握り潰《つぶ》して、常務会には報告してませんから」

「………」

「もう少し時間をください。三月までに結論を出したいと思ってたのですが、ちょっと難しいかもしれませんねぇ。意思決定の遅い会社なんですよ」

「せっかくのお話です。なんとかこのご縁を生かしていただければ、と願ってます」

「もちろん、わたしもそうですよ」

坂元の声は明るかったが、渡邉は不安感を募らせていた。

9

二月一日日曜日の午前十時に、渡邉は黒澤、金子、呉の三人を、関内の本社事務所に招集した。

「日本製粉の坂元さんから、渡美商事とワタミを一本化すべきだ、と指摘されたことはすでに話したが、それを前提に、株式会社ワタミの商号をワタミフードサービス株式会社に変更したいと思うんだ」

渡邉はソファから洋子のほうへ眼を遣《や》りながら、話をつづけた。

「坂元次長の意見を参考にして、洋子と二人でひねり出したんだが、新社名はワタミフーズかワタミフードサービス株式会社のどちらかにしたい。ほかにもっとよいネーミングがあれば、出してくれ」

「ワタミフードサービスがいいですよ。サービスは奉仕という意味がありますから、お客様に対して奴隷《どれい》たれ、と言った社長の考えにマッチします」

黒澤の意見に、金子も呉も賛成した。

「じゃあ、ワタミフードサービスに決めよう。形式上、商号の変更は定款の変更を伴うので、株主総会の承認を要することになる。つまり、臨時株主総会を本日開催し、本日付で商号をワタミフードサービス株式会社に変更する旨、定款第一条に記載するわけだ。あとで議事録にして、戸田君にワープロで打ち出してもらう」

渡邉は、こんどはみさ子のほうへ目配せした。みさ子がうなずき返した。通常、日曜日は事務所は休みだが、みさ子は洋子から頼まれて、日曜出勤を快諾した。

株式会社ワタミの株主は、渡邉、黒澤、金子の三人なので、臨時株主総会でなんら問題はなかった。渡邉が発行株式四百株の七〇パーセントを所有していた。

「それともう一つ提案があるんだ。塩田屋さんから融資してもらった二千万円のうち、一千万円を増資分に充当しようと思う。つまりワタミフードサービスの新資本金を二千万円から三千万円に増資するが、ざっと計算したら、俺と洋子は薄給と無給が続いたので、そのぐらいは会社に貸し付けてることになるんだ。有限会社渡美商事との一本化はテクニックを要するので、新株二百株の払込期日は三月二十日としたい。その時点で、渡美商事は清算することになるが、本音を言うと、なんとしても日粉の力を引き出したいんだ。そのために人事を尽くしたいと思っている」

渡邉と金子は偉丈夫なので、長い脚をもてあまして小さなソファに窮屈そうに坐《すわ》っていた。渡邉の右隣は黒澤、向かい側に呉と金子。ビルの暖房が止まっているので、皆んな厚手の普段着姿だ。

戸田みさ子が淹《い》れた緑茶をがぶっと飲んで、金子が渡邉に訊《き》いた。

「日本製粉との提携の可能性はどうですか」

「五〇《フィフティ》─五〇《フィフティ》……」

渡邉は腕組みして、「ちょっと甘いかもなぁ」と補足した。

「俺は洗いざらい坂元さんに話してる。当然〝白札屋〟の失敗も、三菱銀行から袖《そで》にされたことも打ち明けた。坂元さんの立場では上層部に報告せざるを得ないだろう。そうなると、まず常務会は否定的になるかもなぁ」

「でも、塩田屋さんの話もしてるんでしょ」

呉の質問に渡邉が大きくうなずいた。

「もちろん。即、報告したさ。だけど、タイムラグがあるからねぇ。あすにでもワタミフードサービスの件を坂元さんに話してこようと思ってるが、どっちにしてもここは勝負どころだな」

渡邉は口を引き結んで、考える顔になった。先日の厳しい坂元とのやりとりを、この場で話すべきかどうか迷ったのだ。呉が微笑を浮かべて、静かな口調で言った。

「いまからそう悲壮的になる必要はないですよ。すべてをオープンにしている社長の誠実さが評価されることがあるかもしれないじゃないですか」

「呉は楽観的だねぇ」

「そうかもしれませんけど、塩田屋さんのことといい、僥倖《ぎょうこう》としか言いようがないこともありますからねぇ」

黒澤が発言した。

「坂元さんが新聞の小さな記事に素早く反応した社長の態度を重く受けとめてくれたことは間違いないでしょ。そうじゃなければとっくに、見限られてるんじゃないですか」

「坂元さんが個人的にも俺たちを支援してくれてることはたしかだよ。ただ天下の日本製粉だからねぇ。資本金が百億円近い三井系の大企業だ。ワタミと比べたら、クジラとメダカぐらいの差がある。そのクジラにメダカがぶつかって、果たしてどうなるのかねぇ」

渡邉はいくらか投げやりな口吻《こうふん》だった。事実、日本製粉と提携できる可能性は一割か二割だろうと、このときは思っていた。

翌日の朝九時に、渡邉は坂元に電話をかけた。

「ご報告したいことがあり、本日参上したいのですが、会社にいらっしゃいますか。わたしは午前でも午後でも、けっこうですが」

「それには及びません。わたしが伺います。先日は渡邉さんにお出《い》でいただいたのですから、きょうはわたしが、午後二時に伺います」

「ありがとうございます。それでは二時にお待ちしてます」

渡邉は胸騒ぎを覚えた。

行ったり来たりしている仲とはいっても、渡邉が日本製粉本社に坂元を訪ねるほうが圧倒的に多かった。朗報なら坂元が俺を呼びつけて当然、と考えがちになるのも仕方がない。その逆は悪い知らせに決まっている——。


坂元が渡邉の報告を聞いたあとで、笑顔を見せた。

「日曜日に臨時株主総会と取締役会ですか。皆さん、お若いからエネルギーがあり余ってるんですかねぇ」

「たまたま四人が顔をそろえるのに都合がよかっただけのことですよ。飲食業ですから、日曜日も平日も同じなんです」

坂元が表情をひきしめて言った。

「個人的にも、ちょっと話しておきたいことがあるんですが、外へ出ましょうか」

「はい」

洋子とみさ子がエレベーターホールまで二人を見送った。

10

喫茶店でアメリカンを飲みながら坂元が切り出した。

「残念ながら、常務会は御社との提携について時期尚早という結論になりました。ただ、巻き返すチャンスは残されていると、わたしは思ってます」

「〝白札屋〟の失敗と、銀行に見限られたことが響いたんでしょうか」

「それは関係ありません。〝お好み焼き〟のチェーン店を首都圏で展開できるかどうかに疑問を持つ人が上層部に多いということです」

「よくわかりました。残念至極ですが、天下の日本製粉さんと提携したいと考えたわたしが間違っていたのだと思います。背伸びし過ぎたかもしれません」

渡邉は無理に笑顔をつくったが、落胆を隠し切れず、すぐに表情がこわばった。

「渡邉さん、考え違いしないでくださいよ。何度も言いますが、問題の先送りで、白紙還元ということじゃないんですから……」

渡邉がコーヒーカップをソーサーに戻し、居ずまいを正した。

「ところで、個人的なお話とはなんでしょうか」

「一千万円ぐらいでしたら、わたしが個人的にご用立てすることは可能です。遠慮なく言ってください。それこそ返済は出世払いでけっこうですよ。運転資金は大丈夫なんですか」

坂元はこともなげに言って、コーヒーカップに手を伸ばした。

「そ、そんな……」

渡邉は胸が熱くなった。

「わたしが渡邉さんなり、ワタミフードサービスをどれほど信頼しているかおわかりいただけますでしょう。このことはもっと前に言いたかったんですが、日粉が出資できればずっとベターですから、常務会がどう判断するか、ジリジリする思いで待ってたんです。巻き返すチャンスをわたしなりに考えますが、〝個人的な件〟ほんとうに遠慮なく言ってください」

「坂元さんに甘えるわけにはまいりません。両面作戦が取れるほど余裕はありませんから、まず〝つぼ八・上大岡店〟を軌道に乗せることに全力投球します。そのあとで〝唐変木〟のチェーン化、できればＦＣ展開に取り組みたいと思います。この二か月間、坂元さんから学んだことはたくさんあります。ほんとうにありがとうございました。今後ともご指導のほどよろしくお願いします」

渡邉は起立して、長身を折った。

11

二月十九日の朝、渡邉は日経流通新聞を開いて、誰もいないオフィスで飛び上がらんばかりにびっくりした。というより欣喜雀躍《きんきじゃくやく》した。

なんと〝唐変木〟の店内の写真がでかでかと載っているではないか。三分の二ページほどを割いた特集記事を、渡邉は貪《むさぼ》るように読んだ。

〝若者好みにお好み焼き復権〟の地紋凸版大見出しに続くリード（前文）はこうだ。

お好み焼きがブームである。関西をルーツとし、息長く親しまれてきたこの庶民の味が、いま若者たちの間で見直されている。レストラン風のしゃれた店も登場、デートコースに採用するカップルも増えてきた。メッカ関西から一気に関東へ飛び火した恰好だが、今なぜお好み焼きなのか。人気の秘密を追ってみた。

〝レストラン風〟とは〝唐変木〟のことだ、と思いながら、渡邉は本文に目を走らせた。

横浜市中区のビジネス街。高級ディスコ「マハラジャ」などが入居するビルに昨年五月開店したのは、高級レストラン風お好み焼き店「唐変木」だ。居酒屋などを経営するワタミフードサービス（本社横浜市、社長渡邉美樹氏）が今後、東京・原宿や六本木へ出店するため開いた実験店舗だが、ファッションや味にうるさい地元のアベックや女性の人気を集めている。

「お好み焼き人気は息が長いが、若者は雰囲気を重視しますからね」（笠井聖司店長）。入り口にはフランス料理店よろしく皮張りメニューのスタンドを置き、店内は鉢植え、フォトポスター、そしてカフェバー風カウンターまである徹底した洋風の店作りだ。内装費は三・三平方メートル当たり約百万円という。

〝豪華メニューも〟の一段の小見出しを挟んで、紙面はさらに〝唐変木〟関係の記事が続く。

メニューは、ドリンクに始まりサラダ、お好み焼き、鉄板焼き、焼きそば、デザートと続く「アベックコース」（三千六百円）や、ふっくらと膨れる「ホワイトプレゼント」、ピザ焼きなど変わり種が多い。

クレープで包んだ焼きそばをつつくアベックに話を聞くと、「フランス料理店なんかに比べ結局、安いでしょ」と男性（21）。女性（20）の方も「お好み焼きっておいしいのよね」と、庶民の味を再認識している様子だ。別の会社員、森島喜直さん（28）は「意外とワインに合うんですよ」と、新しい食べ方に肩入れする。「近ごろはバーボンなんかで食べる若者がふえてきた」(笠井店長)そうだ。

以上が、〝唐変木〟関係の記事だが、〝雰囲気変えて 品変えて〟〝人気、関東に飛び火〟〝決め手、やはり安さ〟の中見出しにも、渡邉は心をときめかせた。

紙面の左側に〝うまみ十分、家庭用市場〟〝食品会社、参入相次ぐ〟の見出しの囲み記事も目を引く。

この中の次のくだりは、特に渡邉の気持ちを高揚させた。

お好み焼き粉のほか、いか天、ぶた天を出している日清製粉では「全体に市場が伸び悩んでいる食品の中で、お好み焼きはヒット商品。本場関西ほどの規模はないが、東京は前年比一・五倍も売れている」と、東京でのブームぶりを裏付ける。

八時半に戸田みさ子が出勤してきた。

「おはようございます」

「おはよう」

「社長、なにかいいことありましたか。このところお元気そうですけど、特にけさは顔色がとってもいいですよ」

「そうか。ちょっと興奮してるのかなぁ。この記事を読んだら戸田君も元気が出ると思うよ。あとで十部コピーしといてよ」

「かしこまりました」

　みさ子は渡邉に緑茶を淹《い》れてから、事務所内の掃除にかかった。

　九時までに出社した洋子と加藤も、そしてみさ子も、この記事にすごく興奮した。

　みさ子が緑茶を淹れ直した湯呑《ゆの》みを渡邉のデスクに置いた。

「社長、この記事が出ることはご存じなかったんですか」

「うん。笠井からなにも聞いてなかった。あとで訊《き》いてみるが、まさか笠井が仕掛けたわけじゃないだろう」

　渡邉は湯呑みを口へ運んで、ごくごくっと飲んだ。やたら喉《のど》が渇く。

「この記事がもっと早く掲載されてたら、日本製粉さんの方針も変わってたんじゃないでしょうか」

「加藤さんも、そう思いますか。わたしも、同じことを考えてたの」

　加藤と洋子のやりとりを聞いていて、渡邉は「巻き返すチャンスは残されている」と言った坂元の顔を目に浮かべていた。

　坂元がこの記事を読まないはずはない。巻き返すチャンスが早くも到来したということなのだろうか。そう考えるのは甘いかもしれないが、この記事によって、渡邉が元気づけられたことは間違いなかった。

12

渡邉は十時まで待って、坂元に電話をかけた。内心は、坂元からの電話を待っていたのだが、我慢し切れなかったのだ。

渡邉は三分ほど待たされた。坂元は打ち合わせ中で席を外していたが、坂元付の女性事務員が会議室にメモを入れた。

坂元は会議を中座して、自席で電話を取った。

「坂元です。お待たせしました」

「渡邉です。おはようございます。さっそくですが、けさの日経流通新聞ご覧になりましたでしょうか」

「もちろん読みましたよ。それで開発部門の関係者を集めて会議をしてたんです」

「それは、どうも……」

「巻き返すチャンスがこんなに早くやってくるとは思いませんでした」

「わたしも、この記事がもっと早く出てればなどと欲張ったことを考えてました」

「それはお互いさまです。渡邉さんのほうで、日経に働きかけたんですか」

「とんでもない。店長の笠井からもまだなにも聞いてません。どういうことかよくわからないんです」

「そうですか。こういう記事は、仕掛けて仕掛けられるものじゃありませんよねぇ。日清製粉のことが書かれてましたが、日粉にとってはライバルに先を越されたわけですから、上のほうを説得するいい材料になると思います。とにかく、この記事を突破口にしない手はないと思ってます。常務会に諮《はか》るタイミングを、いま考えているところですよ」
「ありがとうございます。わたしも、胸がワクワクするほど元気が出てきました」

この日の坂元の行動力は水際だっていた。開発部長の高橋章夫の了解を得て、常務取締役経理部長の笠井俊彌《としや》を味方に引き込もうと考えたのだ。

高橋は昭和三十年三月に東京大学農学部を卒業した。坂元より四年先輩である。

笠井は昭和二十三年三月東京大学経済学部卒業なので、ひと世代先輩だが、常務会でもワタミフードサービスとの提携に反対せず、消極的賛成といった感じだった。もっとも、積極的賛成は一人もいなかった。

坂元は午後二時に笠井と面会できた。
「けさの日経流通新聞にこんな記事が出てました。例のワタミフードサービスのお好み焼き店が大きく採り上げられてます。それから日経の記者は日清にも取材してますが、日清もけっこうやるな、と思いました」

坂元は新聞のコピーを笠井のデスクに置いた。笠井が手でソファをすすめてくれたので、坂元は一礼して、デスクの前を離れた。

笠井がソファで坂元と向かい合うまで十分ほど要した。

「興味深い記事だねぇ」

「はい。日清の個所はおもしろくありませんが、〝唐変木〟をトップで扱ってくれてますので、わたしは意を強くしました。ワタミフードサービスの渡邉美樹さんは、まだ二十七歳の青年ですが、外食産業に取り組む熱意には頭が下がります。渡邉さんに一度会っていただけませんでしょうか」

「きみはまだ諦《あきら》めてないわけだね」

「もちろんです。ワタミフードサービスとの提携は時期尚早ということで、常務会で否決されたわけではないと理解してますが」

「ものは言いようだが、会長も社長も乗り気じゃないよ」

笠井は思案顔で秘書が運んできた緑茶を飲んでから訊いた。

「新聞のコピーは会長、社長には回してないの」

「はい。常務にお話ししてからと思いまして」

「すぐ回したらいいな」

「そうさせていただきます。〝唐変木〟のピザ焼きを常務に試食していただきがてら、とにかく渡邉さんに一度会ってやってください。わたしは当社の外食産業部門を彼に一手にまかせてもよいとさえ思ってます」

「莫迦《ばか》に惚《ほ》れ込んだものだねぇ」

「開発部長にも試食してもらおうと思っています。それとニップン・ドーナッツの社長もお連れしたいと……」

「わたしは遠慮するよ」

「常務には渡邉さんの面接試験をしていただかなければなりませんので、ぜひともお願いします」

「きみの魂胆はだいたい読めるよ。おカネを出すのは経理部門だからなぁ」

「おっしゃるとおりです。渡邉さんが常務の目矩《めがね》にかなえば、しめたものです。必ず常務は会長、社長を説得してくださるはずです」

「将を射んとすれば、まず馬か。わたしは馬の役目だな」

笠井は冗談を言って笑ったが、坂元は真顔だった。

「馬なんてとんでもない。このプロジェクトは常務のお気持ち次第で決まると思います」

「そんなに焚《た》きつけんでくれ。試食会のことは考えておこう」

坂元は背広の内ポケットから手帳を出した。スケジュール調整をしようと思ったのだが、笠井はそこまでは乗ってこなかった。

笠井がソファから腰をあげたので、坂元は起立して低頭した。

常務室を出て、坂元は秘書室に回った。新聞のコピーが入っている茶封筒を、居合わせた社長付の女性秘書に手渡した。

「笠井常務からだと言って、会長と社長にお見せ願います」

昭和六十二年当時、日本製粉の会長は八尋敏行《やひろとしゆき》、社長は香木正雄《こうきまさお》だった。

13

この日の夕刻、渡邉は〝唐変木〟へ行った。週三度は現場で作業に従事することを渡邉は自らに課していた。ユニホーム姿で、アルバイト学生たちにまじって、接客する。

ユニホームに着替える前に、渡邉は日経流通新聞のコピーを店内に貼り出した。そして笠井を手招きした。

「えっ！　こんなに大きく出てるんですか」

渡邉はガッツのある笠井を〝唐変木〟店長に抜擢《ばってき》したが、目下のところは期待にたがわず、頑張っている。

「きみが記事の掲載を仕掛けたわけじゃないんだろう」

「もちろんです。四、五日前に、新聞記者さんがカメラマンを連れて、ぶらっとあらわれて、取材していったんです。わたしは社長と日本製粉さんが手を回したのかと思ってました」

「そうだとしたら事前にきみに話すよ」

「それもそうですねぇ」

笠井は自分の名前が新聞に載ったことがうれしくてならないと見え、躰《からだ》全体が踊るように笑っていた。

第十章　大企業との提携

1

二月二十五日の深夜から二十六日の明け方にかけて、渡邉《わたなべ》は黒澤たちと、したたかに酒を飲んだ。飲まずにはいられなかったのである。

帰宅したのは午前四時を過ぎていた。洋子《ひろこ》はパジャマ姿で渡邉を待っていた。

「先に寝ればいいのに」

「あなたの気持ちを思うと、とても眠れないわよ」

渡邉は、虚勢を張って、笑顔をつくった。

「うん。でもなぁ、いつまでくよくよしててもしょうがないよ。俺は気持ちを切り換えるのが早いから大丈夫だ。黒《くろ》たちと酒を飲んで、〝白札屋〟のことはきれいさっぱり忘れたから安心しろ」

「そう。よかった。安心したから眠れそうだわ」

洋子は渡邉の虚勢が見破れず、あくびを洩《も》らした。渡邉の笑顔を見てホッとしたのだろう。あっという間に眠りに就いた。

渡邉はきれいさっぱり忘れたわけではなかった。妙に頭が冴《さ》えていた。

渡邉はリビングで、日記を書いた。

看板の灯《あか》りが消えた白札屋は悲しい。灯が消えた瞬間、洋子がむせび泣いた。俺も、涙を堪《こら》えられなかった。

十月一日の開店から四か月足らず。よくもったものだ。俺は開店二日目で、今日あることを予期した。若気の至りで済まされるとは思わない。つぼ八二店の成功で驕《おご》り高ぶってしまったのだ。会社設立二年十か月目の挫折《ざせつ》である。

俺の判断ミスでどれほど妻、父、そして社員を心配させ、多くの方々に迷惑をかけたかわからない。白札屋を閉めるに当たって、塩田屋、サントリー本社、同横浜支社、つぼ八に大変お世話になった。どんなに感謝してもし過ぎることはないと思う。ご恩に報いるには行動で示すしかない。そのためには、新生ワタミフードサービスを発展させることだ。今日、二月二十六日から、つぼ八・上大岡店への改装工事が始まる。俺が立ち直るための舞台は用意されたのだ。俺は我が愛するメンバーのために頑張り抜く。メンバーも俺についてきてくれると確信している。

日記を書き終えると、睡魔が襲ってきた。渡邉は急いで歯を研《みが》いて、パジャマに着替えた。

寝室に入ると、かすかに洋子の寝息が聞こえた。渡邉が頬ずりをすると、洋子は熟柿臭い息を嫌うように、寝返りを打って背中を向けた。

三月十日、火曜日午前十時に、渡邉は全社員(十三名)を関内《かんない》の〝唐変木《とうへんぼく》〟に招集した。狭い事務所では収容し切れないので、〝唐変木〟にしたまでだ。

渡邉は自省を含めて、一時間ほどぶちまくった。

翌日に控えた〝つぼ八・上大岡店〟のオープンに備えて、社員の士気の向上を図る必要があると考えたことが、緊急会議を開く動機である。

「ところで、きのう大和店の店舗運営を見て、俺はがっかりした。社員の態度がなってない。甘えが見られると俺の目には映った。お店はお客様だけのものと思ってもらわなければ困る。お店は生き物であり、ナマ物でもあるんだ。そのお店を運営している人間が原点を忘れてしまったら、お店は絶対によくならないぞ。七か条を守ってもらいたい。頭で理解するんじゃなくて、躰《からだ》で、身に滲《し》みたところでわかってもらいたいんだ。原点回帰から、再出発しよう。黒澤に上大岡店の店長をやってもらうのは黒澤のツキを買ったからだ。黒澤には申し訳ないが、引き続き〝唐変木〟の担当もお願いする」

黒澤は童顔を引き締めて、黙ってうなずいた。

「七か条」とは、〝つぼ八〟の石井社長が創案した一親切、二美味《おい》しい、三待たせない、四清潔、五明朗会計、六元気の六か条に〝礼儀正しく〟を渡邉が付け加えたワタミのキャッチフレーズのことだ。

渡邉の檄《げき》が効を奏したのか、〝つぼ八・上大岡店〟は、旧白札屋が嘘みたいに連日押すな押すなの大盛況で、〝高円寺北口店〟〝大和店〟を凌《しの》ぐ勢いで売上げを伸ばした。そうなると、既存二店も負けてはいられない。相乗効果を伴って、ワタミフードサービスの業績がぐんぐん上向いていく。

2

三月三十一日火曜日の朝九時に、日本製粉開発部次長兼市場開発第三課長の坂元から渡邉に電話がかかってきた。

挨拶《あいさつ》のあとで、坂元が訊《き》いた。

「今週、木曜日の夕方はあいてますか」

「はい、あいてますが」

「笠井常務がやっと重い腰を上げてくれそうなんです」

「えっ！　〝唐変木〟にお出《い》でいただけるんですか」

「そうなんです。高橋とわたし、それとニップン・ドーナッツの高島社長の四人で伺います。常務の専用車で四時に本社を出ますから、〝唐変木〟に遅くとも六時には着くと思います」

「ありがとうございます。坂元次長、ほんとうにありがとうございます」

渡邉が感きわまったような声をあげるのも仕方がない。

二月十九日以来の懸案問題が一挙に解決しそうな見通しが得られたのだ。

いや、昨年十二月八日の小さな新聞記事を読んだ日から数えれば四か月近く経っていることになる。やっとゴールが見えてきたのだから、興奮するな、というほうが無理だ。

「なんとしても経理担当常務の笠井を引っ張り出したい」と、渡邉は坂元から聞かされていた。

電話を切るなり、渡邉が甲高い声で洋子に言った。

「日本製粉が動き出したぞ。経理担当の笠井常務があさって〝唐変木〟に来てくれるって」

「あなた、よかったわねぇ」

「うん。黒澤と笠井に電話をかけよう」

「黒澤さんはまだ寝てるんじゃないかしら」

「九時十分か。もう少し待ってやろうかなぁ。いや、いいだろう」

渡邉は自問自答して、受話器を握っていた。

「はい。黒澤です」

黒澤の不機嫌そうな声を聞いて、渡邉は下手に出た。

「起こして悪かった。ごめんごめん。だけど俺の気持ちも汲《く》んでくれよ。日本製粉の経理担当常務があさっての夕方〝唐変木〟に来てくれるって、いま坂元次長から電話があったんだ」

「へえー。それは凄《すご》い」

「黒澤、目が覚めたか」

「もちろんですよ」

「作戦会議を開くから、三時に〝唐変木〟に来てくれ」

「承知しました」

〝唐変木〟店長の笠井ともほぼ同じような調子だった。

ただ、黒澤と違った点は「そう言えば、おまえと同姓なんだよねぇ。偶然とはいえ、なんか縁があるのかなぁ。それと藤井にも会議に出てもらおうか」と、つけ加えたことだ。

笠井は直ちに副店長の藤井に電話連絡した。

渡邉、黒澤、笠井、藤井の四人が〝唐変木〟に集合したのは午後二時だ。笠井と藤井は十時半出勤だから当然だが、黒澤も、三時を指定した当の渡邉自身も、待ち切れずに、一時間も早めに来てしまった。

午後二時ごろの〝唐変木〟は、昼食時の来客が帰って一段落したところだから、店内はすいていた。

奥のテーブルに四人が坐《すわ》った。渡邉が窓側に、隣に黒澤、渡邉の前に笠井、黒澤の前に藤井。

「あさっての夕方、こんなにガラガラだったら、どうしようもないぞ」

「そんなことは絶対にありませんよ」

笠井が渡邉に答えると、藤井も深くうなずいた。

黒澤が口を挟んだ。

「少なくとも真ん中のメーンテーブルがいっぱいになってないと、恰好《かっこう》つかないなぁ」

「黒澤の言うとおりだけど、このテーブルはお店の全体が見える位置だから、ここだけ予約で残して、店全体がいっぱいになってたほうがいいんじゃないか。〝サクラ〟でもなんでもいいから、満杯にしようや」

「社長、〝サクラ〟はないですよ。藤井と二人で常連のお客様に動員をかけます」

「そういうのも〝サクラ〟のうちだろう。〝サクラ〟は笠井と藤井にまかせていいか」

笠井と藤井が同時に言った。

「おまかせください」

「もちろんです」

「ほんとうに大丈夫かなぁ。当てはあるのか。なければ、俺が横浜会《はまかい》に動員をかけるが」

「社長、われわれ二人にまかせてくださいよ。メーンテーブルは警察の刑事さんたちに来てもらいます。サントリーロイヤルのボトルの一本もサービスすれば、必ずＯＫです」

「ロイヤルの一本とは言わず、二本でも、三本でも、入れたらいいよ。でも刑事さんだけで十八席も埋められるのか。それと、男性のお客様ばっかりでもなぁ」

「警察署はおまわりさんばっかりじゃないんです。事務の女性もいますから、ご安心ください」

「わかった。とにかく当日はテーブル三十八席とカウンター七席をいっぱいにしてくれ。そのうちの四席は日本製粉さんだが、俺は横浜会の女性に声をかけて、四人連れの〝サクラ〟を一組だけ用意する。ほかのお客さんでいっぱいになれば〝オーロラ〟に行ってもらうから心配ない」

〝オーロラ〟は、渡邉が明治大学横浜会の幹事長時代の溜《た》まり場にしていた喫茶店だ。

「なんだか胸がワクワクドキドキしてきましたよ」

黒澤が首をねじって、渡邉に笑いかけた。

「うん。俺も相当興奮してるよ。日本製粉といえば、名門中の名門会社で、社格は、製粉業界でナンバーワンだからねぇ。そういう名門会社と資本提携できる可能性が強まったわけだ。笠井常務がお店に見えたら、もうこっちのものだ」

「それにしても坂元次長はパワーがありますねぇ。よくぞ、経理担当常務を引っ張り出してくれたと思います」

「黒澤、下駄《げた》を履くまでわからんと言うから、安心はできないが、慎重な坂元さんがわざわざ電話をかけてきてくれたんだから、必ず笠井常務は来てくれると思うんだ。周到に根回ししてくれたんだろうねぇ。坂元次長の実行力、行動力は凄いから」

「当日、わたしたちは常務さんに名刺を出していいんでしょうか」

笠井の質問に、渡邉は腕組みして下を向いた。

十秒ほど間を取って、渡邉が面を上げた。

「名刺を出すのは俺と黒澤だけにしておこう」

「わかりました」

笠井と藤井は手分けして、常連客に電話をかけまくり、〃サクラ〃の動員を完了した。

メーンテーブルは警察関係だけでは埋め切れず、二つのパーティーに分かれることになった。

四月一日の夕刻、笠井がオフィスの渡邉に電話をかけてきた。

「社長、全席予約を取りました。ですから、社長のほうの一組は必要ないと思います」

「でも、電話しちゃったからなぁ。ま、〃オーロラ〃で旧交を温めてもらうのも悪くないだろう」

「メーンテーブルは二組に分かれますが、よろしいでしょうか。警察関係は十人しか集められなかったんです」

「いいじゃないか。二組のほうが不自然じゃなくて、むしろいいと思うけど。笠井、よくやってくれた。ありがとう」

「とんでもない。藤井が頑張ってくれたんですよ」

笠井は直情径行タイプだが、照れ屋でもある。

「そう。藤井にも、よろしく言ってくれ。あしたは四時に〃唐変木〃に行くからな」

「わかりました」

3

四月二日の夕刻六時を過ぎたころから、〝唐変木〟はワンテーブルを除いて満席になった。すべて予約の〝サクラ〟である。渡邉は隅々までチェックしたが、間然《かんぜん》するところがなかった。

一つだけ指示を出したのはメーンテーブルの生花を変えさせたことだ。

「今夜はいつもと違う。もうちょっと奮発しようや」

「この倍ぐらいでいいですか」

「うん。いや三倍にしよう」

「そうなると、花瓶も替える必要がありますけど」

「もちろん、花瓶も替えるんだよ」

渡邉と笠井がそんなやりとりをしたのは、四時ごろだ。

六時ごろから、渡邉も黒澤もそわそわしだした。笠井も、藤井もそうだが、時計を何度見たかわからない。

六時半になっても、坂元たちはあらわれなかった。

黒澤がレジの前で心配そうに訊《き》いた。

「社長、なにか事故でもあったんでしょうか」

「朝十時に坂元次長に電話をかけて確認したから、間違いなく、こっちに向かってると思うけど。四時に本社を出たはずだ」

「もう二時間半も経ってますよ」

「うん。渋滞に巻き込まれたんだろう」

渡邉と黒澤は、スーツ姿で、ずっとレジの前に立っていた。

笠井と藤井は、こっちを気にしながらも、接客に忙殺されて、それどころではなかった。

当然のことながら通常の客もやってくるので、渡邉と黒澤は「申し訳ございません。一時間ほどお待ちいただくことになると存じます」と謝り係にならざるを得ない。

六時五十分になっても、坂元たちはあらわれなかった。

とうとう七時を過ぎた。

「参ったなぁ。どうなっちゃったんだろう。この期に及んで、キャンセルはないと思うけど」

「そう思います。必ずいらっしゃいますよ」

今度は黒澤のほうが宥《なだ》め役に回った。

4

笠井、坂元ら一行が〝唐変木〟に到着したのは、午後七時十五分過ぎだった。渡邉や黒澤はどれほどホッとしたことか。

「交通事故があったんでしょうねぇ。凄《すご》い渋滞に巻き込まれて……。電話連絡しようにも、できなかったんです」

坂元は遅刻の理由を話してから、笠井、高島義弘の二人を渡邉に、そして黒澤には三人を紹介した。

「渡邉です。本日はお忙しいところをお出《い》でいただきまして、光栄に存じます。ほんとうにありがとうございます」

「黒澤と申します。よろしくお願いします」

渡邉と黒澤は一人一人に向かって、丁寧に腰を折って名刺を交換した。

笠井常務は、渡邉がイメージしていた怖い〝実力者《もさ》〟とは異なり、小柄で温和な紳士だった。小声なので、店内が混雑していたため、聞き洩らしたこともあったかもしれない。

「繁盛してますねぇ。坂元から良いことずくめの話を聞かされてますが、なるほど素晴らしいお店ですねぇ」

渡邉は高橋とは面識があったが、高橋も〝唐変木〟は初めてだった。営業部門で鳴らした人だけあって、豪快な感じで、堂々たる押し出しだ。笠井とは対照的に、声も太くて、大きい。

「日経流通新聞の記事はパブリシティになったでしょう」

渡邉は一揖《いちゆう》してから、高橋に答えた。

「おっしゃるとおりです」

高島はドーナッツそのままに丸々と太っていて、下腹がせり出している。顔は体型とは裏腹に、いかつく、脂ぎっていた。

さっそく試食会になった。

メーンは〝ピザ焼き〟だ。

渡邉はホスト役に、黒澤はウェイター役に専念した。取り皿を並べ、鉄板に点火したのも黒澤である。

四人にビールを注いだのは渡邉だ。

「ビールは一杯だけでけっこうです。お腹がふくれてしまいますからねぇ。〝ピザ焼き〟以外のお好み焼きも食べさせてください」

「はい。四種類ご用意させていただいております」

笠井常務にそう答えたのは、渡邉だ。

〝焼きん娘《こ》〟のヘラさばきはあざやかだ。試食会は一時間ほどで終わった。

「いかがでしたでしょうか」

「渡邉さん、わたしは〝ピザ焼き〟より〝広島風〟のほうが美味《おい》しかった。坂元君は〝ピザ焼き〟と言ってるが、〝広島風〟もけっこういけるじゃないですか」

「常務、わたしは〝唐変木クレープ焼き〟がいちばんうまいと思いました」

「高橋さん、それぞれ味わいがありますよ」

高島はそつなく褒めてくれた。

八時を過ぎても店内は混んでいた。

〝サクラ〟の半分は、二回転目の客に変わっている。コーヒーを飲みながら、坂元が渡邉を見上げた。

「焼きん娘は、全員アルバイトなんですか」

「はい。女子大生がほとんどです」

「〝唐変木〟にワタミフードサービスの社員は何人いるんですか」

「店長の笠井と、副店長の藤井の二人だけです」

「二人で、これだけの店を仕切ってるわけですか」

「はい。二人とも学生時代、ウチでアルバイトをやってました」

「社員の定着率はどうですか」

「会社をつくって三年ほどになりますが、お陰さまで、一人も辞めてません。アルバイトの定着率も高いですよ」

坂元が先刻承知のことばかりだ。笠井常務に知らしめるために、わざわざ質問してくれたのだろう。

「よほど渡邉さんに求心力があるんでしょうねぇ」

「恐れ入ります」

坂元にこんなにまで気を遣ってもらえるとは……。

渡邉も黒澤も頭を下げっ放しだった。

5

翌朝九時に渡邉は事務所で坂元の電話を受けた。

「きのうは遅くまでどうも。皆んな喜んでましたよ」

「とんでもない。坂元次長のお陰で、笠井常務や高橋部長にご来店いただけて、うれしくて、うれしくて。昨夜はよく眠れませんでした」

「笠井が『百聞は一見に如《し》かずだね』って言ってました」

「そうですか。ありがたいですねぇ。笠井常務がもの静かな方なんで、びっくりしました」

「けれんみがないでしょう。だからトップの信頼も厚いんですよ。笠井は必ず動いてくれると思います」

「ありがとうございます。昨夜の試食会が大きなステップになるということでしょうか」

「そのとおりです」

渡邉と坂元のネゴは深まり、四月中旬までに、日本製粉の出資額を詰めるところまで進展した。

ワタミフードサービス株式会社は資本金三千万円を五千万円に増資し、増資分二千万円を日本製粉に割り当てるということで、両者は合意した。

資本金三千万円（額面五万円）の資本構成は渡邉四百七十二株、黒澤、金子各六十四株だったが、日本製粉が二千万円（四百株）出資しても、渡邉が筆頭株主であることは変わらない。

「日本製粉さんに出資していただくのを機に、呉《ご》にも株主になってもらおうと考えてるのですが、坂元さんのご意見はいかがでしょうか」

「わたしに断るまでもありませんよ。呉さんはワタミフードサービスの役員として、しっかり仕事をしてるじゃないですか」

「ありがとうございます。わたしの持株の中から呉に何株か譲渡させていただきます。ところで、日本製粉さんはいつ出資を決めていただけるのでしょうか」

「いま笠井常務が会長、社長を説得してるところです。仮に万一、ワタミフードサービスが倒産するようなことになっても、損害はたった二千万円に過ぎない。日本製粉の経営をゆるがすものではないから問題はない。坂元の道楽と思って認めてやってほしい、などと話してるんじゃないですか」

渡邉は笑顔を消して、表情を引き締めた。

「坂元次長の道楽には、絶対に致しません」

「もちろんですよ。それは言葉の綾《あや》で、笠井も、渡邉さんの経営手腕を高く評価しているからこそ、話に乗ってくれたんです。四月中に取締役会で決まると思います。朗報を待ってください」

四月二十七日の夕刻、渡邉の留守中、坂元から事務所に電話がかかった。

洋子が電話を取った。

「渡邉さんにお伝えください。あす十時半に本社にいらしていただきたいと」

「承知しました。必ず申し伝えます」

「奥さんですね」

「はい。家内の洋子です」

「あなたも大変ですねぇ。よく頑張ってますよ」

「主人の苦労に比べれば、たいしたことはありません」

「あなたの内助の功については、渡邉さんからたっぷり聞かされてます」

「主人に褒められたことなんてありません。叱られてばかりいます」

「そんなことはないでしょう」

坂元の口調から察して、朗報に違いない、と洋子は思った。

その夜、遅い時間に、洋子の話を聞いて、渡邉が真顔で言った。

「安心するのはまだ早いんじゃないかなぁ。でも俺を呼びつけるっていうことは、やっぱり朗報かなぁ。二十八日火曜日の朝、日本製粉の取締役会があるとは聞いてるけど、ダメだった、っていうこともあり得るかもねぇ」

「わたしは朗報だと思うわ」

「もしそうだったら、煙草をやめるよ。もちろん、お店では吸ってないし、そんなにヘビースモーカーでもないと思うけど。なにかきっかけがないと、禁煙できないからなぁ」

「ほんとね。指切りげんまんして」

「いいよ」

渡邉は煙草を消して、右手の小指を突き出した。

「嘘ついたら針千本の―ます」

洋子も真顔だった。白札屋の失敗以来、渡邉の喫煙量が増えたような気がしていた。それに深酒をしたときの朝、嘔吐《おうと》感を訴えることもしばしばあった。

6

翌朝、渡邉は十時二十分に日本製粉本社に着いた。

五階の応接室で待っているとき、胸がずっとドキドキしていた。時間の経つのがやけに遅く感じられる。

渡邉は我慢し切れなくなって、煙草に火をつけた。

十時三十五分にノックの音が聞こえた。渡邉は反射的に煙草を灰皿に捨てて、起立し、背広のボタンをかけた。

「おはよう」

「おはようございます」

「やっと決まったよ」

坂元が笑顔で右手を差し出した。

「ありがとうございます」

渡邉は低頭してから、両手で坂元の右手を強く握り返した。

長い握手のあとで、坂元が手でソファをすすめた。

「長い道程《みちのり》だったが、とうとうゴールインした。笠井常務は澤田常務を巻き込んで、二人がかりで、会長と社長を口説いてくれたらしいですよ」

澤田浩は当時常務取締役で業務部長を委嘱されていた。昭和二十八年三月に一橋大学経済学部を卒業し、同年四月、日本製粉に入社した。

「ウチのような零細企業が、日本製粉さんのような大企業と資本提携できるなんて、奇蹟《きせき》としか言いようがありません。わたしが小さな新聞記事を読んだことが、こんな大きなことに発展するなんて、夢を見てるような気がします。坂元次長がいらっしゃらなかったら、奇蹟は起きなかったと思います」

「人と人の出会いなんて、不思議っていうか、そんなものでしょう。わたしは外食産業に懸ける渡邉さんの情熱を買って、賭《か》けてみたくなっただけのことですよ」

「坂元次長から個人的に支援してもいい、とおっしゃっていただいたときは、涙がこぼれそうになりました」

「上のほうがわかってくれなければ、そうするしかないと思っていたが、〝つぼ八・上大岡店〟へのシフトがこんなにスムーズにいくとはねぇ。とにかく、せっかくここまできたんだから〝唐変木〟のFC展開を目指して、頑張りましょう」

坂元がふたたび握手を求めてきた。センターテーブル越しに、渡邉はそれを右手で受けとめた。

帰りがけに渡邉が照れ臭そうに後頭部に手を遣《や》った。

「つまらないことですけど、坂元次長にもお伝えしておきます。きょうから禁煙します。さっき一本吸ってしまいましたので、いまからということになりますけど」

「ほう。渡邉さんなら実行するでしょう。なんせ意志の強い人だから。佐川急便のS《セールス》D《ドライバー》時代の話を聞いたことがあるが、SDを一年間やり遂げたことを思えば、禁煙ぐらい、なんでもないでしょう」

「SDと禁煙では比較の対象になりませんよ。けっこうつらいですよ。さっき、ここで吸った一本の旨《うま》さといったらなかったですもの」

「どうして禁煙する気になったの」

「きょう坂元次長から朗報が聞けたら、煙草をやめるって、昨夜女房と約束しちゃったんです。坂元次長に話しておけば、歯止めになると思いまして」

「なるほど、僕は煙草をやらないから、禁煙のつらさはわからんが、禁煙の効果はあるんじゃないかなぁ」

坂元は微笑を浮かべて、渡邉の背中を軽く叩《たた》いた。

日本製粉本社ビルに近い公衆電話から、渡邉は事務所に電話をかけた。

「はい。ワタミフードサービスです」

洋子の声だった。渡邉の電話を待ちあぐねていたに相違ない。

「もしもし……」

「ああ、あなた。社長……」と言い直して、洋子が訊《き》いた。

「坂元次長のご返事はいかがでした」

「朗報だった。ゴールインだ」

「そう。よかったわ。直接事務所に戻ってきますか」

「うん、そうする。親父、黒澤、金子、呉、笠井、とにかくメンバー全員に、俺が電話で朗報を知らせよう」

「それがいいわ」

「じゃあ、あとで」

渡邉は公衆電話を出ようとしたが、待っている人がいなかったので、もう一度受話器を耳に当てた。

秀樹だけにでも一刻も早く伝えたかったからだ。秀樹は在宅していた。

「お父さん、いろいろご心配をおかけしましたが、日本製粉の出資がたったいま決定しました」

「ふうーん。にわかには信じ難いねぇ。わたしは高望みが過ぎるんじゃないかと思って、まったく当てにしてなかったが」

「けさ、取締役会で決まったんです。いま、坂元次長と会って、日本製粉のすぐ近くから電話してます」

　秀樹も相当興奮していた。

「美樹、おまえ凄《すご》いことをやったねぇ。ひと山当てたというか、宝籤《たからくじ》に当たったというか」

「僕も夢心地です。うれしくて、うれしくて。これからワタミフードサービスは飛躍的にジャンプしますよ。ビジネスで無限の可能性が出てくると思うんです」

「なんと言ってもファイナンスの面で、いままでのような苦労をしなくて済むことが大きいよ。日本製粉の信用力は絶大だからねぇ。おまえの強運には恐れ入ったよ」

「坂元次長にめぐりあえたことがすべてですよ。起業家精神のわかる人なんです」

「それにしても役員でもないのに、たいした人だねぇ」

「黒澤や金子にも知らせてやりたいので、これで電話を切ります」

「うん。わたしがいちばん先なのか」

「いや、洋子です」

「それはそうだな」

「お義母《かあ》さんによろしく伝えてください」

「話しておくよ」

渡邉は結局、黒澤、金子、呉の順で公衆電話から朗報を伝えた。三人とも借り上げ社宅にしているアパートに在宅していた。いつも冷静な呉が喜びを隠さなかった。

「社長、おめでとうございます。近来にない朗報ですねぇ。アルバイトの学生たちに教えてもいいですか」

「いいよ。俺だって見ず知らずの人にも話したいくらいだ」

渡邉は三十分あまりもしゃべりづめにしゃべって、声が嗄《か》れていた。

7

渡邉が関内の事務所に戻ったのは一時近かった。

「社長、お食事は」

戸田みさ子に訊かれたとき、渡邉は緊張した面持ちで「それどころじゃないよ」と、そっけない返事をした。

みさ子が助け船を求めるように、洋子のほうを窺《うかが》った。事務所には洋子とみさ子しかいなかった。

「なにかあったんですか」

渡邉は、洋子にも、みさ子にも笑顔を向けた。

「いや。皆んなに一刻も早く知らせようと思って、日本製粉の近くの公衆電話から電話をかけまくって疲れちゃったんだ。戸田君、濃いお茶を淹《い》れてもらおうか」

「はい」

みさ子は快活な、いい返事をして席を離れた。

「そう言えばお腹がすいてきたよ。〝唐変木〟で〝ピザ焼き〟を食べてこようかなぁ。メニューに〝ピザ焼き〟がなかったら、日本製粉との提携はなかったかもしれないものねぇ」

「そうねぇ」

「〝唐変木〟から〝上大岡店〟に回って、〝大和店〟に行く。今夜は遅くなるから、めしは要らないよ」

洋子は返事をしなかった。

渡邉が緑茶を飲んで、事務所を出てエレベーターホールにいるとき、洋子が背後から声をかけた。

「社長」

「社長は皆んなの前だけにしてくれよ」

「会社では社長で通すようにします」

「なにか用か」

「今夜はどうしても早く帰ってきてちょうだい」

「どうして」

「どうしても」

「理由を言えよ」

「重大な話があるの。ここでは話せないわ。今夜だけはわたしの言うことを聞いて。じゃあ、お願いよ」

洋子は言いざま渡邉に背中を向けた。

渡邉の話を聞いて、笠井、藤井、それに焼きん娘《こ》たちアルバイト組も拍手して、歓声をあげた。

笠井が頬を染めて言った。

「社長、とうとうやりましたねぇ」

「笠井と藤井のお陰もあるなぁ。〝サクラ〟も効いてるかも」

「それはあんまり関係ないんじゃないですか。笠井常務や坂元次長がお見えになった夜は、黙ってても八割方、席は埋まったんじゃないですかねぇ」

「しかし、メーンテーブルまではどうだったかねぇ。真ん中がカラッポだと盛り上がらないからなぁ。藤井、〝ピザ焼き〟を頼む。昼食まだなんだ」

渡邉は生ビールを飲みながら、ひとり感慨に耽《ふけ》った。

昨年十二月中旬に、試食に来店してくれた坂元が〝ピザ焼き〞を食べながら「おっ！　これはいける！」と言った場面が目に浮かぶ。

〝ピザ焼き〞がテーブルに並んだ。

「美味しいなぁ。これがそもそもの始まりなんだ」

渡邉はこぼれんばかりの笑顔を浮かべて、〝ピザ焼き〞をゆっくりと賞味した。笠井と藤井がうれしそうに顔を見合わせた。

渡邉は〝ピザ焼き〞を食べ終えて、なにげなく背広のポケットに手をつっこんだが、新宿駅ホームのゴミ箱に煙草を捨てたことを思い出し、苦笑した。

8

その夜、渡邉は七時半に帰宅した。こんなに早く帰ることはめったにない。

「あなた、ありがとう。うれしいわ」

「話したいことって、なんなんだ。早く話せよ」

渡邉は喫煙欲が高じて、いらだっていた。

「煙草は吸わない。三日坊主にならないように、坂元次長にも禁煙を宣言したんだ。早くビールを出せよ」

「ついでにお酒もやめたらどう」

「ふざけるな！」

洋子は冗談のつもりだったが、渡邉はささくれだった。

「飲酒も喫煙も、人生上の大きな愉《たの》しみだろう。二つもいっぺんに奪われてたまるかって言うんだ。冗談じゃねぇや。おまえ、あんまり図に乗るなよ」

渡邉は声を荒らげた。

「ごめんなさい。禁酒は冗談だけど、節酒はしてもらいたいわ。もう一つ朗報があるの」

「…………」

「朗報かどうかは、あなたの判断の問題かもしれないけど」

「思わせぶってないで、早く言えよ」

「子供ができました。妊娠三か月ですって。出産予定日は十二月十日よ」

「バッカヤロウ、朗報に決まってるじゃないか」

渡邉の笑顔がうれしくて、洋子は涙ぐみそうになった。

「もう駄目なのかもしれないって、半分諦《あきら》めてたんだ。だってこの一年はコントロールしてないものなぁ。よかった、よかった……。おい、一杯注げよ」

渡邉は、洋子の酌を受けて、グラスをテーブルに置いた。そして、ビール瓶を洋子のグラスに傾けた。

「乾杯しよう。良いことが二つも重なるとはねぇ」

二人はグラスを触れ合わせた。

「洋子、よくやった。乾杯！」

「あなた、ありがとう。乾杯！」

渡邉は一気にグラスをあけ、今度は手酌でぐっとやった。

「禁煙は必ず守る。節酒も誓う。生まれてくる子供のために、少しでも長生きしなくちゃなぁ」

「………」

「俺は母の血筋で長生きできないと思い込んでたふしがあるが、きょうから健康に注意する。太く、短くも、悪くないと思ってたけど、子供ができたとなったら、そうはいかない」

「………」

「それと、いまふと思いついたんだけど、五月の連休中に福島の実家に行こう。土曜も日曜もなく、この三年間、走り続けてきたんだから、たまには休みを取ろうよ。おまえの両親もきっと喜んでくれると思うんだ」

「そうねぇ。母は、まだすっきりしてないところがあるみたいだけど、孫ができたと聞いたら、どんな顔をするかしら」

「よし決めたぞ。雨が降ろうが、やりが降ろうが、連休中に福島に行くからな。きょうはわが生涯最良の日かもなぁ。二つもでっかい朗報があったんだ。ワインでもあけようか」

は仕方がない。

この夜、渡邉はほとんど躁病《そうびょう》になったと思えるほど、饒舌《じょうぜつ》だった。赤ワインのフルボトルをひとりであけて、節酒もない、と洋子は思ったが、今夜ばかりは仕方がない。

十時過ぎに、渡邉は秀樹宅に電話をかけた。ワインの一本ぐらいどうってことはない。父親譲りでアルコールには強い体質だった。

義母のとみ子が電話口に出た。

「今晩は、美樹です」

「美樹さん、おめでとう。お父さんと祝杯をあげてたところなのよ」

「僕も、洋子とワインで祝杯をあげました。すみません、ちょっと親父に替わってください」

「はい。あなた、美樹さんよ」

「もしもし……」

秀樹の声に変わった。

「お義母《かあ》さんに話してもよかったんですが、親父の声が聞きたくて……」

「わたしもおまえとゆっくり話したい気がしてたんだ。いまから来ないか」

「そうもいきません。このところずっと遅かったので、今夜ぐらいは自重しないと、洋子に角を出されます。実は、洋子が妊娠しました。十二月十日が出産予定日です」

「そうかぁ。おめでとう。洋子さんでかしたなぁ。男の子だといいが」

秀樹の声がやけに高くなった。

渡邉はいったん受話器を遠ざけたが、ふたたび「もしもし」と呼びかけた。

「それで、連休中に福島に行って来ようと思ってます」

「ぜひ、そうしなさい。福島のご両親も喜んでくれるだろう」

「以上、ご報告まで。お義母さんによろしく。お休みなさい」

渡邉は急いで電話を切った。

9

五月四日の朝、渡邉夫婦は小名浜へ向かった。

常磐線の特急〝スーパーひたち号〟で上野駅から湯本駅まで二時間足らず。

連休中のせいか、満席だった。渡邉は心身共に壮快だった。禁煙三日目までは食欲もなく、つらかったが、四日目から、いらいら感が取れ、一週間経ったいま、頭もスッキリし、食事が美味しくなった。体重も二キロ増え、六三キロになった。

アルコールが翌朝まで抜け切れないこともなくなり、胃の調子も良好だ。

「禁煙してよかったよ。この分なら六十歳までは生きられそうだ」

「あなたは糸おばあちゃんとお父さんの血筋を引いてるから、六十なんてことはないわよ」

「そう言えば、母が亡くなって、精神的に落ち込んだとき、親父に説教されたことがあったっけ。母は自分を犠牲にしておまえを産んでくれたんだから、母の分も長生きしなければ駄目だって」

実母、美智子の美しい面影を目に浮かべただけで、渡邉はいまでも胸が熱くなる。

「わたしも、ときどき母のことを思い出すわ」

「結婚式以来会ってないんだよねぇ」

「そうよ。電話では話してるけど、まだ変によそよそしいところがあるの。帝国ホテルで結婚披露宴をすると電話したときの怒りようと言ったらなかったわ。おまえ、なにを考えてるのか、って凄《すご》い剣幕だった」

渡邉と洋子の入籍は昭和六十年一月五日だが、その年の十一月四日の正午から帝国ホテル二階の〝光の間〟で、結婚披露宴が催された。

秀樹が「けじめの問題だ。どうしてもやってもらう」と言い出して、きかなかったのだ。

「帝国ホテルはやり過ぎですよ。洋子の気持ちも考えてやってください」

「なんでそんなにいじけなければいかんのだ。洋子さんが再婚なんて誰も知らんのだから、いいじゃないか。おまえも会社の社長になって、経営もうまくいってるんだから、日本一のホテルで挙式して、なにが悪いんだ。わたしの顔も立ててくれよ」

秀樹の主張を渡邉が容《い》れたのは、帝国ホテル総料理長の村上信夫が、秀樹の戦友だったからにほかならない。

新婦の田中家側は、親戚《しんせき》には一切声をかけないで妥協した。

招待客は約百五十人。

媒酌人は秀樹の戦友で、能楽師の無形文化財、南條秀雄・富久子夫妻。京都在住の南條は上京するたびに必ず渡邉家に立ち寄った。渡邉の幼少時代、南條に可愛がってもらった。実母の美智子が亡くなった年、大阪の万博に、秀樹、めぐみ、渡邉の三人を招待してくれたこともある。

秀樹と、テレビコマーシャル制作会社時代から親密な仲のポール牧が軽妙な司会で、披露宴を盛り上げてくれた。

主賓挨拶《あいさつ》は両家代表で〝つぼ八〟の石井誠二社長一人だけだが、村上も、クラウン帽のシェフ姿で出席し、スピーチもし、アルコールが入った秀樹と肩を組んで軍歌を披露した。

秀樹のはしゃぎようといったらなかった。

純白のウエディングドレスの洋子のまばゆいほどの美しい花嫁姿は印象深かったし、渡邉の白いタキシード姿も凜々《りり》しかったが、会場のあっちこっちを歩き回るモーニング姿の秀樹のほうが、もっと目立った。

「まるでおまえの結婚式みたいだねぇ」

糸に皮肉を言われて、頭を掻《か》いている秀樹の姿を目に浮かべて、渡邉が思い出し笑いを洩《も》らした。

「アメリカ映画〝ローズ〟の主題歌を絶唱してくれた小川恵子の姿が忘れられないわ」

恵子は洋子の親友だ。

「映画も感動的だったねぇ。主人公のベット・ミドラーの歌った〝ローズ〟もよかったけど、小川さんもほんとうによかったよ」

「にぎやかな会場がシーンとなったわ」

「おまえとダンスを踊らされたり、呉や金子たち、横浜会の連中と一緒に明治の校歌を歌ったり、けっこう楽しかったよねぇ」

「でも父はうれしそうにしてたけど、母の笑顔は見られなかったわ」

「そんなことないよ。けっこううれしそうにしてたよ。娘の花嫁姿を見て、安心したと思うけどなぁ」

挙式の思い出話をするうちに〝スーパーひたち〟は湯本駅に着いた。駅に洋子の実弟、勲《いさお》が車で出迎えてくれた。二人姉弟《きょうだい》で勲は二十二歳。田中鉄工所で働いている。素朴で、まじめな好青年だ。

「つわりがたいしたことなくてよかったねぇ」

「そうよ。ひどかったら、小名浜に来る気にはなれなかったと思うわ」

田中家に着いたのは正午前だった。洋子の話を聞いて、母の君子は涙ぐんだ。

「おまえもやっと幸せになれたねぇ。渡邉さんと結婚してよかったと思ってますよ」

「お母さん、ほんとうにありがとうございます」

洋子に代わって、渡邉が答えた。洋子は涙滂沱《ぼうだ》で、言葉を出せなかったのである。

この夜は、父、八郎の友人や近所の人たちも宴席に加わって、田中家は笑い声が絶えなかった。

「こんな男前のすらっとした青年に惚《ほ》れられて、洋子も女冥利《みようり》に尽きるねぇ」

「とんでもない。洋子みたいにきれいで、性格のいい女性と結婚できて、男冥利に尽きるのは、僕のほうですよ」

渡邉は岳父、八郎の酌を受けながらそう返事したが、人の出会いの不可思議さを思わずにはいられなかった。

人妻だった洋子に恋をして、念願が叶《かな》うなどとは夢にも思わなかった。

新鮮な魚をたらふく食べ、旨《うま》い地酒をぐいぐい飲んで、洋子の両親に歓迎され、こんな愉快な夜はそうそうあるものではない――。

翌日は、勿来関《なこそのせき》に近い海岸を二人で散歩した。

洋子がクックックッと笑った。

「坊主頭の美樹さんを思い出すわ」

「うん。あれから四年も経つのか。いろんなことがあったねぇ。〝白札屋〟の失敗では自殺したくなったほど落ち込んだものなぁ。おまえにも苦労かけた。五月中に事務所を辞めてもらうからな。もう共稼ぎってこともないよ」

「まだまだ大丈夫よ。十月まで、頑張るわ」

「頼むから俺の言うことを聞いてくれよ。元気な子供を産むことだけを考えてくれ。ワタミフードサービスはやっと軌道に乗ったんだ。もうなにがこようと、びくともしないからな」

渡邉は初夏の陽射しを浴びながら、立ち止まって深呼吸をした。

10

連休明けの五月六日の午前十時半に渡邉は日本製粉本社に坂元を訪ねた。言うまでもなく、出資問題を具体的に詰めるためだ。応接室に顔を出すなり、坂元が訊《き》いた。

「どう、禁煙のほうは」

「お陰さまで、ばっちりです。つらかったのは三日ぐらいでした。いらいらして、女房や社員に八つ当たりして、われながらひどいと思います。その後は、食事は美味しくなりましたし、体調も、精神面も安定して、心身共にきわめて健全です。すべて坂元さんのお陰ですよ」

「それはよかった。渡邉さんは意志堅固な人だからねぇ。八つ当たりぐらいは許されるでしょう。ハハハハッ」

坂元が声をたてて笑ったので、渡邉も高笑いした。

「社員は、禁煙は無理なほうに賭《か》けた者が多かったようです。坂元さんに話してなかったら、危なかったかもしれません。当たられたほうはたまりませんからねぇ。女房に、禁煙は取り消してくれって言われたくらいです」

ひとしきり禁煙話をしたあとで、渡邉が居ずまいを正した。

「出資していただく件ですが、タイミングについては、どう考えたらよろしいでしょうか」

「社内手続き上の問題を考えると、六月一日っていうところじゃないかと思いますよ。わたしが決めることではないが、今月中は無理だと思います。六月一日で問題がありますか」

「いいえ。そんなことはないのですが、当社としても形式を踏まなければなりません。定時株主総会は五月二十八日を予定してますが、株主はわずか三人ですから、なんら問題はありませんし、日本製粉さんへの第三者割当てにつきましても、当日の取締役会で決議すればよろしいわけですね」

「けっこうです。それでいいんじゃないですか」

「役員については、どうお考えですか」

坂元は怪訝《けげん》そうに渡邉を見上げた。

「どういうこと」

「日本製粉さんの出資比率は四〇パーセントになります。当然役員を派遣していただく必要があると思うのですが。というより、ぜひともそうお願いしたいと存じます」

坂元は思案顔で腕組みした。数秒ほど間を取って、面をあげた。坂元の目が笑っていた。

「上のほうの意見も聞いてみます。わたしの一存で決めるわけにもいかんでしょう」

「よろしくお願いします」

坂元が小首をかしげたのを、渡邉は気づかなかった。

「ところで、四月の月次決算はどうですか」

「はい。一両日中にお届けしますが、すこぶる好調です。〝高円寺北口店〟が約一千三百五十万円、〝大和店〟が約一千三百万円、〝上大岡店〟が約一千二百万円の売上高で、三店とも二〇パーセントから二五パーセントの利益が出てます。〝唐変木〟は三百五十万円の売上高で利益は五パーセントにとどまってますが、ご存じのとおりまだ実験店ですから……」

「〝唐変木〟のFC展開をどうするかがわれわれの課題だけれど、居酒屋のほうがそんなに好調なら、仮にFC展開がうまくいかなくても、そう心配しなくてもいいっていうことになりますねぇ」

「〝唐変木〟も成功すると思いますけど」

「うん」

坂元はひとうなずきして、つづけた。

「提携後の一号店を、一日も早くオープンしたいですねぇ」

「はい。店舗物件の物色に、鋭意取り組みます」

「半年ほど前に年商三億円と聞いた記憶があるが、もう五億円ですか。ワタミフードサービスは前途洋々たるものがあるっていうわけですね」

「どうも……」

渡邉は膝《ひざ》に手を突いて深々と頭を下げてから、坂元をまっすぐとらえた。

「〝白札屋〟の失敗で、社員が危機感を持ってくれたことも大きいと思うんです。そして、今回は日本製粉さんが出資してくださいました。社員の士気は大いに上がってます」

「危機をバネにしたのは、渡邉さんのリーダーシップのしからしめるところでしょう。社員のヤル気を引き出すのはトップの役目です。羨《うらや》ましいぐらい若い集団で、活力を感じますよ」

「ありがとうございます」


翌朝九時に、渡邉は坂元から電話を受けた。

「役員派遣の件ですが、二、三、上の意見を聞いたところ、その必要はないだろうということでした。実はわたしもまったく同じ意見です。四〇パーセントの出資比率といっても、わずか二千万円ですからねぇ。若い皆さんにおまかせしたほうがいいんじゃないかということです。お気持ちだけいただいておきます」

坂元は笑いながら話している。

莫迦《ばか》にされたとまでは思わなかったが、渡邉はピンときた。

「よくわかりました。役員の派遣をお願いするなんて、おこがましき限りでした。天下の日本製粉さんに対して、身のほどをわきまえないにもほどがありますよ」

渡邉も笑いながら話した。

「いやいや、そこまで謙遜《けんそん》することはないでしょう。とりあえず見送るということで、将来、常勤はともかく、非常勤役員を派遣させてもらうことは充分あり得ると思いますよ」

「お気を遣っていただいて、恐縮です。お電話ありがとうございました」

11

渡邉はこの日、午前十一時に黒澤、金子、呉の三人を事務所に呼んだ。いわば臨時取締役会を開催したことになる。四人ともスーツ姿だ。

「きのう坂元さんに会って、出資に伴って役員の派遣を要請したんだが、けさ電話で断ってきたよ。このことは俺の一存でお願いしたんだが、払込資本金の四〇パーセントの出資比率の日本製粉に役員の派遣を要請するのは、当然だと俺は考えたんだ」

「それを断ってきた理由はなんですか」

「呉も俺と同じ考えなんだな」

「ええ。日本製粉の利益代表として最低、非常勤役員の派遣は当然と思いますけど」

「黒澤と金子はどう思う」

「私も呉さんと同じ意見です」

二人とも真剣な面持ちで、渡邉を見返した。呉は渡邉の隣に坐《すわ》っていた。

「そう思います」

「ハハハハッ」

突然、渡邉が破顔した。

「俺だけが莫迦じゃなくてよかったよ。考えることは四人とも一緒なんだ」

「どういう意味ですか」

呉の質問に、渡邉は笑顔で答えた。

「ワタミフードサービスは日本製粉が役員を派遣するほどの会社じゃないってことだよ。俺もきみたちも考えが浅いというか、日本製粉にしてみれば、身のほど知らずにもほどがある、っていうわけよ」

黒澤が小首をかしげた。

「坂元さんが社長に、そう言ったんですか」

「まさか。そう言ったのは俺のほうだ。四〇パーセントの出資比率といっても、二千万円だからねぇ。役員の派遣を要請されるなんて、想像だにしてなかったんじゃないかな。坂元さんは優しい人だから、若い人たちにまかせる、しかし将来は役員の派遣もあり得ると言ってくれたけど、やっぱり俺たちは若造で、世故に長《た》けてないってことだよ。それを思い知らされたってわけだ。とんだ赤っ恥をかいたことになるな」

「なるほどそういうことですか。でも、清新で、若々しいワタミフードサービスだからこそ、坂元さんはずっと支援し続けてくれたんじゃないでしょうか」

渡邉が県のほうに首をねじった。

「それはあるかもしれない。金額はともかく、夢にまで見た日本製粉の出資が実現したんだものねぇ。坂元さん一人の力で、日本製粉を動かしたんだから、凄《すご》いよ。若々しいベンチャービジネスを買ってくれたんだ」

渡邉は、戸田みさ子が淹《い》れてくれた緑茶を飲んで、話をつづけた。

「きみたちに報告しておくことがある。日本製粉の払い込みは六月一日付ということだ。それから、資本および業務提携後、できるだけ早い機会に〝唐変木〟の二号店をオープンしたい、というのが坂元さんの希望なので、俺はさっそく物件探しに取りかかるぞ」

金子が真顔で渡邉に訊《き》いた。

「日経流通新聞に、原宿と六本木に出店するようなことが書いてありましたけど」

「あれは笠井のハッタリだよ。口から出まかせに若者に人気のある原宿と六本木をあげたんだろう。しかし、候補地の対象にはなるかもしれないな」

「〝唐変木〟の今後の展開が楽しみですねぇ。居酒屋みたいに高収益は望めないでしょうけど、なんといってもワタミ独自のブランドですから」

「黒澤は、大阪と広島で苦労したからなぁ。〝唐変木〟に対する思い入れの深さは俺以上だろう」

「そんなことはありませんよ。わたしは社長命令に従ったまでです」

「思い出すなぁ。ビジネスホテルの風呂場《ふろば》がソース瓶だらけになってたことを……」

渡邉も、黒澤も、しばし往時を懐かしんだ。

12

五月二十八日木曜日午前十時に、渡邉は黒澤、金子、呉、それに父親の秀樹を、ワタミフードサービス本社事務所に招集した。秀樹はワタミフードサービスの監査役である。

小さなソファに、渡邉と黒澤が並び、金子と秀樹が向かい側に、呉は事務用の椅子をソファに寄せて坐った。

「ただいまから取締役会を開催します。第一号議案は二千万円の増資の件、つまり、日本製粉株式会社に対する第三者割当てを正式にご承認いただきたいということです。ご異議がなければ正式に決議します」

異議などあろうはずがない。

五人はにこやかにうなずきあった。

秀樹が質問した。

「日本製粉さんの出資の実行日はいつになりましたか」

「失礼しました。黒澤、金子、呉の三人にはすでに伝えてありますが、渡邉秀樹さんにはまだでしたか。六月一日です」

「たしか日本製粉さんは四月二十八日に取締役会で正式決定したと聞いてましたが……」

「単に手続き上の問題で一か月ほど要するということです。ついでながら申し上げますが、三井銀行横浜支店にワタミフードサービスは口座を開設し、同支店に二千万円が払い込まれます」

秀樹が出席している手前、丁寧語にならざるを得ない。

「第二号議案に移ります。わたし、渡邉美樹の持株のうち二十四株を、呉雅俊君に譲渡致したいと考えました。ご異議ありませんか」

「異議なし」

「異議なし」

「けっこうです」

黒澤、金子、秀樹が賛成し、呉は黙って低頭した。額面五万円の株式二十四株だから、百二十万円である。このことは渡邉と呉の間で、すでに話し合われ、合意が得られていた。

日本製粉出資後のワタミフードサービス株式会社の株主は五名、持株数と持株比率は次のようになった。

▽渡邉美樹＝四百四十八株、四四・八パーセント
▽日本製粉株式会社＝四百株、四〇パーセント

▽黒澤真一＝六十四株、六・四パーセント
▽金子宏志＝六十四株、六・四パーセント
▽呉雅俊＝二十四株、二・四パーセント

秀樹が、しみじみとした口調で発言した。

「日本製粉さんは創業百年になんなんとする三井系の名門企業ですが、日本製粉さんの出資によって、ワタミフードサービスはさっそく三井銀行と取引できるようになったんですねぇ」

これを受けて、議長である渡邉が発言した。

「おっしゃるとおりです。三菱銀行横浜支店に〝つぼ八・大和店〟の開設資金の残額がありますが、可及的速やかに返済致したいと思ってます。日本製粉さんの出資が得られた結果、いままでのようにファイナンス面で四苦八苦するようなことはなくなると思います。横浜銀行、横浜信用金庫等ともすでに取引したい旨伝えてありますが、以前とはまったく対応が違うので驚いています。〝白札屋〟から〝つぼ八〟への改装工事費などの件で融資を求めたときは、けんもほろろだったのに、担当窓口が変わったこともあるんでしょうけど、きわめて前向きです」

「日本製粉の威力はさすがですねぇ」

「呉君が言ったとおりです」

取締役会が終了し、雑談になってから、洋子も椅子を寄せて参加した。秀樹が洋子に優しいまなざしをそそいだ。

「元気そうだねぇ。すべて順調っていうところかな」

「はい。社長が禁煙したお陰もあると思います。社長の健康を心配しなくて済むようになりましたから」

「洋子さんはいつまで、この事務所で働くつもりなの」

洋子に目配せされた渡邉が答えた。

「僕は今月いっぱいで辞めさせるつもりだったんですが、十一月まで頑張ると言ってきかないんです」

「そんなに無理しなくちゃいけないのかねぇ」

「いま洋子に辞められると困るのはたしかですが、十一月までということはないかもしれませんねぇ」

「大丈夫ですよ。躰《からだ》を動かしてたほうがいいんです」

「お腹が大きくなってくると、傍《はた》が痛々しく感じるからねぇ。早いところ後任を育てなければいかんよ。どんなに頑張っても八月ぐらいまでだろう」

「そう思います」

渡邉は秀樹にきつい目を向けられて、苦笑しながらうなずいた。

洋子が秀樹から渡邉に視線を移した。

「少なくとも十月いっぱいは働けると思いますけど」

「いま決めることはないよ。成り行きでいこう」

「洋子さんが会社を心配することはわかるが、なるべく早く卒業して、専業主婦になったらいいね」

秀樹が決めつけるように言った。

結局、洋子は〝殴打事件〟で経理部長の加藤が辞職した後、経理を含めた管理部門を担当するようになった呉に仕事を引き継いで、十月末に事務所を去った。

洋子は短期間とはいえ、事実上ワタミフードサービスの経理部門の責任者になったばかりか、不慣れな呉のコーチ役まで担ったことになる。

第十一章　子会社化の誘い

1

日本製粉と提携後の一号店を可及的速やかにオープンしたい――。渡邉《わたなべ》は五月下旬以降、物件探しに東奔西走する毎日が続いていた。藤沢、南林間、広尾、西小山、六本木、新宿、渋谷《しぶや》などを、物件を求めて足が棒になるほど歩き回った。しかし、これと思う物件はおいそれとは見つからなかった。

六月一日の夕刻、渡邉は日本製粉本社に坂元を表敬訪問した。

「本日、増資資金の払い込みをいただきました。ありがとうございました。衷心《ちゅうしん》よりお礼申し上げます」

渡邉は、坂元に向かって最敬礼した。

「ご丁寧にどうも。どうぞお坐《すわ》りください」

渡邉が応接室のソファに腰をおろすなり、坂元が訊《き》いた。

「物件のほうはどうですか」

「ずいぶん探し回ったのですが、決定的なものがなくて……」

「そうですか」

坂元はぐっと上体を乗り出した。

「いいのがあるんですよ。今夜さっそく見に行きましょう」

「場所はどこですか」

「新宿三丁目です。新宿中央通りにオウレッチビルディングという新築のビルがあるが、新宿駅の東口から二、三分だし、人通りの多いところなので、絶好の物件と思いますよ」

「ここからでも歩いて行けますねぇ」

「だから気に入ったんですよ。一号店は新宿がいいんじゃないかと、つねづね思ってましたから」

坂元はうれしそうに話している。まるで物件が決まったような口ぶりだ。

「ただねぇ……」

坂元は湯呑《ゆの》みをセンターテーブルに戻した。

「ちょっとややっこしいのは、日粉じゃなければ貸さないって、ビルのオーナーが言い張ってることとなんです」

「日本製粉さんが四〇パーセントも出資してるワタミフードサービスではダメなんですか」

「売り手市場なんですよ。それで強気なんでしょうねぇ。日粉なら貸すというよりも、日粉しか貸さないっていう態度です。しかし、日粉が借りて、ワタミフードサービスに転貸

けに、水を差されたような気持ちだった。

するのはかまわない、ということだから、基本的には同じことだと思いますよ」

渡邉はかすかに眉《まゆ》をひそめた。なんだか出端《ではな》をくじかれたような気がしたのである。ワタミフードサービスは、〝つぼ八〟のFC店に過ぎない。居酒屋風情と取られても仕方ないが、〝唐変木《とうへんぼく》〟のFC店を大々的に展開していこうと胸をふくらませていた矢先だけに、水を差されたような気持ちだった。

坂元が時計に目を落とした。

「そろそろ出かけましょうか」

渡邉は気を取り直して、笑顔を見せて言った。

「きょうはたっぷり軍資金を用意してきました。坂元次長に一席持たせていただくのが趣旨ですから」

「オウレッチビルの近くに手頃な店がありますよ」

「坂元次長がお使いになっているお店の中で、いちばん高級なお店でやらせてください」

「まあ、そんなに気張らなくてもいいですよ」

坂元が腰をあげたので、渡邉も続いて立ち上がった。

オウレッチビルディングは、新宿三丁目三十四番地十三号にあった。地上九階、地下一階のビルで、延べ床面積は一八二坪。地下一階の一六坪余が目指す物件だった。

「立地条件はいいと思いますけど、周りがちょっと暗いですねぇ」

渡邉はさして気乗りしなかった。

「ここなら必ず当たりますよ。昼も夜も人波が絶えないし、ケチのつけようがないんじゃないですか」

坂元は、地下一階の階段を降りて行った。

あらかじめ電話で連絡してあったと見え、スーツ姿の若い社員が待機していた。坂元がビルの社員に訊《き》いた。

「一六坪強でしたかねぇ」

「五四・一〇平方メートルですから、一六・三六坪です」

「渡邉さん、どうですか」

坂元に声をかけられて、思案顔の渡邉は腕組みをほどいて、頬をさすった。

「ええ。まあよろしいんじゃないでしょうか」

「消極的ですねぇ」

「そんなことはありません」

言葉とは裏腹に、渡邉は積極的な気持ちになれなかった。

「開発部の連中が何人か下見してますが、反対論は皆無でした」

「わかりました。坂元次長におまかせします」

「決めるのは渡邉さんですよ」

「けっこうです。決めさせていただきます」

渡邉は勇を鼓して、声量を強めた。

2

渡邉が坂元に一席持った店は、〝満喜の家〟という蕎麦屋《そばや》に毛が生えたような飲み屋だった。

「失礼ながら、わたしどもの〝つぼ八〟のほうがずっと上等だと思いますけど、こんなところでよろしいんでしょうか」

オウレッチビルの近くにある雑居ビルの地下一階に連れて行かれたとき、渡邉は思わず口をついて出てしまい、頭を掻《か》いた。

「さあどうでしょうか。〝つぼ八〟よりは〝満喜の家〟のほうがましかもしれませんよ。わたしは贔屓《ひいき》にしてるんです。けっこう旨《うま》い店ですよ」

〝満喜の家〟はほぼ満席だった。カウンター席の奥があいていた。

渡邉はせめてホテルの割烹料理店ぐらいで、坂元をもてなしたいと考えていたが、坂元は自分より遥《はる》かに後輩の渡邉に馳走《ちそう》になるのは気が引けたので、地味な店を予約しておいたのだ。

「増資の件、ほんとうにありがとうございました」

「こちらこそありがとう。まだ序の口で、すべてはこれからですよ。お互い頑張りましょう。乾杯！」

二人はグラスをぶつけて、ビールを一気に喉《のど》へ流し込んだ。

渡邉が急いで大瓶を右手でつかんだ。酌を受けながら、坂元が言った。

「あの物件、どうもお気に召さないようだけど、ここは一つわたしの顔を立ててください。これから条件を話しますが、貸す側は相当強気です。だが、それだけの価値はあると思いますよ」

渡邉は緊張した。条件を早く聞きたかったのだ。

「保証金は五千万円です」

「えっ！　五千万円ですか」

渡邉は目を剝《む》いた。いくらなんでも一六坪で五千万円は高い。

「一等地だから、それぐらいは覚悟しないと。借り手はたくさんいるのに、日粉を優先的に扱ってくれたんです」

「しかし、当社に五千万円を負担する力はありません」

「その点はどうあるべきか、ない知恵を絞りましょう」

「……………」

「家賃は、坪当たり四万円です」

「六十四万円ですか。相当強気ですねぇ。採算が取れるかどうか心配ですよ」

渡邉は冗談めかして言ったが、率直にそう思った。

「心配ないですよ。私なりに試算してみたが、充分いけます。日粉が株式会社オウレッチビルディングと契約し、ワタミフードサービスに限定して店舗貸借契約を結ぶことになるわけだから、いずれにしてもリスクは両者で分け合う形になると思うんです。ワタミのリスクは、日粉が出資した二千万円以内と考えれば、気は楽でしょう。当然のことながら〝唐変木〟の内装から運営まで、すべて渡邉さんにおまかせします。関内《かんない》の〝唐変木〟もモデル店だが、新宿の〝唐変木〟も両社提携後の一号店で、いわばモデル店です。ぜひとも成功させたいとわたしは願ってます」

坂元は低い声で話しているが、高揚感が渡邉の胸にも伝わってきた。

「おっしゃることはよくわかります。坂元次長は、モデル店のオープンはいつごろを想定してるんですか」

「早ければ早いほどベターですよ。三か月以内、つまり八月末にはオープンしたいですねぇ」

「充分間に合うと思います。必ず成功させてご覧にいれます」

渡邉は気合いを入れるように、ぐっとグラスを呷《あお》った。

この夜、渡邉が〝満喜の家〟で支払った飲食代は五千五百円だった。

3

六月三日水曜日の午前七時に、渡邉は洋子《ひろこ》を除く十六人の全社員を本社事務所に招集した。

渡邉も高揚していた。

「久しぶりの早朝会議で皆さんの元気な顔を見て、大変うれしく思います。全員がそれぞれの立場で一所懸命頑張ってることが肌で感じられます。わたしは〝こだわりと挑戦心〟について、何度も何度も話してますが、皆さんご存じのとおり、六月一日付で日本製粉との資本・業務提携が実現しました。この機会に〝こだわりと挑戦心〟を声を大にして言わせてもらいます。日本製粉ほどの大企業が何故、ワタミフードサービスのような小さな会社をパートナーとして選択してくれたのか。外食産業に対するわれわれのこだわりと挑戦心を坂元次長が評価してくれたからです。坂元次長はわれわれの情熱を買ってくれたんです。情熱こそが競争の激しい外食産業の中で生き残れ、発展していける唯一の条件です。〝こだわり〟と〝挑戦心〟を持ち続けることは情熱なくしてはあり得ない。このことを言いたかったがために、睡眠時間を割いてもらってこんなに早い時間に、全員に集まってもらったんだ……」

渡邉は右手のこぶしをふりまわし、いっそう声を励ました。

「昨日、幹部に話したので、全員に伝わってると思うが、新宿の中央通りに〝唐変木〟の二号店が八月末にオープンする。二号店といっても、日本製粉と提携後の一号店だからモデル店とも言えるが、ついにわがワタミフードサービスは副都心といわれる新宿の目抜き通りに進出することができるんだ。しかし、大きくジャンプするためには、絶対に成功させなければならない。われわれは日本製粉の期待を裏切ってはならない。われわれの情熱を買ってくれた坂元次長の期待を裏切るようなことがあったら、俺は死んでも死に切れない……」

渡邉は興奮して、ほとんど絶叫調になっていた。

「俺は、皆んなの情熱を信じて疑わない。俺と黒澤と金子と、女房と四人でスタートした会社がわずか三年で、日本製粉と提携できるまでになった強運を俺は神に感謝せずにはいられない。つらいこともあったが、皆んなも、歯をくいしばって俺に従《つ》いてきてくれた。いま俺は感謝の気持ちでいっぱいだ。情熱を燃やして、きょうから新しい目的に向かって挑戦しようじゃないか……」

渡邉はちょっと照れくさそうにひたいの汗をハンカチでぬぐいながら、しめくくった。狭い部屋に十七人も詰め込んでいるので、人いきれで蒸し風呂《ぶろ》みたいになっていた。全員汗ぐっしょりだ。

「皆さん、早朝会議に出席してくれて、ありがとうございました」

拍手がやんだあとで、渡邉は黒澤、金子、呉《ご》、笠井、藤井の五人を呼び止めた。

「まだネーミングは決めてないが、多分〝唐変木・新宿店〟になると思う。店長は笠井にやってもらうぞ。藤井は笠井の後任で関内の〝唐変木〟の店長になってもらう。内装工事に入ってから正式に発令する。黒澤は〝唐変木〟二店を担当してくれ。金子には引き続き〝つぼ八〟全店を担当してもらう」

渡邉は、黒澤と笠井にこもごも目を遣《や》った。

「きのうオウレッチビル見てきたのか」

「ええ」

「はい」

黒澤と笠井が同時にうなずいた。

「どう思う。俺は周囲の暗い感じが気になったけど」

「わたしは〝つぼ八・新宿店〟で修業したので、あの辺はよくわかりますが、新宿の東口は、だいたいあんな感じですよ。立地条件は悪くないと思います。ただ笠井とも話したんですけど、物件のスペースがいまいちですねぇ」

黒澤と顔を見合わせながら、笠井が言った。

「カウンターとテーブル席で、二十五席ですかねぇ」

「うん」

「二十五席か。最低六回転しないと、ペイしないな」

「それはいけると思います。繁華街ですから」

「黒澤の保証付きなら大丈夫か。大丈夫もなにも、坂元さんの思い入れの深い物件だから、もうあとには引けない。やるっきゃないんだ」

「きっと日本製粉さんの社員も常連になってくれますよ」

笠井は顔面を朱に染めていた。

提携一号店の店長に抜擢《ばってき》されたのだから、張り切って当然だ。

呉が渡邉に質問した。

「新宿の物件は保証金が五千万円だそうですが、日本製粉が負担してくれるんですか」

「具体的にはこれから詰めるんだが、坂元さんは両社でリスクを分け合うと言ってくれた。日本製粉が出資する二千万円以内のリスクと考えれば気が楽だろう、とも言ってくれたから、ワタミの負担はそんなに大きくならないと思うよ」

「坂元さんは社長に惚《ほ》れ込んでくれてるんですねぇ」

「さっきも話したが、俺を含めたワタミ全体の若い力と情熱を評価してくれてるんだよ。俺たちは坂元さんに能力を引っ張り出してもらってる面もあると思うし、買い被られてるっていうか、実力以上に評価されてる面もあるかもしれない。そうならないように頑張ろうや」

「はい」

「頑張ります」

黒澤がうなずき、笠井は唇をひき結んだ。渡邉がソファから身を乗り出して、藤井の肩を叩《たた》いた。

「〝一号店〟もしっかり頼むぞ」

「はい」

「俺が物件の選定を間違えたと言われたら、それまでだが、いくらモデル店、実験店とは言っても、もうちょっと売上げも利益も伸ばさないとなぁ。どうしたらいいのか、俺も考えるよ」

金子が口を挟んだ。

「日粉との提携を引き出すきっかけをつくったお店なんですからねぇ。トータルで考えたら、けっこう貢献してるんじゃないんですか」

「まあなあ。じゃあ、これで」

渡邉は表情をひきしめて、ソファから腰をあげた。

4

日本製粉株式会社と株式会社オウレッチビルディングが、同ビル地下一階一六・三六坪の店舗貸借契約を締結したのを受けて、渡邉と坂元は転貸借契約の条件交渉をすすめた。

「保証金は全額日粉で負担します。そのかわり保証金の利息を銀行金利より高めに転貸料に組み込むかたちでワタミさんにも負担していただく、そういうことでどうですか」

「はい。もちろん、それで、けっこうです」

「経理部と意見調整した結果、転貸料は月額七十八万九千五百円、管理費は同七万二千円という線でどうか、ということになりましたが」

「けっこうです」

渡邉は内心ちょっと高い、と思わぬでもなかったが、五千万円の保証金の負担を考えれば当然の要求で、呑《の》まなければならない、と納得した。

管理費とは、ビルの管理要員費、共同部分の電灯料金、給水・排水ポンプの動力費、共用水道料金、共用清掃費、機械定期点検および保守費、植木・花壇の手入れ費、損害保険料、町内会費、袖《そで》看板使用料などの諸経費である。

坂元はビル側との貸借契約書の写しを渡邉に示しながら、丁寧に説明した。

「転貸借期間も、貸借期間同様、昭和六十二年七月二十七日から昭和六十四年七月二十六日までの二年間としますが、期間満了の六か月前までに甲（日本製粉）、乙（ワタミフードサービス）いずれからも解約の意思表示がないときは、転貸借の期間は同一条件をもってさらに二か年延長するものとし、それ以後も同様とする。乙は、契約更新料として、甲が丙（オウレッチビルディング）に支払った更新料と同額を甲に支払う……」

坂元が書類から目を上げた。

「禁止事項、これもごく当たり前のことですが、一応読みましょうか。①本物件の全部または一部を第三者に転貸しあるいは継続的に使用させること、②本物件の転借権を第三者に譲渡しまたは担保に供すること」

渡邉はふと〝つぼ八・高円寺北口店〟の営業権（保証金）を〝つぼ八〟創業社長の石井誠二から譲渡されたとき、三進ビルの女性オーナー、山崎喜代《やまざききよ》が保証金の質権設定を承諾してくれた往事を思い出して、懐かしさが胸にこみあげてきた。わずか三年前のことなのに、ずいぶん昔のことのようにも思える。

物件は転貸なので、万々一にも保証金の質権設定などはあり得ないし、日本製粉との資本・業務提携が実現したことによって、あのころとは比較にならないほどの信用力が得られた。

日本製粉本社の応接室で、坂元と向かい合っていること自体、不思議でならない——。

坂元が麦茶をひと口飲んで、コップをコースターに置いた。

「内装工事の項は、乙が転貸借物件に入居後内装工事に着手するときには、あらかじめ設計図、仕様書等を甲に提出し、甲の承諾を得るものとする。ただし甲は、合理的な理由がない限り承諾を与えるものとする。要点はこんなところですかねぇ」

「設計図、仕様書についてはすでに坂元さんにお見せしてますが……」

「あれで問題ありません。一両日中に店舗貸借契約書を二通作成しておきますから、押印と署名をお願いします」

両社が転貸借契約に調印したのは、昭和六十二年（一九八七年）七月二十五日のことだ。

5

内装工事の進捗《しんちょく》状況を渡邉も坂元もしばしば視察したが、八月二十八日のオープンまで十日ほど残す、残暑厳しい某日の午後、二人は工事現場で顔を合わせた。示し合わせたわけではないが、こんなことは何度もある。二人ともネクタイは着けているが、ワイシャツ姿だった。

「オープニング・セレモニーとして、開店一週間は〝唐変木焼き〟を無料にすることにしました。一週間前に新宿駅東口とお店の前でチケットをお客様に配ろうと思ってます」

「えっ！　そんな、まさか」

坂元は呆《あき》れ顔で渡邉を見上げた。

「〝唐変木〟のお好み焼きを一度召し上がったお客様は必ず二度、三度とお店に足を運んでくださると思うんです」

「いくらなんでも、只《ただ》っていうのはやり過ぎなんじゃないの。そこまでやらなくても、この場所なら集客の心配はないと思いますけどねぇ」

「〝唐変木焼き〟以外のお好み焼きやピザ焼きを食べてくださるお客様もいらっしゃるはずですし、〝唐変木焼き〟だけのお客様もドリンクを買ってくれますから、それほどのマイナスにはならないと思うんです」

「わたしは反対だなあ。過剰サービスですよ。考え直したらどうですか」

「もう決めたことなんです。黒澤たちの意見も聞きましたが、反対論はありませんでした」

「渡邉さんが言い出したら誰も反対できないでしょう」

「そんなことはありませんよ。わたしはそんな独善的じゃないですよ」

「ドリンクをサービスっていうことならわかるが、主力のお好み焼きを只にするのはどうかなぁ」

「事前に坂元次長のご意見をお聞きしなかったことはお詫《わ》びしますが、この件についてはどうかおまかせください。販促のための手段です」

渡邉は笑顔で言って、財布の中からなにやら取り出した。

「これをご覧ください」

渡邉が坂元に手渡した紙片は千円札大のチケットだった。

〝「唐変木焼き」おたのしみ券〟〝オープニング記念として八月二十八日より一週間、無料サービスさせていただきます〟と印刷されてあった。

「唐変木焼き」は最もポピュラーなお好み焼きである。素材は卵、豚肉、イカ、タコ。料金は六百八十円で、いちばん安い。

「千枚ねぇ。六十八万円ですか。勿体《もったい》ないような気がするけど、渡邉さんなりの考えがあるんでしょう」

坂元は不承不承追認した形だ。

チケット配りには渡邉、黒澤、笠井の三人も参加し、新宿駅東口と、オウレッチビルの前で、開店三日前に行われた。

「開店祝いで一週間、日本一美味《おい》しいお好み焼きを只で召し上がっていただきまーす」

渡邉たちは、声を張りあげてチケットを配りまくった。

チケットを手にした通行人のほとんどは、一瞬怪訝《けげん》そうな表情を見せるが、にんまりとうなずいて財布の中に仕舞う。まるめてポイ捨ては一人もいなかった。手応《てごた》え充分、と渡邉が思ったのもうなずけよう。

6

八月二十八日から一週間、〝唐変木・新宿店〟に長蛇《ちょうだ》の列が続いた。

一日九回転が連日続いたのだから、渡邉たちがどれほど忙しい思いをしたか察しがつく。

渡邉はユニホーム姿でフロントに立ち、レジを担当した。

黒澤と笠井は、アルバイト学生を指揮して、狭い店内を動き回った。坂元も毎日顔を出したが、渡邉と口をきくのは二言か三言がせいぜいだった。

「凄《すご》いねぇ。階段からずっと上のほうまでお客さんがあふれてますよ」

「お陰さまで。販促チケットの成果だと思います」

「問題は一週間後にどうなるかですね」

「大丈夫ですよ。九回転はちょっと異常ですが、六回転すればペイします」

「チケット組が相当数いたとしても、厳しい残暑の中で、こんなに熱いお好み焼きで集客できたっていうことは、すべり出しとしては好調ですねぇ」

「好調過ぎて、怖いくらいです」

一週間最後の九月三日は降雨で、客足は落ち着きを見せたが、それでも七回転し、チケット組はほとんどいなかった。

八日目の九月四日は、ふたたび九回転に戻った。

黒澤も笠井も、疲労困憊《こんぱい》のはずなのに、表情は精気で漲《みなぎ》っていた。アルバイト学生は早番と遅番の交替制なので、疲労度は二人とはまるで違う。

閉店時間の午後十一時半に、〝ご苦労さん〟のビールを飲みながら、渡邉が黒澤に言った。

「五、六の土日に夏休みを取ることにしてたが、返上しようか」

「僕も笠井も八月に取っています。社長、お店のほうはわれわれにまかせてください」

「しかし、この忙しさだからねぇ。休みを取るのは気が引けるよ」

笠井が右手を振った。

「それはないですよ。だいたい社長が毎日フロントに立ってること自体おかしいんです。社長業を放棄してるようなものじゃないですか。夏休み必ず取ってください」

「呉や金子と電話で連絡を取りあってるから、社長業を放棄してるわけじゃないよ。しかし、いつまでも新宿店に張りついてるわけにもいかないことはたしかだよなあ」

「軽井沢のペンションを予約してるんでしょ」

「黒澤に話してたか」

「ええ。たまには奥さん孝行してくださいよ」

「そうだな。きみたちには悪いけど、一泊二日の夏休みを取らせてもらうとするか」


渡邉と洋子は、予定どおり五日の昼過ぎに、専用車の〝クラウン〟で軽井沢に向かった。

助手席の洋子は、痛々しいほどではないにせよ、そろそろお腹のふくらみが目立つ。

「お休みを取るのは、ゴールデンウイークの里帰り以来ねぇ」

「うん。きみも俺も、よく働くよなぁ」

「ワタミの人は皆んなそうよ」

「そうなんだ。特に黒澤と笠井には頑張ってもらってるな。〝唐変木・新宿店〟の立ち上がりはうまくいったが、しっかり営業基盤を固めてもらわないとねぇ。雑な営業にならないように常々口をすっぱくして言ってるから、あの二人に限って言えば心配はないと思うけど……。俺が二日の休みを取るのが気が引けるほど、もの凄い数のお客さんが押し寄せてるからなぁ」

「無料のチケットはやり過ぎだったかもねぇ」

「きみも賛成したじゃないか」

「ええ。でも結果論としてはどうなの」

「プラスのほうが遥《はる》かに大きいと思うけど。きょう、あすの数字がどうなるか、たのしみだよ」

「あなた、佐川急便のＳ　Ｄ《セールスドライバー》時代に、まさか五年後にこんなになるとは思わなかったでしょ」

「きみとの再会も含めて、ツキ過ぎもいいところだよ」

渡邉が思い出し笑いを洩《も》らした。

「なにを思い出したの」

「ＳＤ時代に営業所に通ったオンボロ車を思い出したんだ」

「ああ、あの車ねぇ」

「一年間よくもったよ。俺もクラウンに乗れる身分になったんだ。えらい出世だよなぁ」

中軽井沢のペンションの夕食が不味《まず》くて、渡邉がこぼした。

「ワタミ・つぼ八店の料理を、ここの料理人に食わせてやりたいよ」

「料金を考えたら文句は言えないわ」

「ちょっと節約し過ぎたなぁ。それと軽井沢は失敗だったよ」

「そんなことはないわ。一度軽井沢に来たかったの」

「温泉、畳、浴衣《ゆかた》、そして刺身となくちゃあ、旅行に来た気がしないよ。黒澤じゃないけど、女房孝行と考えれば、ま、よしとするか」

「そうよ、子供が生まれたら、しばらく旅行どころじゃないもの」

「もう一度風呂《ふろ》に入って、そろそろ寝るか」

「まだ九時よ」

「眠くてしょうがないんだ」

渡邉も洋子も、貪《むさぼ》るように睡眠を取った。翌日の申し訳程度の観光を考えると、わざわざ軽井沢に眠りに来たようなものだ。

二人は、午前中に鬼押出《おにおしだ》し、白糸の瀧《たき》などを回って、昼過ぎには帰路についた。

7

九月六日夜九時過ぎに、渡邉は〝唐変木・新宿店〟に顔を出した。店内は満員で、階段に列ができている。

「社長、きょうぐらいゆっくり休んでくださいよ」

フロントに立っていた黒澤に言われたが、渡邉はユニホームに着替えて、黒澤と交替した。

「土曜日はどうだった」

「九回転です。きょうも間違いなく九回転ですよ」

「この調子だと、ワタミ始まって以来の大繁盛店になるかもなぁ」

「そう思います。土曜日の午後二時ごろでしたか、坂元さんが見えましたよ」

「うれしそうな顔してたろう」

「というより、びっくりしてました。これほどとは思ってなかったんじゃないでしょうか」

「そうだろうなぁ。びっくり仰天は俺も同様だよ」

その夜、接客に追われて、渡邉が黒澤と話したのはこれだけだ。笠井やアルバイト学生とは「ご苦労さま」「今晩は」と挨拶《あいさつ》を交わしただけで、話すいとまもなかった。

深夜帰宅した渡邉が、洋子に夢中で話した。

「きのうもきょうも九回転だってさぁ。あのお店は凄《すご》いことになりそうだよ。坂元さんがびっくりしてたらしいけど、俺もほんとに驚いた。日曜日の遅い時間に階段に行列ができてるんだから凄いよ。九回転なんて夢にも思わなかった。黒澤とも話したんだけど、ワタミ一の大繁盛店になるんじゃないかねぇ。凄いお店だよ」

渡邉は興奮して、「凄い」を連発した。

「あなた、坂元さんに頭が上がらないわね」

「たしかに言えてるよ。俺はオウレッチビルには食指が動かなかったからなぁ。その点、坂元さんは初めから自信たっぷりだった。だけどこんなバカ当たりするとは坂元さんだって夢にも思ってなかったんじゃないか」

「でもすべては結果でしょ」

「そのとおりだ。〝唐変木・新宿店〟はせいぜい月商四百五十万円と思ってたけど、この分だと、五百万円は軽く突破するんじゃないかな」

「このまま九回転が続くとは思えないけど、大成功と考えていいのかしら」

「そう思うよ。なんせ日本一美味《おい》しいお好み焼きなんだから、お客様は何度もお店に来てくれるわけよ。きみも一度、見学に行ったらいいね。あの行列は壮観だぞ。胎教にもいいと思うよ」

「そうねぇ。あしたにでも会社の帰りに覗《のぞ》いてみようかしら」

洋子が〝唐変木・新宿店〟を見学したのは九月八日だが、なるほど行列は壮観だった。繁盛店の活気は胎教によいかもしれない、と洋子も思った。

九月の〝新宿店〟の売上高は約六百万円だった。

十月に入っても勢いは止まらず、〝新宿店〟は大繁盛店として定着した。

8

〝新宿店〟大成功の余勢を駆って、お好み焼き専門店〝唐変木〟の多店舗展開を図りたい、と渡邉は切実に思ったが、それは日本製粉の強いニーズでもあった。

物件を求めて、六本木や原宿を歩き回ったり、先輩や友人の紹介で物件を下見に行ったり、渡邉はエネルギッシュに行動した。

横浜伊勢佐木町の繁華街の物件は相当気持ちをそそられたが、そんなとき日本製粉の坂元から電話で「東急デパート吉祥寺店を見てくれませんか」と誘われた。九月下旬のことだ。

「地下一階の食料品売場に日本製粉直営のスパゲティ店があるんですが、大赤字なんです。これをなんとかしたいと、かねがね思ってたんですが、〝唐変木〟にシフトすれば成功するんじゃないか、そんな気がしてるんですが……」

「大いに関心があります。わたしも高級ファーストフードに挑戦したいと思ってました」

渡邉は、坂元の話を聞いただけで乗り気になった。

「〝新宿店〟のときとはえらい違いですねぇ」

「実は十月上旬に横浜高島屋で、お好み焼きの催事をやらせてもらうことになってます。この結果を見きわめてからでもよいかとも思いますけれど、デパートの食品売場でも、焼きたての高級なお好み焼きがけっこう売れると思うんです」

「ほーう。横浜高島屋ですか」

「はい。大学時代の友達が勤めてるので、口をきいてもらったら、すぐOKしてもらえました。日経流通新聞のコピーを見せたのですが、おもしろそうだ、と向こうから言ってくれたんです」

「その結果が楽しみですねぇ。期間はどのくらいなの」

「一週間です」

渡邉が明治大学・横浜会《はまかい》の幹事長時代、渉外部長だった市丸悟《いちまるさとる》は、卒業後横浜高島屋に就職した。しかも市丸が食品部門の酒類売場を担当していたので、話の通りが早かった。

「忙しいと思いますが、なるべく早めに現場を見てください」

「はい。一両日中に見てきます」

渡邉は、その日のうちに東急デパート吉祥寺店に飛んで行った。

食品売場は混んでいたが、スパゲティ店は閑散としていた。三卓、十二席しかない小さな店だ。午後四時過ぎという時間帯もカウントする必要がありそうだが、スパゲティはおやつにはなりにくいし、夕食には軽過ぎるから、昼食時だけで採算を取るのは難しいように思える。

お好み焼きならどうか。一枚三百八十円〜四百円なら、女性客に受けるのではないか。男女雇用機会均等法が昨年四月に施行され、女性の社会進出が本格化するのに伴って、専門店志向は時代が求めている。お好み焼きの専門店は女性客に受けるに相違ない。いわばトレンドにマッチする——。

渡邉は、ミートソースのスパゲティを食べながら、そんなことを考えていた。スパゲティの味も、どこにでもある普通のレベルで、特色がなかった。これじゃ潰《つぶ》れないほうがおかしい。

日本製粉だから持っているが、ワタミフードサービスなら、とっくに撤退している。

吉祥寺駅に近い東急デパートの立地条件は悪くないし、食品売場がつねに人混みでにぎわっていることを考えれば、マイナス要因はない、と渡邉は結論づけた。

そして、十時の開店から六時の閉店まで、連日五人の焼きん娘《こ》が三人ずつ交替で〝唐変木焼き〟を焼きっ放しという横浜高島屋の結果が渡邉の自信を後押しした。一枚四百円のお好み焼きが飛ぶように売れたのである。

十月から本社事務所への勤務となった呉と笠井が吉祥寺店のオペレーション、内装などの店づくりに参加し、渡邉も満足のゆく〝唐変木・吉祥寺東急店〟が十一月六日にオープンする運びとなった。

東急デパートの業務委託方式によって、内装などの出店資金は約七百万円と、通常の約五分の一で済んだことも、渡邉をして高収益店舗を予感させずにおかなかった。

業務委託方式でありながら、〝唐変木〟のブランドを使えるとあって、「願ったり叶《かな》ったりです」と、渡邉は坂元にうれしそうに話したものだ。

9

〝唐変木・吉祥寺東急店〟オープンの二週間ほど前、渡邉は坂元から電話を受けた。

「もしもし渡邉さん、坂元ですが」

「はい、渡邉です」

「吉祥寺の内装工事は順調ですか」

「お陰さまできわめて順調です」

「久しぶりにお会いしたいですねぇ。昼食はどうなってますか」

「あいてます」

「それじゃ昼食をご一緒しましょう。遅い昼食でもよろしいですか」

「けっこうです」

「勝手をして申し訳ないが、午後一時半に関内の〝唐変木〟でお目にかかりましょうか」

「わたしが出向きます」

「たまにはわたしがそちらへ行きますよ。〝新宿店〟や〝吉祥寺店〟の関係で、しばらく横浜方面へ行ってませんから、そうさせてください」

話し言葉はいつもながら丁寧だが、坂元の口吻《こうふん》に、なにかしら硬さが汲《く》みとれ、渡邉は緊張した。

渡邉は十時半に店長の藤井に電話をかけて、奥のテーブルをあけておくように命じた。

「お客様ですか」

「うん。坂元さんが〝唐変木〟で会いたいと言ってきたんだ」

「なにか用意することはありますか」

「いや。特にないよ」

「一時半だとすいているかもしれませんが、よろしいんですか」

「むしろそのほうがいいんだ。ちょっと込み入った話になるらしいから」

〝サクラ〟のことを思い出して、渡邉は苦笑を浮かべた。

渡邉は〝広島風お好み焼き〟を、坂元は〝唐変木焼きそば〟をオーダーし、小瓶のビールを二人で半分ずつ飲んだ。

お好み焼きを食べているときは、談笑していた二人の顔が、コーヒーになってから、こわばってきた。

「〝新宿店〟の大成功によって、日粉の社内にも、ワタミフードサービスに対する評価が高まってきました。欲が出てきたというか、外食産業に対する考え方もより前向きになってきて、ワタミフードサービスの多店舗展開を図っていくべきとする積極派が上層部にも増えてます。仮に多店舗展開を推進すれば、投資額は相当ふくらんでくると思うんです」

坂元がコーヒーカップを口へ運んだ。誘われるように渡邉の右手がコーヒーカップに伸びた。

坂元がコーヒーカップをソーサーに戻して渡邉をまっすぐとらえた。

「一店、二店ならこういう問題は出てこなかったと思いますが、多店舗展開となると、関連会社のままでは投融資が難しくなるので、ワタミフードサービスに対する日粉の持株比率を四〇パーセントから五一パーセントに高めることはできないか、というのがわたしを含めた日粉の意向です」

「おっしゃることはよくわかります。つまりワタミを日本製粉の子会社にしたい、ということですね」

渡邉は坂元を強く見返した。

坂元が伏目になった。

「形式、形態上はそうなります。子会社化すれば店舗保証金にしても設備資金にしても、融資というか、投資がしやすくなります。経営権はあくまでも渡邉さんにあるわけだし、日粉は創業者のあなたをないがしろにするような会社ではありません。日粉を信じていただけませんか」

渡邉は喉《のど》の渇きを覚え、コップを呷《あお》るように水をごくごくと飲んだ。

「もちろん、わたしは坂元さんを信じてます。相互信頼関係は磐石《ばんじゃく》だと確信してますが、マジョリティ（過半数）を日粉さんにお渡しすることには、やはり抵抗があります。しかし、きょうのご提案は、重く受けとめ、真剣に考えさせていただきます」

「以前にも話したと思いますが、わたしは渡邉さんの外食産業に対する情熱に賭《か》けてます。日粉の外食産業部門をあなたにおまかせしたいとも思ってます。そういう大きな……」

坂元は両手をいっぱいにひろげて、話をつづけた。

「視野に立って、ワタミフードサービスを伸ばしていこうという気持ちにはなれませんか。日粉の傘下に入るとか、軍門に下るとか、矮小化《わいしょうか》しないで、日粉の外食部門を自分の手で大きく育ててやろう、という気持ちになってもらいたいですねぇ」

「今週いっぱい考えさせてください」

「もちろんいいですよ。渡邉さんがどう判断するかの問題です。あなたの経営決断に期待しますが、日粉という会社を信頼して、この提案を承諾していただければ、ワタミフードサービスの発展は約束されたも同然とわたしは考えてます」

「ちょっとお尋ねしてよろしいでしょうか」

「どうぞ」

渡邉が居ずまいを正したので、坂元も表情をひきしめた。

「日本製粉さんの出資が決定した時点で、役員の派遣をお願いしたとき一笑に付されましたが、五一パーセントになっても、役員の派遣はお考えにならないのでしょうか。それとも情勢が変化し、時点がずれれば、お考えも変わるということになるのでしょうか」

坂元の頰がゆるんだ。

「ほかの人がどう考えるかわかりませんが、そんなすぐには変わらないと思いますよ。少なくともわたしは変わりません。渡邉さんの経営力に日粉は全幅の信頼を置いてますから、おまかせするっていうことになると思いますよ」

「よくわかりました。それでは金曜日に返事をさせていただく、ということでよろしくお願いします」

渡邉は起立して、深々と頭を下げた。

10

渡邉は悩みに悩んだ。黒澤や金子や呉に相談する問題ではない。坂元も言っていたが、トップの経営決断の問題である。

資本の論理というが、ワタミフードサービスは、株式の過半数を日本製粉に保有されることによって、経営権が脅《おびや》かされることにならないのだろうか。経営基盤は強化されるが、子会社になるのだから、それは当然の帰結とも言える。

ワタミフードサービスは、三年半俺が命がけで、育ててきた会社ではないか。

形態上、子会社になっても、日本製粉に乗っ取られるようなことは万々一にもない、と俺は信じている。経営力についても、俺なりに自信があるし、メンバーも俺に従《つ》いてきてくれると確信できる。

しかし、日本製粉の意向をすんなりと受け入れることはできない――。思考は振り出しに戻る。

たしかに多店舗展開を進めていくとすれば、資金需要は増加する一方である。子会社化を拒否して、関連会社であり続ける限り、日本製粉から資金を引き出すことはできない。

だからと言って、ベンチャーキャピタルに資金援助を求めれば、その見返りに七〇パーセントの株式を提供しなければならないことは厳然たる事実だ。したがって、この選択肢はない。

五一対四九――。わずか一パーセントとはいえ、マジョリティを取られることの重圧がこうも厳しいことを、渡邉は現実に直面して、初めて意識した。

深夜、眠りに就けず、輾転反側《てんてんはんそく》を繰り返す渡邉を気遣って、洋子が声をかけた。

「あなた、どうしたの」

「おまえ、まだ起きてたのか」

「テレビを見てたときも変だったわよ」

「そんなことないよ」

「でも溜息《ためいき》ばかりついてたわ。会社でなにかあったの」

「いや」

「坂元さんと会ってなにか……」

「なんにもない！」

渡邉はつい、いらだった声を出したが、すぐに身重の洋子を気遣って優しい声になった。

「大きな声を出して悪かった。会社はすべて順調だよ。心配するようなことはなんにもないから安心しろよ」

ワタミフードが日本製粉の子会社になれば、会社は安泰だし、潰《つぶ》れる心配はない。メンバーのためにもその選択肢はあり得るかもしれない――。

そこまで考えて、やっと渡邉は睡魔に襲われ、就眠した。

しかし、渡邉は眠りが浅く、睡眠不足で、翌朝瞼《まぶた》が重たかった。

二十九日の木曜日の午後、渡邉は坂元と下北沢の物件を見に行った。十日ほど前から決めていたことだが、そのとき坂元と顔を合わせても出資比率の変更問題について、渡邉はまだ判断しかねていたので、もっぱら物件の評価をめぐって話し合った。

京王井の頭線の下北沢駅ホームで渡邉が言った。

「いくら売り手市場といっても、無茶苦茶ですよ。二八坪で、五千万円の保証金と月九十万円の賃貸料なんてふざけてますよ」

「このインフレがいつまで続くんですかねぇ。〝ブラックマンデイ〟で、ニューヨークの株価が大暴落したが、東京はさほどの影響を受けなかった。右肩上がりがこのまま続くとは思えないが、株価も異常なら、不動産価格も異常ですよ」

十日前の一九八七年(昭和六十二年)十月十九日月曜日、ニューヨーク市場が下げ幅で五百八ドル、率にして二二・六パーセントと、空前の大暴落を記録、〝暗黒の月曜日〟と名付けられた。

「次長、きょう見た下北沢の物件はドロップしましょう。焦りは禁物です」

「そうねぇ。下北沢には、ほかにも物件があるでしょうし、四号店を下北沢に固執することもないでしょう」

渋谷駅で別れ際に坂元が言った。

「あしたの朝、電話をお待ちしてます。結論は出たんですか」

「いいえ。まだタイムリミットまで少し時間がありますから」

渡邉は白い歯を見せたが、この期に及んでも、まだ結論を出しかねている自分の優柔不断さが腹立たしくてならなかった。

11

十月三十日の朝九時に、渡邉は日本製粉開発部次長の坂元に重い気分で電話をかけた。

「申し訳ありません。例の件ですが、まだ結論が出ないのです」

「いい返事を聞かせてもらえると思って、わくわくしてたんですけどねぇ。そんなに悩んでるの」

「はい。猛烈に悩んでます」

「黒澤さんや呉さんの意見はどうなんですか」

「かれらにはまだ話してません。経営判断は、わたしが下すしかないわけですから」

「それはそうですけど、一人で悩むよりも、同志と一緒に悩んだほうがいいんじゃないですか」

「考えてみます。身勝手は百も承知ですが、あと一週間、お時間をいただけないでしょうか」

「いいですよ。それじゃあ、十一月六日までお待ちしましょう。〝吉祥寺店〟がオープンする日に朗報を聞かせてもらいましょうか」

「ありがとうございます。六日にお目にかかったときに、必ずご返事を差しあげます」

渡邉は、幹部に話すべきかどうか悩んだが、十一月二日月曜日の朝十時に、黒澤と金子を事務所に呼び、呉を含めた四人で緊急役員会を開いた。

「坂元さんが十日ほど前に、〝唐変木〟の多店舗展開に備えて、日本製粉にワタミフードサービスの株式の五一パーセントを取得させてもらえないか、と提案してきた。つまり子会社化することによって、相当な資金需要にも応《こた》えられるというわけだ。〝新宿店〟がそうだったように、物件の保証金や設備投資は、この先膨らむ一方だろう。三人の意見を聞かせてくれ」

「五一パーセントは絶対条件なんでしょうか。出資比率が四〇パーセントでも、日粉グループの一員であることには変わりがないわけですよねぇ」

黒澤の質問に渡邉が答えた。

「単なる関連会社と子会社とでは、考え方が変わってくるのは仕方がないんじゃないかなぁ。二、三店なら四〇パーセントでも問題はないが、〝新宿店〟の大成功で、日本製粉も欲が出てきたんだよ。ワタミフードサービスを子会社化したいということは、意欲のあらわれということになると思う。この十日間ずっと悩んできたが、ワタミが日粉の傘の下に入れば、経営基盤はより強化されるので、安泰というか安全というか、苦労しないで済むかもしれない」

　金子が緑茶をひとすすりしてから渡邉に訊《き》いた。

「寄らば大樹の陰っていうことですか。NOと言ったら、日粉はどういう態度を取るんですかねぇ。提携を白紙に返す、資本を引き揚げるなんてこともあり得るんですか」

「そんなことはないと思う。坂元さんとわれわれの相互信頼関係は、そんな軽いものじゃないよ」

　呉が真率な面ざしを渡邉に向けた。

「日粉は五一に固執するような気がするんですけど……。帰するところ社長がどう判断するかの問題ですが、坂元さんはともかく、日粉の上層部が強く出てきたときに、五一を呑《の》まざるを得ないケースも想定されると思うんです。坂元さんが会社とわれわれとの板挟みになって苦労するのは目に見えてますから、仮に五一を呑むとして、また将来われわれが日粉から追放されるようなことが万々一起こり得たとしても、われわれは社長の下で結束できますから、そのときは新会社をつくって、一から出直せばいいじゃないですか。もちろん、ここまで最悪のシナリオを想定するのは考え過ぎ、取り越し苦労ということになると思いますけど。要するにわたしが言いたいことは、どっちに転んでも、われわれは最後の最後まで、渡邉社長に従いてゆくっていうことです。判断は社長におまかせするしかありませんが、五一を受け入れるほうを選択しても、わたしは驚きません」

「わたしは五一を呑むべきではないと思います。もちろん社長が判断する問題ですけど、株の過半数を持たれることの意味は小さくないですよ」

黒澤が語気を強めて言い、がぶっと緑茶を飲んだ。

「きみたちの意見はわかった。もう少し悩むことになると思うが、二、三日のうちに結論を出すよ」

渡邉はこの時点では、坂元の提案を呑む方向に傾いていた。

12

十一月五日午前十時過ぎに〝つぼ八〟の創業社長、石井から渡邉に電話がかかった。

「美樹さん、とうとうやられたよ。あいつらに裏切られたってことだな」

「社長解任の噂は事実だったんですか」

石井誠二が、住友銀行系列の中堅商社、イトマンから追放された事件は、マスコミに大きく採り上げられることになる。

「泣き言は言いたくないが、周到に計画された乗っ取り劇だよ。資本の論理だ。俺の考えが甘かったんだろうな」

「なんとも申し上げようがありません。残念無念です」

「ま、食うに困るわけでもないから、当分は、悠々自適といくか。ハハハハハッ」

石井はカラ元気を出して、声は大きかったが、心の中では哭《な》いていたに違いなかった。

渡邉は言葉を失った。なにを言ってよいか、どうなぐさめたらよいのか、わからなかった。

「もしもし……」

渡邉は石井に呼びかけられて、「はい」と小さな返事をした。

「この際ひと言注意しておくが、美樹さんもワタミが日本製粉に乗っ取られないように気をつけるんだな」

渡邉はドキッとしながらも、言い返した。

「イトマンと日本製粉を一緒にしないでくださいよ」

「資本の論理は冷徹なものだぞ。社風とか社格は関係ないね」

「…………」

「じゃぁな。そのうち、めしでも食おうや」

電話が切れたあと、渡邉はしばらく放心していた。

「社長！」

呉に声をかけられて、渡邉はわれに返った。

「石井社長の解任説が飛び交ってますが、やっぱり事実だったんですか」

最初に石井の電話を取った戸田みさ子の心配そうな眼が、渡邉を見上げている。

渡邉は優しい眼で、こもごも二人を見返してから、表情を翳《かげ》らせた。

「立志伝中の人を檜《ひのき》舞台から無理やり引きずり降ろすなんて、イトマンもむごいことをするよなぁ。石井社長は〝つぼ八〟の本部でふんぞり返ってるのがサマになる人なのに……。現在の居酒屋のスタイルを確立した人が石もて追われるなんて、俺にはどうしても理解できないよ」

呉が何度もこっくりした。

「まったく同感です。社長は〝イトマンと日本製粉を一緒にしないでください〟って、言ってましたけど、石井社長になにか言われたんですか」

「ワタミも、日粉に乗っ取られないように気をつけろって。資本の論理は冷徹なものだとも言ってたなぁ」

「なるほど。石井社長が感情論だけで言ってるとは思えませんねぇ」

「うん。俺もドキッとしたよ。俺が石井社長の二の舞になるとは思いたくないが、石井社長追放劇はショックだよなぁ。参ったよ」

渡邉は沈んだ声で言って、吐息をついた。

13

十一月六日午前九時に、渡邉は日本製粉本社に坂元を訪ねた。

渡邉は応接室で、坂元を待っている三分ほどの間、貧乏揺すりが止まらなかった。

ノックの音で弾《はじ》かれたように渡邉は起立した。

「お待たせしました。おはようございます」

「おはようございます」

「どうぞ」

「失礼します」

坂元にソファをすすめられて、渡邉は硬い顔でソファに腰をおろした。

「どういうことになりましたか。二週間がずいぶん永く感じられましたよ」

坂元は、皮肉まじりに用件を切り出した。

渡邉はセンターテーブルに手を突いて、低頭した。

「申し訳ありません。子会社化はご容赦願えませんでしょうか」

渡邉が恐る恐る面を上げると、坂元はしかめっ面をあらぬほうへ向けていた。

「二週間も待たされて、ＮＯですか。参ったなぁ」

「ご希望に添えず、お詫《わ》びのしようもありません」

「〝唐変木〟の多店舗展開は諦《あきら》めるわけですか」

「五〇《フィフティ》―五〇《フィフティ》ということで、お願いできませんでしょうか」

「…………」

「非常勤役員を派遣していただくことを再提案したいのですが……。対等ということに事情が変わったのですから、ご了承いただけると思うのです。業務委託方式による多店舗展開は可能なんじゃないでしょうか」

「それがワタミフードサービスとしてのぎりぎりの妥協案ですか」

「五一パーセントはご勘弁願いたいと思います。虫のよい考えかもしれませんが、五〇パーセントでも、日本製粉さんは筆頭株主になるわけですから、子会社と言えないこともないと思うんです」

坂元は腕組みして天井を睨《にら》んでいたが、緑茶を飲んで、伏目がちに言った。

「五〇―五〇で子会社はないでしょう。渡邉さんがどうしても厭《いや》だって言うんじゃしょうがないけど、上のほうがどう考えますかねぇ」

「………」

「ま、とにかく話してみましょう。日粉のグループに入るのはそんなに厭ですか」

「とんでもない。わたしはグループの一員と認識してます。四〇パーセントも出資していただいてるのですから、当然ですよ。それが五〇パーセントになれば、なおさら密接な関係になるんじゃないでしょうか」

「五〇―五〇で上層部を説得してみましょう」

「ご理解を賜《たまわ》って感謝します。ありがとうございました」

渡邉はこの二週間、胃が痛くなるような毎日だったので、どれほど安堵《あんど》したかわからない。

「そろそろ出かけますか」

時計を見ながら坂元が言った。

渡邉も時計に目を落とした。九時二十分過ぎだった。

この日午前十時に〝唐変木・吉祥寺東急店〟がオープンする。

特にセレモニーがあるわけでもなかったが、渡邉と坂元は開店初日に顔を出すことにしていた。

14

中央線の電車の中で坂元が言った。

「われわれは下北沢の物件を三件見たわけだが、やっぱり最初に見たあの物件にしましょうか。南口の前で、立地条件は三件の中ではあの物件が比較的ましなほうでしょう」

「そうですねぇ。保証金、賃貸料とも無茶苦茶に高い物件ばかりですが、結局あの物件になるんですかねぇ」

二人は空いている電車のシートに並んで坐《すわ》っていた。

「〝新宿店〟みたいに繁盛店にならないとペイしないかもねぇ」

「そう思います。下北は若者の街ですから、お好み焼きは受けると思いますけど、〝新宿店〟のレベルまでにするのはけっこう大変かもしれませんね」

「八回転、九回転は、出来過ぎだものねぇ」

「はい」

「最低トントンなら問題はないと思うけど」

「いくらなんでもトントン以下っていうことはないんじゃないでしょうか」

「うん」

「〝下北沢店〟は以前、坂元次長が提案してくださった方式でよろしいんでしょうか」

「もちろん。ここまではすでに役員会も了承してます。問題はこれから先ですよ」

坂元は眉《まゆ》をひそめて、口をつぐんだ。ワタミフードサービスに資金力がないため、保証金のみならず、内装工事費等も日本製粉が負担し、金利分を含めて家賃を高めに設定する方式を坂元が提案してきたのは、ひと月ほど前のことだ。

〝唐変木・吉祥寺東急店〟は狭いながらも、明るくて雰囲気のある店だった。オープン初日の出足も好調だった。

「コストがほとんどかかってませんから、きっと高収益店になるんじゃないでしょうか」

店の前の立ち話で、渡邉が満面に笑みをたたえて言うと、坂元も笑顔で応じた。

「そうなるといいねぇ。期待してよさそうだ」

以下は、十一月六日付の渡邉の日記である。

〝唐変木・吉祥寺東急店〟がオープンした。デパートの食品売場に出店するのは初めてだが、呉や笠井の努力でオペレーション、内装等、ほぼ思いどおりの店づくりで、大いに満足している。「これはいける！」といったところだ。

きょう発売の写真誌で、石井社長が〝つぼ八・渋谷店〟でお客様の靴をそろえている姿を見る。悲しい。切ない。やり場のない気持ちだ。

現在の居酒屋は、石井社長によって確立されたのである。時代を画した教祖的な人を突如解任しなければならない必然性があるとは到底思えない。

一世を風びした〝レモンサワー〟といい、北海道では飼料でしかなかった〝ほっけ〟の価値を、居酒屋のヒット商品にまで高めたことといい、居酒屋に〝小上がり〟を採り入れたことといい、石井社長の発想になる斬新《ざんしん》なアイデアの数々は、いつの時代でも輝き続けるだろう。

わがワタミフードサービスにとっても、忘れてはならない大恩人だ。

「資本の論理……」。この言葉を石井社長から聞かなかったら、日本製粉の〝五一〟要求に押し切られていたかもしれない。坂元次長には、ほんとうに申し訳ないとも思うが、俺は石井社長の言葉を天の声として聞くことにしたいと思った。

〝小上がり〟とは、掘火燵《ほりごたつ》式のテーブルのことを指す業界用語だ。

15

日本製粉は、ワタミフードサービスの出資比率の変更に関する渡邉の逆提案に対して、十二月に入っても回答してこなかった。

折しも全国的にスーパーを出店している長崎屋から、ワタミフードサービスに提携話が持ち込まれ、渡邉は十二月中旬に東日本橋の長崎屋本社で松田隆専務と面会し、長崎屋の意向を聞いたので、このことを坂元に報告がてら、日本製粉の回答を引き出そうと考えた。

渡邉は十二月十六日の朝十時に、日本製粉本社に坂元を訪ねた。

「日本火災の紹介で、先日、長崎屋さんの松田専務にお会いしました。〝ウイル〟を長崎屋でも展開できないか、というのが長崎屋さんの提案です」

〝ウイル〟とは〝唐変木・吉祥寺東急店〟の形態が、〝唐変木〟の未来形だとする認識から、渡邉たちが使っていた用語である。

渡邉は緑茶をひと口飲んで、話をつづけた。

「松田専務は、ワタミフードサービスに出資させてもらえないか、とも申されました。察するに長崎屋さん全体の意向と思われますが、わたしは日本製粉さんと意見調整したうえでご返事を差し上げます、と言って、とりあえずご意見を承ってきました。坂元次長はどうお考えになりますか」

「興味深い話というか、良い話だとは思うけど、まず〝唐変木〟の〝下北〟をきちっと立ち上げるのが先決問題でしょう。少なくとも、出資の話は受け容《い》れるべきではないんじゃないですか。出資と〝ウイル〟がセットになってるとすれば、この話は乗るべきではないと思います」

「わかりました。出資については、日本製粉さんとの関係で難しいと、松田専務に伝えます。そうなると、長崎屋さんの店舗に〝ウイル〟を出店する話も消えるかもしれませんね」

渡邉はふたたび湯呑《ゆの》みに手を伸ばした。そして、居ずまいを正して、まっすぐ坂元をとらえた。

「五〇―五〇の件はいかがでしょうか。ご理解していただけたのかどうか……」

「五一がダメなら、しばらくいまのままで様子を見たらどうか、というのが上のほうの意向です。〝下北沢店〟がどういうことになるのか、話はそれからでしょう」

「ありがとうございます。日本製粉さんの出資比率四〇パーセントは変更しないということですね」

「………」

坂元はどっちつかずにうなずいたが、渡邉は承諾と解し、「よかった」と心の中でつぶやいた。

坂元が話題を変えた。

「〝ウイル〟の調子はどうなの」

「お陰さまで順調です。〝新宿店〟も相変わらず絶好調ですから、なんとしても〝下北〟を軌道に乗せたいと考えています」

〝唐変木・下北沢店〟は内装工事も九〇パーセント方進んでおり、十二月二十二日に開店する運びになっていた。

第十二章　家族の絆

1

昭和六十二年（一九八七年）十二月十七日の午後、渡邉《わたなべ》は関内《かんない》の事務所で、各店長から提出される営業日誌に目を通すなど、デスクワークに励んでいるつもりだったが、気もそぞろで、仕事に集中できなかった。やたら時計ばかり気になる。

電話が鳴るたびに、呉《ご》と戸田みさ子を押しのけるようにして、渡邉は受話器を取った。

待ち焦がれていた電話が鳴ったのは、午後五時半を過ぎたころだ。

義母のとみ子からだった。

「もしもし、ワタミフードサービスの渡邉です」

「美樹さん、おめでとう」

「あっ、お義母《かあ》さん」

「男の子ですよ。午後五時二十六分に生まれたわ。二九四〇グラムですってよ。母子共に健康ですから安心して。男の子、男の子と言ってたおじいちゃんも大喜びよ」

とみ子の声は落ち着いていた。逆に渡邉のほうはうわずった。

「ありがとうございます。すぐ病院へ行きます」

「社長、おめでとうございます」

呉が声をかけてきた。

みさ子も起立した。

「おめでとうございます。男のお子さんですか」

渡邉は目頭が熱くなった。

「そうなんだ。母子共に元気だって。ちょっと病院へ行ってくる。よろしく頼むな」

渡邉は手の甲で涙をぬぐいながら、事務所を出た。

この日の朝、渡邉は洋子《ひろこ》を横浜市中区の警友病院へ、車で送り届けた。洋子は予定日より七日遅れて、陣痛に襲われたのだ。


病室で五体満足の男の赤ちゃんと対面したときの渡邉の喜びようといったらなかった。

大声で万歳を三唱したいくらいだ。

しかし、逆に渡邉はこみあげてくる熱いものを抑えることができなかった。涙がはらはらと頰を伝う。洋子がなかなか妊娠しなかったため、一時は子供を諦《あきら》めていただけに、泣けて泣けて仕方がなかった。

「洋子……、あ、ありがとう。元気な子を産んでくれて……」

もっと話したかったが、声にならなかった。

「あなた……」

洋子も涙ぐんでいる。渡邉は洋子が伸ばした右手を両手で受けとめ、強く握り返した。

「福島の両親に知らせてくれた」

「忘れてた。電話をかけなくちゃぁ」

渡邉は病院の公衆電話から洋子の実家に電話をかけた。

岳父の田中八郎が電話に出てきた。

「洋子が丈夫な男の子を産んでくれました。洋子も元気にしてますから、ご安心ください」

「そう。よかったねぇ。家内は外出してるが、どんなに喜ぶか。心待ちにしてたんですよ」

「お母さんにも、よろしくお伝えください」

「なるべく早めに初孫の顔を見に行きます」

「ありがとうございます」

電話を切った刹那《せつな》、こらえ切れなくなって、渡邉はふたたび肩をふるわせて、涙にくれた。どうしてこんなに、泣けてくるのだろう。この喜び、この感動は筆舌には尽くし難い。

渡邉はトイレで顔を洗ってから病室へ戻った。

父方の祖母、糸が秀樹と一緒に、ベッドに椅子を寄せて坐《すわ》っていた。

「美樹、おめでとう。わたしは幸せ者だよ。元気なうちに美樹の子供が抱けるとは思ってなかったからねぇ」

　糸の目がうっすらと濡《ぬ》れている。

　秀樹もうれしそうだった。

「洋子さん、でかしたな。わが渡邉家直系の最初の内孫が男の子とはねぇ」

「五体満足なら男の子でも女の子でも、いいですよ」

　言葉とは裏腹に、渡邉も男子出生を喜んでいた。またしても、熱いものが突きあげてくる。渡邉は右手の甲でごしごし目をこすった。

「難産のようでしたが、洋子はほんとうによく頑張ってくれました」

「案ずるより産むが易し、ですよ。洋子さんはけろっとした顔してるじゃないの」

　糸は細めた目にハンカチを当てた。

「お母さん、これで曾孫《ひまご》が三人ですか。渡邉家の四代が、この病院に集まってるんだから、考えてみると凄《すご》いことですよ」

「わたしには、孫も曾孫もないよ。美樹の母親役をやってたから、この赤ちゃんは孫みたいなものだよ」

「曾孫がいると言われるのが厭《いや》なんですか。数えで九十三歳にもなって、こんなに元気でいられるなんて、お母さんは幸せですよ」

「そうだねぇ。やはり長生きはするもんだねぇ」

　秀樹と糸のやりとりを聞いていて、渡邉は心が和んだ。

「この子はお父さん似だね。美樹の赤ん坊のときにそっくりだよ。鼻も隆《たか》いし、耳も大きいねぇ」

糸は、躰《からだ》を折って、ベッドの赤ちゃんをまじまじと見つめながら、いっそう目を細めた。

2

その夜、渡邉は長男誕生の喜びを日記に綴《つづ》った。

愛する洋子、元気な男の子を産んでくれて、ありがとう。心を込めて、何度も、何度も、ありがとう、を言います。

こんな幸福な気持ちにさせてくれたのは、僕をこの世に送り出してくれた父と母のお陰です。お父さん、限りなく感謝します。

自分の命を犠牲にして僕を産んでくれたお母さん、ありがとうございました。僕の母親役をしてくれた糸おばあちゃんにもお礼を言います。

堂々と胸を張って父親を名乗れるのは、わがワタミフードサービスのメンバーが僕を支えてくれたからこそです。メンバーに限りなき感謝、感謝。

息子の名前は、「男子は将たるべし」の信念に基づき、「将也《しょうや》」に決めよう。「渡邉将也」。語感も悪くない。

将也よ、大いなる人生を、勇気と希望と誇りを持ち、力強く歩き続けなさい。

父と子の約束を以下に記す。

父と子の約束ごと
一、約束を守れ、嘘はつくな
一、陰口を言うな、愚痴は言うな
一、笑顔で元気よく挨拶《あいさつ》せよ
一、人の心のわかる優しさのある人間になれ
一、正しいと思って決めたことは、諦めずに最後までやり遂げよ

翌十八日の午後三時半に、渡邉は洋子を病院に見舞い、将也と二度目の対面をした。

「きかん気な男らしい顔をしてるじゃない」

「そうかしら。あなた似で、優しい顔だと思うわ」

「名前は将也に決めたからな。男子は将たるべし、と思ったからなんだ」

「将也、将也……。いい名前だと思うわ。わたしも賛成よ」

「父と子の約束を書き留めておいたから、退院したら、忘れずに色紙に墨書してくれな」

洋子は本格的に書を習った。金釘《かなくぎ》流の渡邉とは雲泥の差がある。

〝父と子の約束〟のメモを見ながら、洋子が含み笑いを洩《も》らした。

「なにがおかしいの」

「だって、いま泣いたカラスがもう笑った、でもないけれど、きのうあんなに泣いたあなたが、ばかに父親ぶってるんだもの」

「うん。きのうはうれしくてうれしくて泣けてしようがなかったが、俺は気持ちの切り換えが早いんだ。洋子の夫として、将也の父として、それからワタミフードサービスの社長として頑張らなくちゃあな。うれし泣きは一日限りだよ」

渡邉は照れ隠しに腕組みして眉間《みけん》にしわを刻んで、えらそうにのたまった。

3

二十四日午前十一時に、洋子と将也が退院した。渡邉は専用車のクラウンで、秀樹と、とみ子をピックアップしてから、病院へ向かった。

リアシートに将也を抱いた洋子ととみ子が納まり、助手席に秀樹が坐った。

渡邉は洋子、将也たちを大和市のアパートに送り届けて、名残《なごり》惜しそうに、関内の事務所に引き返した。

その夜、渡邉が七時に帰宅すると、糸も来ていた。

「おばあちゃん、一人でよく来られたねぇ」

「電車でも来られたけれど、タクシーをはずんだよ。将也のお湯を使わせられるのは、わたしかいないだろう」

「僕にだってできますよ」

「美樹にはまだ無理だよ。わたしが教えてあげるから、洋子さんと二人してよく覚えておき。美樹にお湯を使わせたのもわたしなんだよ」

実際、糸のお湯の使わせ方は手慣れたものだった。洋子と美樹、それにとみ子までが参加して、将也のお湯はにぎやかだった。

将也は大人たちの話し声にびっくりして、プラスチック製のたらいの中で、小さな躰全体をぴくっぴくんと動かすが、湯に浸《つ》かっているときは心地よさそうな顔を見せるほうが多かった。

「耳は聞こえるんだなぁ。僕たちの話し声に反応するものねぇ。おばあちゃん、目は見えるの」

美樹の質問に糸が答えた。

「生まれたての赤ん坊は近眼状態だって聞いたことがあるよ」

「それなら、顔を近づけてみよう」

渡邉がたらいに突っ込むように思い切り顔を寄せると、将也はわずかに目を動かした。

「ほんとだ。将也が笑ったよ」

渡邉の甲高い声に、皆んな笑いを誘われ、驚いた将也が手足で勢いよくお湯をはね飛ばした。渡邉が糸のコーチを受けながら、将也に語りかけた。

「曾《ひい》おばあちゃん、おじいちゃん、おばあちゃん、お父さん、お母さんの愛に包まれて、将也、おまえはなんて幸せな子なんだろう」

「美樹がいっとう幸せなんだろう」

「うん。おばあちゃんの言うとおりだよ」

「糸おばあちゃん、わたしも幸せです」

洋子が満ち足りた思いで、渡邉を見上げた。渡邉は笑顔でうなずき返した。

お風呂《ふろ》に入ったあと、洋子がへその緒の治療をしているとき、将也が突然、泣き声をあげた。

「ごめんなちゃい。こんなに痛がって。いけないママねえ」

洋子がぽろぽろ涙をこぼした。

渡邉はふるえる手で握り締めている将也の両手を包んだが、ただおろおろするばかりだ。

「ちょっと痛いだけだよ。初めての子だから、一喜一憂するのも無理はないけど、心配しなくても大丈夫だよ。泣き声にも元気があって、いい子じゃないか」

糸に頭を撫《な》でられて、渡邉は苦笑いを浮かべ、首をすぼめた。

4

翌日も渡邉は午後七時に帰宅し、洋子と二人で、将也をたらいのお湯に入れた。

この夜、将也のへその緒が取れた。

「これでひと安心だね」

「ええ。でも、会社のほうは大丈夫なの」

「メンバーには申し訳ないけど、家に帰るのが待ち遠しくてならないんだ。将也の顔を見てると、元気が出てくるしねぇ」

「あした、福島の母が来てくれるから、あなた、仕事も手を抜かないでね。横浜のお義母さんも、いつでもお手伝いすると言ってくれたわ」

「お父さんは来られないの」

「日帰りですって。母は一週間ほど、ここにいてくれるそうよ」

「そう。福島の両親にとって、将也は初孫なんだねぇ」

「だから、福島で出産しろって、母が何度も電話をかけてきたんじゃない。あなたは田舎の病院じゃ心配だって、里帰りを許さなかったんでしょう」

「そんなこと言ったかなぁ。将也、パパと一緒のほうがいいだろう」

渡邉は人差し指で、将也の頰をそっと突ついた。

たらいの中で、将也は満足そうに静かにしていた。

5

年が明けても、糸はちょくちょく渡邉宅に顔を出してくれたが、二月に風邪を引いてから、急に衰えを見せ始めた。肺炎にはならなかったが、しゃんと伸ばしていた背筋が縮み、顔から艶《つや》も消えた。

さすがに一人で生活することが困難になり、三月上旬には秀樹に引き取られた。足腰の衰え方が特に激しかった。

そして、五月初めに横浜市中区の掖済会病院に入院した。診断の結果が主治医から、秀樹に告げられた。

「末期の肺ガンで、時間の問題です。お齢《とし》なので、ガンの進行は遅かったのでしょうが、発病して三年は経つと思います」

「手術の必要はないのでしょうか」

「ガン細胞が体内全体に広がってますから、手術は困難です。体力的にも耐えられないと思いますよ」

秀樹は、妻のとみ子と息子の渡邉には糸の病状を知らせたが、本人の糸には「躰《からだ》全体が弱ってるようだから、少し病院で療養するといいね」と、ぼやかした。

病室は二人部屋だったが、糸につきっきりで看病してくれる男性の老人が存在した。

名前は荒井覚太郎。糸よりずいぶん若く感じられたが〝米寿〟を迎えて間もなかった。糸にとって踊りの弟子だが、最後の恋人同士と言えるほど、二人は大の仲良しだった。

6

病院に糸を見舞った五月下旬の某夜、渡邉が洋子に話した。

「糸おばあちゃんにボーイフレンドっていうか、恋人がいたとはねぇ。いろいろ聞いたら、うれしそうに話すんだ。数年前からのつきあいで、一緒にいるだけで幸せなんだってさぁ」

「ほほえましい話だわ。荒井さんは、おばあちゃんの心の支えだったのねぇ。だから元気でいられたのよ」

「うん。荒井さんは、痒《かゆ》いところに手が届くほど、糸おばあちゃんの世話を焼いてくれてるよ。まるで、それが生き甲斐《がい》みたいに」

「…………」

「温泉に行きたいって、荒井さんにせがんでたけど、どんなものかねぇ」

「病院の許可がもらえるんなら、叶《かな》えてあげたらどうかしら。糸おばあちゃんはあなたの大恩人なんだから、あなたが最後のおばあちゃん孝行をしてあげなさいよ」

「そうだな。将也も喜ぶかもねぇ」

「そうよ。わたしも温泉なら、一緒に行きたいわ」

「ついでに親父とおふくろも誘って、熱海の金城館へでも繰り出すとするか」

金城館は熱海では老舗《しにせ》の旅館で聞こえている。

「きんじょうかん」

「うん。金の城の館《やかた》と書く。一流の旅館だよ。親父がテレビコマーシャルの制作会社を経営してて、羽振りのよかったころ、亡くなった母と糸おばあちゃん、俺たち姉弟《きょうだい》を親父が一度だけ連れてってくれたんだ。小三のお正月だったと記憶してるけど」

「賛成！　金城館に行きましょうよ。おばあちゃんの恋人も誘ってあげて」

「そりゃそうだ。荒井さんを誘わなかったら、おばあちゃんが承知しないだろう」

将也は二人の話に参加してるつもりなのか、なにか訴えているが、むろん言葉にはなっていなかった。

7

その夜、渡邉はさっそく父の秀樹に電話をして、熱海の温泉行きについて相談した。

「ふぅーん。温泉ねぇ。しかし、おばあちゃんは独りで歩けないほど弱ってるんだから、無理なんじゃないのか。だいいち病院が許可せんだろう」

「お父さんは反対なんですか」

「賛成できんなぁ、皆んなが迷惑するだけだよ」

「皆んなで糸おばあちゃんの面倒をみれば、なんとでもなりますよ。荒井さんにも一緒に行ってもらいましょう。僕に最後のおばあちゃん孝行をさせてください。病院の許可は僕が取ります」

「洋子さんはどう言ってるの」

「大賛成ですよ。ついでに親孝行もさせてもらいます。お父さんには、ずいぶん助けてもらいましたから……。金城館を予約しようと思います」

「金城館……。おまえ、覚えてたのか」

「もちろんですよ。お母さんとの最後の家族旅行を忘れるわけがないでしょ」

実母、美智子の顔を目に浮かべて、渡邉の声がくぐもった。

「わたしは賛成しかねるが、病院の許可が取れるんなら考えてみるよ。常識的には無理と思うが」

「とにかく僕にまかせてください」

渡邉は主治医に面会し、糸の外出許可を求めた。
四十五、六歳だろうか。糸の主治医は温厚そうな人だった。
「温泉ですか。率直に言いますが、医師の立場では賛成しかねます」

「祖母は死期が迫っていると、父から聞きました。だからこそ、温泉に連れて行ってあげたいんです。当人も強く希望してるんですから、ご許可願えませんでしょうか」

「歩行も困難な状態なんですよ。明日をも知れない病人に、温泉はないでしょう」

「そこを枉《ま》げてお願いします。一泊だけでけっこうですから。わたしが責任を持って連れて行き、病院に連れ戻します」

「…………」

「先生、お願いします。わたしに最後の祖母孝行をさせてください」

主治医は考える顔で、腕を組んだ。

「温泉に出かけることは伏せてください。一日の外泊を許可しましょう」

渡邉の熱意にほだされたのか、主治医は外泊許可書にサインしてくれた。

8

六月五日の日曜日昼過ぎに、渡邉はタクシーで糸と荒井を病院へ迎えに行った。

「おばあちゃん、思ったよりも元気そうじゃない。温泉に行けるから張り切ってるのかなあ」

渡邉は、痩《や》せ細った糸に胸が痛んだが、笑顔で声をかけると、糸は涙をこぼして喜んだ。

「美樹のお陰で温泉に行けるんだねぇ。秀樹は、わたしが温泉に浸《つ》かりたいって言ったら、厭《いや》な顔をしてたけど、美樹はほんとうに優しい子だねぇ」

「お父さんはおばあちゃんの躰《からだ》のことを心配してるんですよ」

「わたしは足腰は弱ったけど、このとおり元気だよ」

糸の声に張りはなかったが、口はなめらかだった。

「糸さんは幸せだよ。お孫さんにこんなにまでしてもらって。わたしも孫は大勢いるけど、小遣いをねだられるのが落ちだからねぇ」

「おばあちゃんには、たくさん借りがあるんですよ。その万分の一でもお返ししなくちゃぁ」

「美樹さんのことは、糸さんから聞いてます。一年間も佐川急便のSD《セールスドライバー》をやったそうじゃないですか」

「おばあちゃんが毎朝早起きして、二食分のお弁当をつくってくれたんです」

「三十前で、立派な会社の社長さんをなさってるとお聞きしましたが、糸さんはあなたの自慢話ばっかりしてますよ。お父さんのほうはあんまり褒めてませんけど」

「父は会社を一つ潰《つぶ》してますけど、僕が今日あるのは、父のお陰もあるんです。父に対して、おばあちゃんの点数は辛いようですけど、僕にとって、かけがえのない親父です」

渡邉は荒井と二人掛かりで、糸をタクシーに乗せ、新横浜駅へ向かった。

洋子、将也、秀樹、とみ子の四人と駅で落ち合い、新幹線の〝こだま〟に乗車したのは一時ちょっと前だ。

階段では、手荷物を荒井が持ち、渡邉が糸をおんぶした。糸を背負ったのは初めての経験だが、ずいぶん軽いのに渡邉はショックを受けた。将也とたいして変わらない、と思ったくらいだ。

将也は生後六か月ほど経って、人見知りするようになったが、なつくのも早かった。

駅のホームで見慣れない荒井の顔を見て泣き出したが、〝こだま〟に乗車してからは、すっかり機嫌を直していた。

渡邉が糸を窓側シートに坐《すわ》らせ、隣に荒井が腰をおろした。

荒井を挟んで、とみ子が坐り、三人掛けの座席を動かして、糸の向かい側に秀樹、中央に渡邉、通路側に将也を抱いた洋子。

手を伸ばされて、将也は糸の膝《ひざ》に乗りかかったが、秀樹がつれなく言った。

「おばあちゃんに、もう抱っこは無理だね」

「そんなことはないよ。将也、おいで」

「荒井さん、ちょっと替わっていただけますか」

「どうぞ」

洋子が糸の隣の座席に移動し、両手で支えるようにして将也を糸に抱かせたが、三十秒とは続かなかった。〝こだま〟が動き出し、糸と洋子の手に負えなくなったからだ。

渡邉が将也を抱きあげた。

「こんどは、おじいちゃんが抱っこしてやろう」

将也が渡邉から秀樹の膝に移った。

将也を回している間に、〝こだま〟は熱海駅に着いた。所要時間は三十分余りなのであっという間である。

階段からタクシー乗り場まで、糸は渡邉の背中におぶさった。

9

金城館の夕食が、糸にとって最後の豪華な晩餐《ばんさん》になった。全員浴衣《ゆかた》姿だ。料理に舌鼓《したつづみ》を打つわけにはいかなかったが、すべての料理をひと口ずつゆっくり味わって、糸は「美味しい」を連発した。

「極楽だよ。こんな良い思いをさせてもらって、わたしはいつお迎えがきても文句は言わないよ」

「そんな人聞きの悪いことは言いっこなしです。糸さんには百歳まで生きてもらわなければ……。われわれ踊り仲間全員の生き甲斐《がい》なんですから」

荒井が細やかな気遣いを見せた。

毎日の病院通いで、糸の死期が近づいていることをいちばんよく認識しているのは荒井だった。

荒井はこの夜、糸が眠りに就くまで、看病し続けた。

翌朝、起き抜けに、糸が「大浴場に入りたい」と言い出したので、とみ子と洋子がひと奮闘しなければならなかった。

朝食のとき、湯上がりの糸の顔は、末期ガン患者とは見えないほど精気が感じられた。

「温泉に浸かって、なんだか急に若返ったみたいだよ。最高の気分だ。美樹にすっかり散財させちゃったねぇ。お陰で元気が出てきたよ」

「おばあちゃんに喜んでもらえれば、僕は言うことなしだ」

「美樹には頭が上がらんよ。わたしは、温泉は無理だと思って反対したが、おばあちゃんがこんなに喜んでくれるとはねぇ」

とみ子が、秀樹の顔を覗《のぞ》き込んだ。

「あなた、美樹さんのお陰で、わたしたちまで楽しい思いをさせてもらったわねぇ」

「わたしも、糸さんと温泉旅行ができるなんて夢にも思いませんでした。それと、こんな元気そうな糸さんを見ると、わたしも元気が出てきます」

「糸おばあちゃんの温泉行きの提案は、われわれ皆んなを幸せな気分に浸らせてくれたんじゃないですか。僕は、親孝行も、女房孝行も息子孝行までさせてもらえて大満足ですよ。おばあちゃん、病は気からって言うけど、この分だと退院できるかもしれないねぇ」

「そうねぇ。わたしもそんな気がしてきたよ」

糸は、心なしか朝食もすすんで、皆んなを安心させた。

10

七月四日の夕刻、渡邉が見舞ったとき、糸はひどく衰弱していた。

「わたしはもう長くないよ。息を引き取るときは、美樹に看取《みと》ってもらいたいねぇ」

糸は息も絶え絶えに、そんなことを口走った。

「おばあちゃん、そんな弱気じゃダメじゃないか。荒井さんはいつも傍《そば》にいてくれるし、僕も毎日必ず顔を出すから、頑張ってよ」

渡邉は糸の右手を両手で強く握り締めた。

「美樹、ありがとう。おまえにはいつも心の中で掌《て》を合わせてるよ。美樹はわたしの宝だよ」

「よかったぁ。少し元気が出てきましたかねぇ」

渡邉に笑顔を向けられたが、深刻な荒井の表情に変化はなかった。

11

七月六日の午後一時に、渡邉は事務所から病院へ向かった。なんだか虫が知らせたのだ。

渡邉が病室に入ったのは午後一時半ごろだが、主治医と四人の看護婦が、ベッドの糸を取り囲んでいた。

いつも必ず病室にいるはずの荒井の姿はなかった。荒井は昼過ぎに、そっと病室を抜け出したのだ。糸の死に水を取る気にはどうしてもなれなかったと見える。

「もう、なにもしませんから」

主治医はひと言発しただけだ。

渡邉は糸の右手をしっかりと握った。

「おばあちゃん。糸おばあちゃん」

話しかけても、糸は反応しなかった。

息苦しいのか、糸は半ば口をひらいて、もがこうとするが、ほとんど手は上がらなかった。

呼吸が間遠になり、呼吸音が聞こえなくなった、と渡邉が感じたとき、糸は目を閉じた。

「先生！　目がふさがりました」

医師が糸の脈を取って、首を左右に振った。そして、ペン状の懐中電灯で瞳孔《どうこう》を確認しながら、死を宣告した。

「ご臨終です」

午後二時十九分。眠るような大往生だった。

「糸おばあちゃん、そんなに苦しまなくてよかったねぇ」

渡邉の大きな目から涙があふれた。

安らかな糸の死に顔に、渡邉は心の中で語りかけた。

『糸おばあちゃん、永い間ほんとうにありがとう。母が腎炎《じんえん》で入院してから、ずっと母親代わりをして、僕を育ててくれたおばあちゃん、約束どおり、美樹が最期を看取りましたよ』

不意に、母の臨終場面が頭の中をよぎった。

あのときは、あらん限りの声をふりしぼって泣いた。ずっと泣き続けた。喉《のど》がつぶれ、声が嗄《か》れるほど、ひと晩もふた晩も泣きあかした。糸の死も美智子の死も、悲しみの深さは変わらなかったが、三十六歳で早逝した母に比べて、九十三歳まで生きた糸は幸福だった。しかも晩年は、荒井さんというよきパートナーにも恵まれた。

秀樹、とみ子、洋子が病院へ駆けつけてきたのは、遺体が病院内の霊安室に運ばれたあとだった。

「どんなふうだった。苦しんだのか」

「いいえ。安らかな最期でした」

「美樹に最期を看取ってもらって、おふくろも本望だろう。美樹、美樹って言い続けてた人だからねぇ」

「一昨日の夕方、美樹に看取ってもらいたいって言われました」

「そう。息子のわたしより、孫の美樹を大事に思ってたからなぁ」

「そんなこともないけど、糸おばあちゃんとは公団アパートで、二人だけで暮らした期間も永かったから……」

美樹も秀樹も、涙ながらに話している。とみ子も洋子も、嗚咽《おえつ》の声を洩《も》らした。

横浜市南区のシティホール南で執り行われた七日の通夜、八日の葬式には、荒井をはじめ、糸の踊り仲間や、明治大学横浜会《はまかい》、それにワタミフードサービスのメンバーなどが大勢出席した。

糸が面倒みのいい好人物だったせいか、九十三歳の死を皆んなが惜しんで、涙を流してくれた。

「百歳まで生きてもらいたかった。ついきのうまでは、必ず生きられる人だと思ってたが」

荒井がぽつっと洩らした言葉が、渡邉の胸に滲《し》み入った。

（下巻に続く）

本書は一九九九年二月、ダイヤモンド社から
刊行された単行本を文庫化したものです。

青年社長《せいねんしやちよう》（上）

高杉《たかすぎ》 良《りよう》

角川文庫 12428

平成十四年四月二十五日　初版発行
平成十九年二月二十五日　十五版発行
発行者―井上伸一郎
発行所―株式会社角川書店
東京都千代田区富士見二―十三―三
電話・編集（〇三）三二三八―八五五五
〒一〇二―八〇七八
発売元―株式会社角川グループパブリッシング
東京都千代田区富士見二―十三―三
電話・営業（〇三）三二三八―八五二一
〒一〇二―八一七七
http://www.kadokawa.co.jp
印刷所―暁印刷　製本所―BBC
装幀者―杉浦康平

た 13-9　ISBN4-04-164314-7　C0193

角川文庫発刊に際して

角川源義

第二次世界大戦の敗北は、軍事力の敗北であった以上に、私たちの若い文化力の敗退であった。私たちの文化が戦争に対して如何に無力であり、単なるあだ花に過ぎなかったかを、私たちは身を以て体験し痛感した。西洋近代文化の摂取にとって、明治以後八十年の歳月は決して短かすぎたとは言えない。にもかかわらず、近代文化の伝統を確立し、自由な批判と柔軟な良識に富む文化層として自らを形成することに私たちは失敗して来た。そしてこれは、各層への文化の普及滲透を任務とする出版人の責任でもあった。

一九四五年以来、私たちは再び振出しに戻り、第一歩から踏み出すことを余儀なくされた。これは大きな不幸ではあるが、反面、これまでの混沌・未熟・歪曲の中にあった我が国の文化に秩序と確たる基礎を齎らすためには絶好の機会でもある。角川書店は、このような祖国の文化的危機にあたり、微力をも顧みず再建の礎石たるべき抱負と決意とをもって出発したが、ここに創立以来の念願を果すべく角川文庫を発刊する。これまで刊行されたあらゆる全集叢書文庫類の長所と短所とを検討し、古今東西の不朽の典籍を、良心的編集のもとに、廉価に、そして書架にふさわしい美本として、多くのひとびとに提供しようとする。しかし私たちは徒らに百科全書的な知識のジレッタントを作ることを目的とせず、あくまで祖国の文化に秩序と再建への道を示し、この文庫を角川書店の栄ある事業として、今後永久に継続発展せしめ、学芸と教養との殿堂として大成せんことを期したい。多くの読書子の愛情ある忠言と支持とによって、この希望と抱負とを完遂せしめられんことを願う。

一九四九年五月三日

角川文庫ベストセラー

危険な椅子　城山三郎

化繊会社社員乗村は、ようやく渉外課長の椅子をつかむ。仕事は外人バイヤーに女を抱かせ闇ドルを扱うことだ。だがやがて…。

うまい話あり　城山三郎

出世コースからはずれた秋津にうまい話がころがり込んだ。アメリカ系資本の石油会社の経営者募集！　月給数倍。競争は激烈を極めるが…。

一瞬の寵児　清水一行

医業から不動産業へ転向し、五千億の資産をつくり不動産界の寵児といわれた男が、住専問題で蹉跌し塀の中へ転落する軌跡を描く書き下ろし長編。

系　列　清水一行

大手自動車メーカーが系列会社の経営権まで支配しようとする横暴に、全力で抵抗するオーナー社長の姿を通し、企業悪を暴露する長篇小説。

末席重役　清水一行

お情けの重役ポストにある男が、色と欲の二股をかけて、自社株の思惑買いという勝負に出る。企業で生きる人間の様々な岐路を描く傑作作品集。

L特急しまんと殺人事件　西村京太郎

特急「しまんと」の車中で殺人事件が発生し、さらに足摺岬で転落死事件が……。腐敗した大組織に敢然と立ち向かう十津川警部の名推理！

特急「有明」殺人事件　西村京太郎

有明海三角湾で画家の水死体が発見された。最後のメッセージ「有明海に行く」を手がかりに、十津川警部の捜査は進んでゆくが……。

高杉良経済小説全集　全15巻